LOS
DOCE

LOS
DOCE

21.12.2012
EL COMIENZO DE UNA NUEVA ERA
PARA LA HUMANIDAD

WILLIAM GLADSTONE

Obra editada en colaboración con Editorial Planeta - España

Título original: *The Twelve*
Traducción: Berenice García Lozano

Diseño de portada: Paulina Olguín / Factor 02, basado en la idea original
de Ervin Serrano
Ilustración de portada: Miguel Ángel Chávez

© 2009, Waterside Productions
Original English language edition published by Vanguard Press, division of
The Perseus Group, Estados Unidos
All rights reserved.

Derechos mundiales en español

© 2010, Editorial Planeta, S.A. – Barcelona, España

© 2010, Editorial Planeta Mexicana, S.A. de C.V.
Bajo el sello editorial DIANA M.R.
Avenida Presidente Masarik núm. 111, 2o. piso
Colonia Chapultepec Morales
C.P. 11570 México, D.F.
www.editorialplaneta.com.mx

Primera edición: abril de 2010
ISBN: 978-607-07-0387-4

Impreso en los talleres de Litográfica Ingramex, S.A. de C.V.
Centeno núm. 162, colonia Granjas Esmeralda, México, D.F.
Impreso y hecho en México – *Printed and made in Mexico*

*Este libro está dedicado a los doce
que han portado la energía de las antiguas profecías
para el beneficio de la humanidad.*

Nota del autor

Querido lector:

Según los ancestros de la cultura maya y los expertos que han estudiado su calendario, el 21 de diciembre de 2012 marcará el final del calendario maya y el comienzo de una nueva era. Esta tendrá una vibración distinta de la época actual. La ambición y el materialismo jugarán un papel menor en esa nueva era. Habrá un mayor énfasis en la armonía entre los seres vivos. Los individuos podrán percibir o ignorar los cambios específicos que ocurrirán en sus vidas el 21 de diciembre de 2012, pero la transformación será enorme y aumentará con el tiempo.

Algunos estudiosos creen que habrá cambios galácticos específicos e incluso una alteración de los polos magnéticos y el campo eléctrico de la Tierra. La mayoría de los verdaderos expertos en la cultura maya no creen que los cambios vayan a ocasionar trastornos dañinos para el planeta o los seres humanos.

Los ancestros de la cultura maya creen en la existencia del libre albedrío y, tal como ocurre en mi novela *Los Doce*, que la humanidad elegirá su destino el 21 de diciembre de 2012.

Las decisiones y afirmaciones que hagas el 21 de diciembre de 2012 pueden constituir el punto clave para lograr la armonía planetaria. La elección es tuya.

Con alegría,
William Gladstone

Prefacio

EL AÑO 2012 MARCA EL FINAL DEL CALENDARIO MAYA. Existen leyendas antiguas de los hopi, los chamanes tibetanos e incluso de aquellos que se dicen portadores de la sabiduría de las civilizaciones antiguas o de los mitos de Lemuria y la Atlántida, que señalaban al 2012 como el inicio o el final de la vida como la humanidad la ha conocido durante los últimos miles de años.

El cristianismo ha esperado durante siglos la segunda venida de Jesucristo, anunciada por un juicio de fuego que marcará el fin de los tiempos, así como la promesa del "cielo en la Tierra". Los judíos esperan la llegada del Mesías, y muchas tradiciones espirituales aborígenes han anticipado la transformación del planeta de algún modo mágico.

Todos lo anuncian para el año sagrado de 2012 o una fecha cercana.

Si te has topado con un ejemplar de este libro y te interesa leerlo, entonces sin duda alguna eres uno de los muchos elegidos que pueden ayudar a determinar si estos tiempos finales conducirán a la destrucción planetaria o a la transformación de toda la humanidad.

El Big Bang

EL BIG BANG QUE OCURRIÓ EL 12 DE MARZO DE 1949 NO FUE EL acontecimiento que condujo a la creación de la vida en el universo, tal como lo describen Stephen Hawking y otros muchos científicos, sino el acto que produjo la creación de Max Doff.

Durante esa noche invernal, de presagios y llena de estrellas, exactamente a las once de la noche con once minutos y cuarenta y cinco segundos, en la habitación de su hogar suburbano de la avenida Benedict en Tarrytown, Nueva York, Herbert y Jane Doff experimentaron el orgasmo simultáneo más placentero de lo que llegaría a ser un matrimonio de cuarenta y cinco años de duración.

Para Herbert duró catorce segundos.

Para Jane tuvo un mayor significado. Si bien su cuerpo físico sintió oleadas de placer sensual que hicieron estremecer las profundidades de su alma, de manera simultánea tuvo una experiencia extrasensorial donde se veía rodeada por magníficos colores púrpura y azul.

El tiempo se detuvo y entró en un estado de absoluta entrega; jamás había experimentado algo así en su vida y supo con certeza que, en ese preciso momento, ella y su esposo habían concebido al hijo que deseaban.

Herbert y Jane tenían ya un pequeño de dieciocho meses, Louis, que había nacido con el cordón umbilical enredado en el cuello. Gracias a las heroicas medidas tomadas por el personal del hospital fue como pudo sobrevivir al trauma de su nacimiento.

Desde el primer momento, Louis padeció de cólicos; era irritable, hiperactivo e incontrolable. Afortunadamente para Jane, Herbert era dueño de una exitosa editorial y pudo contratar a una sirvienta/nana de tiempo completo que la ayudaba a cuidar al niño, pero aun así resultaba difícil su crianza. Y ambos anhelaban tener un bebé normal.

Así que a las 11:12 de la noche del 12 de marzo de 1949, Herbert pudo relajarse, completamente satisfecho, y observar con asombro el vibrante estado de dicha en que se encontraba Jane. La abrazó durante tres minutos, mientras ella sintió un orgasmo de cuerpo completo, mucho más profundo que cualquiera de los de su marido.

El escritor argentino Jorge Luis Borges escribió que si una sola pareja hiciera el amor perfecto, el universo entero cambiaría, y esa pareja se convertiría en *todas* las parejas. El Dalai Lama del Tíbet ha denominado al Tantra —esa técnica que permite alcanzar la iluminación— el sendero de la risa y las caricias. Su creencia también implica que dos personas que se amen de manera perfecta salvarán a la humanidad y llevarán a todos los seres al Nirvana.

Que él supiera, jamás había habido tal pareja ni tal unión.

El 12 de diciembre de 1949, a las 4 de la tarde con cinco minutos, nació Max Doff con ambos ojos abiertos y una sonrisa en el rostro.

Debido al caos que significó el nacimiento de Louis, a Jane le aconsejaron que programara una cesárea. Si bien esto suponía cierto trauma para ella, propiciaba la vía de nacimiento más sencilla posible para el bebé, estableciendo para Max el precedente de una vida relativamente más fácil.

No obstante, una sombra se cernía sobre las dichosas circunstancias de su nacimiento. Esa sombra estaba encarnada por Louis, quien era 27 meses mayor que él y lo suficientemente fuerte e inquieto como para hacer peligrar el bienestar de su hermano menor.

Al tercer día de vida de Max, Jane y Herbert lo llevaron a casa y, sentados en la gran cama de su habitación, presentaron a los hermanos.

En cuestión de segundos y antes de que pudieran reaccionar, Louis agarró a Max y empezó a apretarlo fuertemente alrededor del cuello. Tras recuperarse del susto, Jane rápidamente liberó al bebé de aquellas manos que parecían llenas de maldad y alejó al hijo mayor, mientras Herbert se acercó para proteger al recién nacido.

Tal acción motivó que Louis comenzara a proferir gritos fuertes y empezara a pegarle primero a Jane y después a Herbert, quien tuvo que sacarlo de la habitación.

Max sobrevivió a tan entusiasta presentación, pero esta fue el principio de innumerables y similares episodios explosivos. Desde el inicio fue evidente que encontraba extraña tal violencia, tan frecuente y siempre dirigida hacia él.

Sin embargo, en los demás aspectos su vida permaneció relativamente libre de traumas y fue un niño pacífico.

De pequeño, Max era encantador. Tenía el cabello cobrizo, pestañas largas y negras, ojos de color café oscuro y un rostro de proporciones casi perfectas, especialmente cuando sonreía, que era la mayor parte del tiempo.

Max no era ni gordo ni flaco, sino bien proporcionado. Era atlético y fuerte, aunque de huesos pequeños, con muñecas y tobillos delicados.

No mostraba signos de alarma ante la presencia de extraños, y parecía confiar en que las intenciones de todo aquel que se le acercaba eran de afecto. Y excepto por la actitud aberrante de Louis, esto fue cierto durante toda su infancia.

Sin embargo, por alguna razón desconocida, ya fuera debido al trauma de los ataques de Louis o a alguna predisposición genética, Max no desarrolló un habla normal. Era capaz de emitir sonidos como cualquier otro infante, pero no podía formar palabras.

Ciertamente, parecía entender lo que la gente le decía y tenía una forma casi telepática de conversar con su madre e incluso con su verdugo, Louis, pero ese era todo el alcance de sus habilidades para comunicarse.

Esta condición le brindó a su hermano mayor una oportunidad inmejorable para el continuo abuso.

—Retrasado, tráeme otra galleta de la cocina —solía ordenarle Louis.

"Simp, ven aquí o te daré una paliza —gritaba.

Se sentía inteligente por haber abreviado "simplón", que era el apodo con que se dirigía a su hermano menor. Y aunque Jane y Herbert no toleraban que le llamara "retrasado", al menos en su presencia, de manera renuente toleraban que le dijera "simp" y esperaban en vano que se cansara de usar ese mote.

En ausencia de sus padres, Louis no respetaba las reglas, diciendo de manera frecuente cosas como: "Si no me das ese camión, retrasado, te moleré a golpes". O "Quítate de mi camino, retrasado".

Jane y Herbert también suponían, debido a la falta de desarrollo del lenguaje, que su hijo era deficiente mental. Cuando tenía cuatro años de edad, ellos decidieron contratar a una terapeuta del lenguaje para que trabajara con él, y ésta rápidamente se dio cuenta de que estaba ante un pequeño extremadamente brillante, que parecía comprenderlo todo.

No obstante, no fue sino hasta que llegó a los seis años cuando Max empezó a formar oraciones completas, e inmediatamente exhibió un dominio total del lenguaje, que excedía, por mucho, su edad. Un día, como por arte de magia, Max simplemente habló.

—Creo que cuando vayamos a Martha's Vineyard este verano, debemos rentar la casa amarilla que tiene su propio lago y bote —dijo—. Me encantó ir a ese lago el verano pasado, y me agradaría poder ir todos los días.

Cuando se recuperaron de su asombro, Jane y Herbert se sintieron invadidos de felicidad.

Al mismo tiempo, Max alcanzó resultados extremadamente altos en diversas pruebas de inteligencia, diluyendo cualquier temor albergado anteriormente por sus padres.

Mientras este giro en los acontecimientos significó una sorpresa total y más que bienvenida para Herbert y Jane, fue algo muy molesto para Louis, quien se volvió incluso más intenso en su papel de antagonista durante la infancia de Max.

Desde el principio, Max supo que su vida tenía un propósito y que debía cumplir un importante destino. Sin embargo, este conocimiento no era algo tangible; había una voz en su cabeza que hablaba de una razón por la que había nacido, pero no con palabras; sólo mediante colores y vibraciones poderosas. Su mundo interior, su jardín secreto, estaba lleno de belleza y elegancia, y ello hacía a Max muy feliz.

Parecía ser capaz de desarrollar conocimientos sobre cualquier materia, pero tenía un particular apego al arte de las matemáticas y exhibía una habilidad y destreza extraordinarias para los números, que constantemente se arremolinaban en su mente, vibrando en una multitud de colores. Incluso antes de poder hablar, fue capaz de multiplicar números de tres dígitos en su cabeza.

Y este talento adoptó un componente tridimensional. Imaginaba cajas colocadas vertical y horizontalmente y en tangentes interminables. Max visualizaba cada caja como un universo completo en sí mismo y contemplaba la forma, dirección y ausencia de inicio o final dentro de cada caja y conjunto de cajas.

Tales ejercicios le reportaban enorme placer, como casi la mayoría de las cosas de la vida. Sin embargo, había un constante recordatorio de que no todo era perfecto: Louis.

A pesar de la violencia y sadismo que experimentó en manos de su hermano mayor, Max lo consideraba su mejor amigo. Su extraño vínculo provocaba en Max una gran empatía, y parecía como si ambos recordaran ese paraíso de dicha que había sido el vientre materno.

Desde el momento de su nacimiento, Max aceptó que no importaba el lugar donde estuviera, pues era donde debía estar, y sentía una paz absoluta con respecto a ello.

Louis, por el contrario, sentía rabia por haber sido forzado a abandonar ese estado perfecto y por el hecho de que el mundo lo hubiera recibido con un amago de estrangulamiento. Por tanto, había llegado a este mundo pateando y gritando, y permanecía en un estado constante de inquietud.

Que Max no sintiera esto enojaba incluso más a Louis, y estaba decidido a hacer tan miserable la vida de su hermano como lo era la suya, mediante la fuerza y el miedo. Incluso cuando eran muy pequeños, Louis atacaba a Max inmovilizándolo en el suelo, ahorcándolo, y retirándose tan pronto como Max empezaba a llorar. Cuando los adultos llegaban corriendo, había alcanzado una distancia segura, y ellos jamás se daban cuenta del nivel de violencia que ejercía sobre su hermano menor. Puesto que Max no podía expresarse, ellos permanecieron en absoluta ignorancia al respecto.

Al final, Max aprendió a hacerse el muerto. De otra manera le era imposible resistir, puesto que Louis estaba dotado de tal fuerza sobrehumana cuando se enojaba, que habría sido necesario más de un adulto para controlarlo, si ellos hubieran estado conscientes de la necesidad de hacerlo.

Y a pesar de su inclinación innata al optimismo, Max sentía que la violencia constante empezaba a afectarlo. Jamás se sintió seguro en casa y sabía que cualquier éxito que lograra en la escuela, o en cualquier aspecto de la vida, lo haría sufrir.

Conforme los ataques se incrementaron, consideró seriamente acabar con su vida para poder escapar de su verdugo.

A los siete años pensó en clavarse en el estómago el cuchillo que utilizaban para la mantequilla. Mientras en su secreto mundo interior había visto el potencial de su existencia y se emocionaba con las posibilidades que se abrían ante él, su mundo exterior le presentaba un obstáculo muy grande, al parecer ineludible.

Después de tomar la decisión, asió el cuchillo.

Sin embargo, al empujar la hoja poco filosa contra su pancita, recordó aquella serena voz interior de su primera infancia. Así que hizo a un lado el cuchillo, dándose cuenta en ese momento de que su vida tenía un propósito —una verdadera misión— e incluso si hubiera obstáculos en su camino, tendría el valor necesario para enfrentar cualquier cosa que le saliera al paso.

Una vez que aprendiera a escapar de los abrazos estranguladores de su hermano.

Cuando era muy pequeño, a pesar de la ausencia de un habla coherente, Max exhibía cualidades de líder al tomar el control de cualquier grupo.

Conforme fue creciendo, sobresalió en todas las materias escolares y sintió una verdadera alegría por aprender. Max era muy bueno para los deportes y a los doce años fue el corredor más rápido del condado de Westchester en la carrera de los 45 metros. Max bromeaba con que había sido la necesidad de salir huyendo de Louis lo que lo había llevado a convertirse en un corredor tan rápido.

Cuando se graduó de la secundaria, fue el estudiante que pronunció el discurso, también fue presidente del consejo de estudiantes y capitán de los equipos de futbol, luchas y beisbol. Tenía un extraordinario sentido para anticiparse a los acontecimientos, siempre parecía estar en el lugar adecuado en el momento adecuado, y la idea de cometer un error jamás se le ocurrió.

Esperaba ser perfecto en todo lo que hacía, y lo era. Sin embargo, esas expectativas jamás derivaron en la ansiedad experimentada por la mayoría de los niños.

No cabía duda de que era amado por sus padres, y gracias al éxito de su progenitor, poseía abundancia material. Así, a pesar de las tormentas dirigidas hacia él por su hermano, Max se las ingenió para sobrevivir su adolescencia temprana.

Pero fue entonces que, a los quince años, el jueves 19 de febrero de 1965, a las 3:15 p.m., Max Doff murió en el consultorio del doctor Howard Gray.

La muerte de Max Doff

JANE Y SU HIJO MAX LLEGARON AL CENTRO MÉDICO TARRYTOWN exactamente a las 2:44 p.m. aquella tarde aciaga de febrero. Hacía frío, y había nieve en el suelo; no una nieve limpia y fresca, sino esa que se derrite para congelarse nuevamente, haciéndose cada vez menos atractiva.

Las calles en su mayoría estaban limpias, aunque debido al previo mantenimiento con sal, tenían una fina capa de suciedad crujiente que era poco seductora para la vista y el oído.

Era bueno que las calles estuvieran casi limpias. Jane Doff era una pésima conductora. No se tenía confianza alguna detrás del volante de un auto y había sufrido un terrible accidente automovilístico hacía dos años; un acontecimiento que cambió su vida.

Jane Lefkowitz era una mujer hermosa. Con una estatura de 1.67 metros, piel y figura perfectas, tenía el cabello oscuro y rizado, ojos oscuros increíblemente dulces, y una sonrisa cautivadora que resultaba irresistible. A aquellos que la conocían les hacía recordar a Mary Pickford, Norma Shearer y otras estrellas de cine de los años 20 y 30.

Ella sólo tenía dieciséis años cuando acompañó a su hermana Mona, de veinticuatro, a un crucero a Cuba. Al ser hija de inmigrantes rusos, a Mona la percibían como una solterona con pocas posibilidades de casarse. La mayor de tres hermanas, Mona no era hermosa como Jane y no atraía fácilmente a los pretendientes. Pero corría el año 1939 y sus padres procedían del viejo mundo, así que tenía que ser la primera en casarse, o sus hermanas no lo harían.

Tal era la tradición de las familias rusas, o al menos de la familia Lefkowitz.

El padre de Jane, Arnold Lefkowitz, se ganaba la vida de manera modesta como vendedor de huevo en Newark, Nueva Jersey; una profesión que su esposa, Gladys, menospreciaba. Hombre profundamente intelectual, era experto en la Torá y respetado por rabinos de todo el mundo. Pero esto no era suficiente para compensar el grado al que Gladys sentía que "había descendido" en la vida.

Su familia había sido dueña de su propia tienda en Europa y su padre era médico, lo cual era bastante prestigioso. Así es que Gladys se creía una mujer de mundo, sofisticada y demasiado "buena" para su humilde esposo.

Gladys jamás trabajó, pero era una excelente ama de casa y administraba y controlaba todo el dinero generado por su esposo, Arnold. Debido al elevado costo del crucero, acudió al frasco de "emergencias" que mantenía oculto en el tercer cajón de la alacena situada encima del refrigerador, sacó la cantidad necesaria —vaciándolo casi por completo— y no sólo envió a Mona, sino también a su hermana Jane, a un crucero de diez días, de la ciudad de Nueva York hasta La Habana, Cuba.

Jane sería la acompañante de su hermana, con quien realmente no se llevaba bien. Pero no protestaría, pues esta era una buena oportunidad para conocer un poco el mundo. Soñaba con viajar, ser escritora y vivir en una cabaña con techo de paja en Devon, Inglaterra.

Y no habría sido apropiado que Mona viajara sola, puesto que habría dado de qué hablar a la gente sobre su comportamiento y carácter moral.

Esto era serio.

Mona necesitaba encontrar una pareja en ese "crucero para solteros", aunque nadie se atreviera a llamarlo así. El tiempo se agotaba, y el futuro de Mona —y el de Jane y su hermana Miriam— se tambaleaban.

El crucero estaba diseñado para que hubiera interacción entre hombres y mujeres solteros. En la primera cena, a Jane y a Mona les asignaron la mesa del capitán.

Herbert Doff, un pulcro y guapo hombre de veinticuatro años, la misma edad de Mona, también recibió instrucciones de sentarse en la mesa. Medía 1.72 metros, tenía cabello oscuro y ondulado, brillantes ojos color café de mirada traviesa, era un poco rellenito por el exceso de vino y comida, pero en general tenía buen cuerpo y era físicamente fuerte.

Como científico brillante que era, Herbert había emprendido una carrera prometedora como químico. Pero una explosión en el laboratorio de Union Carbide lo había dejado parcialmente sordo y lo obligó a tomar un descanso de seis meses con goce de sueldo. Durante ese tiempo, Herbert asistió a partidos, salió con chicas jóvenes y llenas de curvas y, en general, atendió ciertas necesidades de la vida, como renovar su licencia de conducir.

Esta última actividad le dio un giro a su carrera.

Herbert se dio cuenta de que los folletos para el examen de manejo escaseaban, y debido a que contaba con algo de tiempo, se dio a la tarea de imprimir copias y vendérselas a los futuros conductores.

Puesto que un buen número de personas reprobaba el examen escrito de la prueba de manejo y debía volver a solicitarlo, contrató una secretaria para mecanografiar y mimeografiar cien ejemplares del folleto, con las respuestas a las preguntas de opción múltiple incluidas.

A continuación, Herbert se instaló en la entrada de la oficina de licencias de Manhattan y rápidamente vendió cada uno de los folletos, a un dólar el ejemplar. Imprimió otros miles de folletos y reclutó amigos y estudiantes para venderlos por toda la ciudad de Nueva York, y por cada copia vendida cada uno de ellos recibía veinticinco centavos.

Este convenio continuó durante varios meses, lo que implicaba una ganancia de varios miles de dólares a la semana para Herbert, una muy buena cantidad para mediados de los años 30 y mucho más de lo que hubiera esperado ganar como químico.

El nivel de desempleo todavía era alto, pues el país seguía luchando por salir de la Gran Depresión. El servicio militar en aquella época no era un requisito, sino más bien un privilegio y una solución al desempleo. El salario y la oportunidad de los reclutas para continuar con su educación se determinaban por el resultado en el examen de ingreso a las Fuerzas Armadas. Puesto que el examen —justo como el manual de conductor— era un documento de dominio público producido a expensas de los contribuyentes, Herbert vio otra oportunidad de hacer dinero y, a la vez, ayudar a otros.

Completó lo que en su mayoría eran preguntas de matemáticas básicas e inglés, después hizo una copia en papel del examen, y de esa manera nació el folleto titulado "Práctica para el examen de las Fuerzas Armadas". Con esto, Herbert se encaminaba a acumular su primer millón de dólares.

En 1938, un millón era prácticamente una fortuna y ciertamente más dinero del que un hombre soltero podía gastar sin meterse en líos, algo en lo que Herbert era experto. Amaba la gran vida: comidas opíparas, buen vino, la compañía de mujeres hermosas, siendo esta última la razón por la que estaba en el crucero.

Había salido durante seis meses con Lisa, una voluptuosa rubia de ojos azules, y ella esperaba que él colocara un anillo de compromiso en su dedo, garantizándole una vida de comodidad y placer. A pesar de que le tenía cariño a Lisa, Herbert *no* quería casarse con ella.

En primer lugar, no estaba listo para el matrimonio. Y, además, si bien ella era divertida como compañía, no era alguien con quien Herbert se imaginara establecido y con hijos.

Sin embargo, parecía no poder armarse de valor para mirarla a los ojos y decirle eso, así que decidió desaparecer. Optó por la vía del cobarde, pero creía que su ausencia diluiría el deseo de dicha marital de Lisa —al menos con él—, y así podría continuar saliendo con varias personas.

De modo que le dijo que tenía que ir a La Habana a un asunto de negocios y preparó una cantidad de postales escritas previamente que le enviaría desde Cuba durante seis meses completos, detallando los enredos cada vez más complejos en que se metería, y que impedirían su regreso.

Herbert, por supuesto, regresaría a Nueva York con la esperanza de que, después de seis meses, Lisa hubiera renunciado a él y encontrado otro hombre.

Por esa razón estaba aquella noche en la mesa del capitán, y al momento de sentarse en ella junto a Mona y su hermana, se enamoró loca, desesperanzada, completa y eternamente… de Jane.

Su belleza quitaba el aliento, y aunque parecía saber que era hermosa, no alardeaba de ello. Sin embargo, sí la hacía irradiar una sensación de confianza y placidez que automáticamente lo atrajo. Durante la cena, supo su edad y se dio cuenta de que era demasiado joven para iniciar un noviazgo con él. Posteriormente, le puso más atención a Mona, de edad apropiada, que evidentemente se sentía encantada por su carisma.

Cuando el barco atracó en La Habana, algunas parejas recién formadas caminaron por las calles y visitaron las playas y los casinos de la bochornosa capital cubana. Herbert hizo los arreglos pertinentes para que las hermanas lo acompañaran a pasear en carreta por la ciudad. Las llevó a espectáculos, las invitó a cenar, les compró flores y regalos. Formaron un trío inseparable durante la estadía y volvieron a sus posiciones en la mesa del capitán durante el viaje de regreso, con Herbert sentado firmemente entre las dos hermanas, y siempre atento con Mona.

A su regreso, las dos hijas entretuvieron a la familia Lefkowitz con sus relatos sobre un pretendiente potencial para Mona. Por lo tanto, se quedaron pasmados cuando Herbert llegó pidiendo permiso para cortejar a Jane.

Ni Gladys Lefkowitz ni Mona perdonaron jamás a Herbert por rechazar a esta última. Incluso años más tarde, cuando Mona se casó y tuvo dos hijos, lo seguía considerando el libertino que se había aprovechado de ella para poder acceder a su joven y hermosa hermana.

Conforme iba haciéndose mayor, Jane se volvía cada vez más y más hermosa. Una vez, en el año 1953, cuando ya era madre de tres hijos, ella y Herbert fueron a cenar al Hotel La Mamounia en Marrakech, Marruecos. Winston Churchill estaba sentado en una mesa cercana y no podía apartar su mirada de ella. Finalmente invitó a Jane y a Herbert para que lo acompañaran, un gesto que ella tomó con tranquilidad. Aunque Jane había tenido una educación sencilla, se sentía cómoda entre la gente de cualquier posición.

Tenía un alma gentil y una extraña, casi telepática, empatía que le confería la habilidad de hacer sentir cómoda a la gente, sin importar quién fuera. Ese fue el caso con el hombre de Estado. Ambos conversaron como si se conocieran de años mientras Herbert, reclinado en la silla, brillaba de orgullo.

Todo terminó para Jane el 16 de junio de 1963, a las 4:22 de la tarde, en la avenida Sleepy Hollow, de Sleepy Hollow, unos 30 kilómetros al norte de la ciudad de Nueva York.

Llevaba a Louis a comprar unos refrescos para la fiesta de Max, quien se graduaba de secundaria. La escuela había elegido a Max para pronunciar el discurso de graduación a los estudiantes y sus padres al día siguiente, y puesto que tanto los alumnos de la secundaria como los de la preparatoria de la escuela privada Hackley asistirían, habría cientos de personas en el auditorio. Jane sintió que debía premiar a Max por su sorprendente éxito académico.

Max estaba en casa preparando su discurso. Jane detuvo su camioneta blanca en la intersección de tres vías. Un Chevy color café se acercó, conducido por la señora Allison Broadstreet.

Jane tenía el derecho de paso, pero vaciló.

En lugar de detenerse por completo, la señora Broadstreet confundió el acelerador con el freno, pisó hasta el fondo y alcanzó una velocidad de sesenta y cinco kilómetros por hora, que gracias a Dios no fue suficiente para matar a Jane y a Louis, pero sí como para que éste saliera proyectado hacia afuera del auto y dejar a su madre con heridas en la cabeza y el rostro.

Los llevaron rápidamente al hospital, y Jane requirió cuarenta y tres puntos para cerrar la herida ubicada por encima de su ojo izquierdo. De acuerdo con los doctores, el otro daño que experimentó fue una conmoción.

Max llevó a cabo lo planeado y pronunció su discurso al día siguiente, en la ceremonia de graduación de la Escuela Hackley. Su hermano, Louis, ileso del accidente, fue el único otro miembro de la familia que asistió, puesto que también era un estudiante de Hackley y tenía la obligación de hacerlo.

Herbert decidió permanecer al lado de Jane. Ella regresó a casa poco después y seguía siendo tan hermosa como siempre ante los ojos de su esposo y, ciertamente, de los demás, pero desgraciadamente no ante sí misma.

Jane tuvo una pequeña secuela: la incapacidad de controlar los nervios del lado izquierdo de su rostro. Aún conservaba su sonrisa, pero había cambiado, y fue incapaz de ignorar esta anomalía en sus rasgos. Jamás había sido vanidosa y casi daba por gratuita su belleza. La vida había sido generosa con ella. Había tenido la bendición de casarse con Herbert, de tener dos hijos, un hogar confortable, amigos y abundancia.

Siempre se había sentido cuidada, amada y viviendo en un estado perpetuo de gracia. Sin embargo, tras el accidente, todo eso desapareció. Se sintió descorazonada y perdió su entusiasmo por la vida.

Con cuarenta y un años al momento del accidente, Jane empezó a dudar de su valía. Su sueño de vivir en Inglaterra permanecía insatisfecho. Su identidad estaba, de manera inextricable, vinculada a Herbert, a quien amaba profundamente, pero haber vivido a la sombra de este hombre poderoso y exitoso le había dado una sensación de inferioridad, y ella empezó a tenerle resentimiento.

Perdió toda seguridad en sí misma. Jamás había sido religiosa y albergaba dudas sobre la existencia de Dios, especialmente como resultado del accidente. Conforme los sentimientos de arrepentimiento y desilusión daban vueltas y vueltas en su mente, empezó a fumar un cigarrillo tras otro y a beber vodka para adormecer su dolor.

Su médico de cabecera era el doctor Howard Gray, quien también tenía a sus hijos en la Escuela Hackley. Howard y su esposa, Zelda, con frecuencia cenaban y tenían encuentros sociales con Herbert y Jane. Puesto que la amistad había durado años, fue algo natural que cuando Jane regresó del hospital con un diagnóstico de depresión clínica, la familia llamara a Howard para pedirle consejo y ayuda.

Cuando era joven, Jane solía pasar dos semanas de cada verano en el puerto de Jersey. Amaba esas salidas, y cuando fue una joven madre, organizaba las vacaciones de verano para sí misma, Herbert y los niños en Cape Cod, en el estrecho de Long Island o incluso en Martha's Vineyard, cualquier lugar donde pudiera pasar horas contemplando las olas. Sin importar la hora del día o de la noche, el trance hipnótico del mar —sus sonidos, su exuberancia, sus aguas turbulentas, su reflujo, su movimiento constante— envolvían a Jane y la dejaban en un estado casi extático.

De esta manera, cuando escuchó el diagnóstico de la depresión, Howard Gray sabiamente recomendó que Jane rentara una cabaña durante un mes y disfrutara su romance con el océano.

Jane estuvo de acuerdo, con la condición de que nadie la viera en lo que ella consideraba su estado "defectuoso", aquejada por su sonrisa dañada y su depresión. No quería ningún visitante: ni sus hijos, ni Herbert, ni siquiera una señora para la limpieza. Quería estar completamente sola, sin que nadie la estuviera controlando.

Pero el doctor Gray *sí* fue a verla de vez en vez. Dijo que aunque Jane necesitaba el descanso y el mar, el aislamiento en que había insistido no era sano para ella. Como también le estaba dando analgésicos y pastillas para dormir, hacía un viaje para verla cada fin de semana.

Al principio se quedaba en un motel cercano, pero pronto empezó a dormir los sábados en la cabaña, llevando a Jane a comer y a dar paseos por la playa. Lentamente, la empujó a relacionarse nuevamente con la gente, permitiéndole darse cuenta de que todavía era hermosa y merecedora del amor que siempre había llenado su vida.

Ocurrió lo inevitable, y Howard se enamoró de Jane. El amor floreció en un espontáneo estado de excitación que ni él ni ella pudieron resistir, ni deseaban hacerlo. Howard no era feliz en su matrimonio, pero tenía dos hijos y responsabilidades familiares, y no era el tipo de hombre que tenía romances ni abusaba de la inviolabilidad de la relación doctor-paciente.

Justificó lo que estaban haciendo como un acto de curación, una forma de asegurarle a Jane, de la manera más íntima, que el accidente no había menguado su belleza. Ella todavía era una mujer vibrante y sexy que necesitaba seguridad —incluso amor— de otro hombre que no fuera Herbert, quien, hasta ese verano, había sido el único hombre con el que ella había hecho el amor. Howard habría dejado a su esposa y a sus hijos si Jane lo hubiera deseado. Sin embargo, no lo hizo. Su amor por Herbert no había disminuido. Su amor por sus hijos, tampoco.

Pero el amor de Jane por sí misma estaba disminuido. Su romance con Howard concluyó al final del verano; un verano inusual y bochornoso, que se prolongó desde principios de septiembre hasta mediados de octubre. Cierta curación había tenido lugar en ella, y regresó a su vida normal, aunque la existencia jamás volvió a ser la misma. Nunca volvió a sentirse realmente parte de su propia familia; en particular con Max, apareció una distancia que no había estado ahí antes.

Los cigarrillos, las fuertes bebidas alcohólicas y la pérdida del asombro y del estado de gracia cambiaron a Jane y sus actitudes eran observables para todos, especialmente para Max. El fuerte vínculo que habían compartido él y su madre había desaparecido, dejándole vacío y soledad.

Cuando su madre regresó, Max y Louis supieron que algo había cambiado.

Su madre se entregó al tejido y elaboró toda clase de gorros y guantes, incluso suéteres, que la mayoría de las veces quedaban algo imperfectos, pero siempre calientitos y llenos de amor.

El doctor Gray continuó atendiendo a los Doff, y los niños lo creían inteligente y siempre ingenioso en sus comentarios. Era el tipo de doctor que conocía perfectamente la historia médica de cada miembro de la familia. Les hacía llamadas telefónicas en una época en que pocos doctores lo acostumbraban.

El 19 de febrero de 1965, Max contrajo una gripe severa, con síntomas bronquiales que hacían dolorosa cada respiración. Había dejado de ir a la escuela durante tres días, pero sus síntomas empeoraban en lugar de mejorar. Los jugos, las sopas y las pastillas no estaban ayudando.

—Mejor tráelo —le dijo el doctor Gray a Jane cuando lo llamó aquella tarde fatídica. Eran exactamente las 2:44 p.m. cuando ella y Max entraron a la sala de espera del consultorio del doctor.

Debido a la enfermedad, los sentidos de Max parecían exaltados, y al sentarse allí se dio cuenta de cada detalle: la reproducción pictórica en la pared de George Washington cruzando el río Potomac con sus hombres, las revistas de *National Geographic*, con sus portadas amarillas; la mesa café sobre la cual se hallaban dispuestas las sillas verdes donde su madre y él se sentaron durante lo que parecieron horas, aunque fueron sólo minutos, y el ligero uniforme blanco de la enfermera Ethel, quien le dio cálidamente la bienvenida a Max mientras lo conducía al consultorio del médico.

Al doctor Gray sólo le tomó unos cuantos minutos examinarlo. Acercó un estetoscopio al pecho del joven y le pidió que respirara. Max silbó y después tosió penosamente.

La enfermera Ethel le tomó la temperatura y observó que la fiebre era moderada.

El doctor Gray decidió inyectarle penicilina, que había usado en pacientes con síntomas similares. Había sido eficaz para aliviar la gripe en máximo dos días, le explicó. Después le pidió a Max que se subiera la manga de la camisa.

Max odiaba las inyecciones, pero estaba cansado del dolor en la garganta, así que se resignó al piquete de la aguja.

Hubo un pinchazo, dolor y se acabó.

—Siéntate aquí —le dijo a Max el doctor Gray—. Estaré de regreso en un minuto.

Max no supo cuánto tiempo permaneció ausente el doctor Gray ni si abandonó el consultorio alguna vez. Lo que Max pudo recordar fue un repentino estado de dicha.

Experimentó la sensación de ser una criatura de pura luz, flotando con otros seres de luz en el brillo más resplandeciente que jamás había conocido. Su cuerpo vibró con sentimientos de amor, y cada latido le produjo incluso más luz a su alrededor y en su interior.

Entró en un estado de euforia absoluta.

De pronto, a través de la luz brillante vio venir un conjunto de colores hermosos, vibrando y flotando a su alrededor, como objetos individuales. Conforme las vibraciones de color se hicieron más fuertes, Max identificó el nombre de una persona implícito en cada una de ellas. Contó doce colores y doce nombres, ninguno de los cuales le era conocido.

Después, tan rápidamente como los nombres y los colores habían aparecido, se alejaron, y la luz pura y blanca regresó. Con este cambio, Max tuvo la sensación de estar junto a seres a los que había conocido mucho tiempo atrás, que lo rodearon de amor y lo saludaron como si fuera un querido amigo o un pariente que ahora regresaba a casa.

Fue un estado de calma eufórica y, sin embargo, pausada, gentil y, a la vez, llena de alegría —movimiento activo y sin esfuerzo, sin restricción de ningún tipo—; un sentido de ser, pero sin el cuerpo físico.

Y, así, Max murió.

Max vive

1965

MAX DOFF SE DIRIGIÓ DE MANERA ENTUSIASTA HACIA EL TÚNEL DE luz.

Al hacerlo, una serie de ruidos fuertes distrajo a su vaga conciencia y enfocó su atención hacia un hombre invadido de emoción y miedo. El hombre hablaba en voz muy alta.

Estaba de rodillas y oprimía con las manos un cuerpo que yacía en el piso de una habitación pequeña. Max se preguntaba por qué el hombre estaba tan inquieto, y después se dio cuenta de que el hombre era un doctor, y sentía angustia porque el cuerpo no respondía a sus palabras o intentos de resucitarlo.

Entonces Max vio que era su propio cuerpo el que yacía allí. Perturbado por el estado de ansiedad del doctor, tomó la decisión consciente de regresar. Así que en un acto valiente de generosidad le dio la espalda al túnel de luz que le ofrecía lo que parecía un mundo familiar y confortable, y regresó al drama humano de ser Max.

Al reingresar a su forma corpórea, abrió los ojos, y el miedo y el pánico amainaron en el rostro del doctor Gray.

—Pensé que te habíamos perdido —le dijo el doctor Gray, y no tenía idea del sacrificio que Max había hecho por compasión hacia él.

Sin embargo, el dolor del doctor no era lo único que había motivado el retorno de Max. Más que nunca antes, se sintió impulsado por algo incluso más fuerte; por una misión de mayor importancia… que requería que viviera.

Max todavía se sentía enfermo y estaba algo aturdido por la experiencia de morir. Permaneció en el centro médico durante otras dos horas bajo observación, y Jane se quedó con su hijo.

—Mamá, no tienes idea de lo hermoso que es estar fuera del cuerpo —le dijo—. Había unos seres de luz, y estaban llenos de amor.

—Puedo tan sólo imaginar lo que experimentaste —le contestó Jane, y lo abrazó con fuerza—. Suena un poco como lo que yo siento cuando contemplo las olas del mar e imagino cada ola como una fuerza de amor y vida.

”Pero dime más sobre esos doce nombres que viste —le pidió.

—Bueno, eran nombres que jamás había visto antes, y algunos parecían estar en lenguas extranjeras. El único nombre que recuerdo es el último, que era uno extraño: Oso que Corre.

”Cada nombre tenía su propio color y vibración específicos —continuó—. Y, al combinarse, había un arco iris completo de colores y una sinfonía de vibraciones. Fue algo mágico y maravilloso.

”¿Crees que era importante recordar los nombres? —preguntó Max, repentinamente preocupado por haber perdido una gran oportunidad de conocimiento.

Jane lo tranquilizó.

—Quizá no tengan ninguna importancia y, si la tiene, no dejes que eso te inquiete. Simplemente vive tu vida, y observa lo que sucede. —Ella se detuvo y lo miró a los ojos—. El mundo es ancho y ajeno, y jamás entenderás todo lo que ocurre.

Después de esas palabras, le dio a Max un beso en la frente, luego un abrazo, y esperó hasta que el doctor Gray sintiera la confianza necesaria como para mandarlo de regreso a casa.

Una vez que el doctor estuvo convencido de que no se repetiría su deceso prematuro, Max pudo irse de la clínica.

Tomó a pecho el consejo de su madre y siguió adelante con su vida, brillando en los deportes escolares, demostrando sorprendentes habilidades de liderazgo en todas las actividades y sobresaliendo académicamente, en particular en las matemáticas.

Sin embargo, sus logros significaban tan poco esfuerzo para él que empezó a buscar desafíos adicionales, y con esto en mente solicitó participar en el programa de intercambio con alumnos de España. Durante largo tiempo ese país lo había fascinado, en parte debido a la influencia de su maestro de español, Fernando Iglesias.

El señor Iglesias, como les pedía a sus estudiantes que lo llamaran, era el hombre que menos probabilidades tenía de convertirse en maestro, y menos aún de inspirar a sus estudiantes como lo hizo. Era el hijo menor de la quinta familia más adinerada de Cuba. Junto con otros cuatro clanes, la familia Iglesias controlaba la política, era dueña de los molinos de azúcar, las vías ferroviarias, los casinos y todo lo demás de lo que valía la pena ser dueño. Fernando tenía sirvientes diligentes que atendían cada una de sus necesidades. Se destacaba en el arte de parrandear como, según sus palabras, sólo un cubano de verdad lo podría entender; una variación del carnaval brasileño mezclado con un escandaloso entusiasmo e intensidad, amor a la belleza y aprecio por el buen arte.

Aunque no necesitaba hacerlo, Fernando asistió a la escuela de Derecho porque era una carrera digna de seguir mientras esperaba heredar su fortuna. Sin embargo, era un idealista y quería atestiguar la reforma; en particular la sustitución de Fulgencio Batista, el soberano dictatorial y represivo de Cuba. Como estudiante, aportó fondos significativos para un joven idealista llamado Fidel Castro. Fue sólo después de que Castro obtuvo el poder cuando Fernando se dio cuenta de que había apoyado a un dictador igualmente totalitario.

Cuando Fernando estuvo listo para huir de Cuba, sólo pudo llevar consigo cinco dólares y la ropa que tenía puesta.

Llegó a Miami y obtuvo un trabajo en la fuente de sodas de un restaurante Howard Johnson's. Hablaba inglés con fluidez y, gracias a sus antecedentes culturales, resultó apto para el puesto de maestro de español en diversas escuelas privadas de la Costa Este. Su educación de clase alta cumplía con los requisitos de la Escuela Hackley en Tarrytown, Nueva York, así que en 1964 empezó a enseñar español a los alumnos de primero de preparatoria de esa escuela privada que sólo recibía varones, que podían asistir a clases en horario matutino o en la modalidad de internado.

El señor Iglesias no tenía experiencia como maestro, pero poseía un rico conocimiento de la cultura latina. De esta manera, Max creía que sus métodos de enseñanza eran poco ortodoxos, pero siempre dramáticos, emocionantes y mágicos. Su filosofía consistía en que nada era imposible. Llevó a sus estudiantes a la ciudad de Nueva York para asistir a fiestas y departir con otros exiliados cubanos, donde los jóvenes de ojos azorados fueron expuestos a la comida exótica, contagiosa música y hermosas mujeres.

Cuando el Pabellón Español abrió en la Feria Mundial de 1964, en Queens, Nueva York, el señor Iglesias organizó un viaje para la clase entera, incluyendo pases tras bambalinas para conocer a los bailarines gitanos de flamenco. Max estaba sorprendido de que este sencillo maestro, que prácticamente no tenía dinero, pudiera encontrar tal alegría y emoción en la vida cotidiana.

El amor de Fernando por su cultura era profundamente contagioso, y Max pronto adoptó un gran afecto por todas las cosas hispanoamericanas, incluyendo las historias sobre las civilizaciones inca y maya, y comprendiendo la manera en que los conquistadores españoles habían vencido a aquellas civilizaciones altamente evolucionadas tan rápido y, al parecer, sin esfuerzo. Por tanto, el 9 de septiembre de 1966, a la edad de 16 años y lleno de entusiasmo y expectativas, Max zarpó con un grupo de estudiantes en el barco *Aurelia* hacia Southampton, Inglaterra, con destino final Barcelona, decidido a aprender más sobre la cultura que había engendrado a Cortés y a Pizarro.

A su llegada se le asignó la familia Segovia, integrada por la matriarca, la viuda de Segovia; sus tres hijos y su sirvienta y cocinera, Julieta, quien había estado con la familia desde el nacimiento del hijo mayor, Alejandro.

Alejandro era un hombre extraordinariamente apuesto, de veintiocho años, al que le gustaban las fiestas y se codeaba con modelos y artistas, incluido Salvador Dalí. Era arquitecto, pero no muy exitoso, y constantemente peleaba con su madre por cuestiones de dinero y sus logros profesionales más bien mediocres.

Roberto, el segundo hijo, tenía veinticuatro años y también estaba estudiando arquitectura. No tenía el increíble atractivo de Alejandro, pero sí un rostro agradable, aunque más bien regordete. Se comprometió con su novia de la preparatoria cuando Max vivía con la familia; su nombre era Cristina, y era mucho más alta y delgada que Roberto. Formaban una pareja curiosa, pero ambos eran dulces, inteligentes y amables.

Max pasaba una buena parte de su tiempo con Roberto, jugando cartas y discutiendo sobre comida, música y arquitectura. Puesto que le encantaba comer, Roberto introdujo a Max a una gran variedad de manjares españoles, catalanes y vascos.

Sin embargo, Max pasó la mayor parte de su tiempo con la hija menor, Emilia, que tenía veinte años y, por tanto, era más cercana a su edad. Estudiaba literatura en la Universidad de Barcelona, así que hablaban durante horas sobre los grandes autores y poetas del mundo y se aventuraban profundamente en temas filosóficos. Emilia fue una verdadera hermana para Max, y la idea de una relación romántica jamás entró en escena. De hecho, ella tenía un novio muy rico, Quitano, que vivía en Madrid pero la visitaba cada fin de semana e invitaba a Emilia y a Max al teatro, al ballet, a restaurantes finos y a conciertos.

Pero la señora, la viuda de Segovia, era lo que verdaderamente llamaba la atención. Su esposo, creador de un negocio de seguros médicos altamente exitoso, había muerto prematuramente, dejándola con sus tres hijos pequeños, que tenían entre cuatro y ocho años. En 1956, España no otorgaba derechos de igualdad a las mujeres, y pocas —si es que había alguna— poseían un negocio. Puesto que la ley española prohibía que las mujeres solteras tuvieran uno, la señora mantuvo su nombre formal como la viuda de Segovia.

Era una empresaria natural, y además de dirigir la compañía de seguros, había adquirido una lavandería, varias tiendas pequeñas y una casa en la playa para los fines de semana, en la Costa Brava, la costa norte de Barcelona. Creía en el trabajo duro y le había inculcado esta ética laboral a Roberto y Emilia, pero no a Alejandro, quien se sentía más atraído por el glamur y el mundo del arte.

Así como Jane, la madre de Max, era débil en todos los sentidos, la viuda de Segovia era fuerte. No era hermosa, pero tenía una energía inagotable y un excelente gusto estético.

Julieta, quien se desempeñaba como la sirvienta y cocinera de la familia, era casi una segunda madre para los niños. Provenía de una familia pobre originaria de una pequeña villa, en el campo aragonés, y había empezado a trabajar para la familia con sólo 16 años; cuando Max llegó a vivir con ellos, ya tenía casi cincuenta. Con frecuencia llevaba a Max a hacer las compras en el mercado callejero, y le enseñaba a elegir las verduras frescas e indicaba cuál de los pollos vivos era el mejor para comer.

—Este chico es más listo que el diablo —les decía con orgullo a todos los que la escuchaban, era evidente que disfrutaba tener a su cargo al joven norteamericano, y esto hacía sonreír a Max.

Durante los nueve meses que pasó en Barcelona, Max aprendió a hablar español con un acento tan puro como el de cualquier castellano. Sintió tal conexión emocional con la gente española como jamás la percibió al hablar en inglés, que para él era una lengua de lógica y gimnasia mental, pero no de emociones profundas.

Viajó por toda España, a cada una de las ciudades importantes, se hizo experto en la obra del arquitecto barcelonés Antonio Gaudí, visitó el lugar de nacimiento de El Greco, se maravilló con la Alhambra de Granada, comió percebes en Galicia, caminó por las calles antiguas de la Salamanca de Unamuno, y se fascinó incluso más con la cultura española y su amor por la vida, su intensidad y su pasión. Todo le parecía muy familiar. Se sintió en casa.

Max creyó que era el lugar al que pertenecía. En España aprendió a vivir sin miedo. Podía caminar por la ciudad a cualquier hora del día o de la noche con total seguridad. Franco gobernaba con mano de acero, e incluso en el barrio rojo no había más crimen que la prostitución, que estaba regulada a medias, por lo que había tiendas de condones en cada esquina y cuartos baratos de hotel arriba de cada bar.

Aunque Max cumplió diecisiete años ese invierno, aún parecía de catorce, e incluso las prostitutas consideraban que era demasiado joven como para tocarlo. Una noche, él y tres de sus amigos decidieron que era el momento de perder la virginidad. Todos sus amigos tuvieron éxito y, a pesar de los condones, regresaron con infecciones como prueba de ello. A Max lo rechazaron las prostitutas debido a su apariencia, lo cual fue un alivio para él.

Max dormía bien en la casa de la viuda de Segovia y tuvo sueños placenteros, excepto una noche en que bebió demasiado coñac después de un partido de beisbol. Gracias a la destreza de Max, tras dos años de mala racha, el equipo español ganó un partido en contra de sus archirrivales. Cada uno de los diez miembros del equipo insistieron en comprar una ronda de coñac para todos, lo que significó ingerir diez tragos en dos horas.

Esa noche Max soñó que luchaba contra miles de dragones verdes que echaban fuego por la boca. Tenía una espada y pudo matar a cada dragón que se acercaba a él, pero era un número inagotable de tales criaturas.

Después de matar cientos —si no miles— de dragones, Max volteó hacia el cielo y vio una presencia que parecía divina, la cual rugió.

—¿Quieres dejar de luchar contra los dragones? —le preguntó.

—Sí, es duro, y ya me siento exhausto —admitió Max.

—Bien, pues puedes dejar de hacerlo cuando quieras.

—Pero si me detengo, los dragones seguirán llegando y destruirán el mundo.

—Tu razonamiento es correcto —admitió la presencia divina en español—. Pero jamás podrás derrotar a todos los dragones. Su número es infinito.

"¿Estás seguro de que quieres continuar? —le preguntó.

Max simplemente encogió los hombros y regresó a matar dragones. Después se despertó.

A Max le dijeron que dominaría el español cuando sus sueños sucedieran en ese idioma. Puesto que Max jamás recordaba sus sueños, esta fue una experiencia inusual y placentera.

El sueño también indicaba que había alcanzado su objetivo principal de aprender español antes de regresar a conquistar cualquier dragón que pudiera esperarle mientras se preparaba para completar su educación y alistarse para la universidad y la vida adulta.

"Entender el entendimiento"

1968

MAX ASISTIÓ A LA ACADEMIA PHILLIPS ANDOVER PARA CURSAR EL último año de preparatoria y, aunque le fue bien, no sobresalió; especialmente en cuanto a sus actividades extracurriculares. En lugar de ello, se concentró en los estudios, sus solicitudes para la universidad y en aprender sobre el sexo y el amor.

No le resultaría difícil que lo aceptaran en cualquier universidad de su elección, y después de recibir una serie de cartas de bienvenida, decidió asistir a Yale.

Mientras tanto, tuvo una relación dulce y sosegada con Lizzie, una chica de quince años, a quien había conocido en un baile en un exclusivo club de Sleepy Hollow. Esa noche Max bailó con muchas jóvenes vivaces y elegantemente vestidas, pero Lizzie era diferente. Cuando él le preguntó cuál era su libro favorito, contestó que *Candy*, una novela escandalosa, casi pornográfica, que estaba en la lista de los libros más vendidos de la época.

Max se sintió intrigado por el hecho de que una chica tan joven fuera tan osada con él y se sintió atraído por sus ojos místicos, su cuerpo delicado y femenino, y su sonrisa deslumbrante. Antes de que se acabara la noche, decidió cortejarla.

Vivía a poca distancia de la casa de Max, pero puesto que él pasaba en Andover la mayor parte del tiempo, sus reuniones se reducían a las vacaciones escolares. No obstante, el romance floreció.

Solían efectuar largas caminatas o ir al cuarto de Max, que estaba encima del garaje, contaba con una entrada aparte y ofrecía una privacidad absoluta.

Max consideraba "silenciosa" su relación porque él y Lizzie rara vez hablaban cuando estaban solos. Se besaban y se miraban a los ojos hasta por cinco horas cada vez. Pero ambos eran vírgenes y ninguno de ellos estaba listo para explorar rápidamente el siguiente nivel de intimidad.

Este noviazgo a larga distancia duró todo el último año que Max pasó en Andover. Entonces, el verano anterior a que Max partiera a Yale, los dos disfrutaron un fin de semana en la ciudad de Nueva York, y se quedaron en el departamento vacío de Herbert Doff en la 18 e Irving Place, al otro lado de La Taberna de Pete. Fue entonces cuando Max y Lizzie decidieron mutuamente explorar la intimidad física máxima de lo que ya era un amor intenso y emocionalmente sólido.

Una vez que empezaron a hacer el amor, ya no pararon. La canción de Los Beatles en aquel momento era "Why Don't We Do It in the Road?" y, por supuesto, Lizzie y Max lo hicieron; ahí y en casi cualquier lugar posible.

Cuando Max entró a Yale, en septiembre, cada vez le resultaba más difícil poder ver a Lizzie, pero le escribía con regularidad. Ella no era tan diligente en sus respuestas, así que él se encontraba en un estado de feliz ignorancia hasta que fue evidente que ya no estaba interesada en él.

Sólo tenía dieciséis años y estaba en la preparatoria, y tener un novio en la universidad era absurdo. Le escribió a Max una carta de despedida que él recibió el 12 de diciembre de 1968, el día de su cumpleaños número diecinueve.

Max se sintió devastado al recibir la carta. Cayó en un estado de total abatimiento.

Su depresión se exacerbó porque no se sentía bien en Yale. Max no disfrutaba estar en un dormitorio que colindaba con la avenida de la Universidad, donde el cambio de velocidad de los camiones era audible durante toda la noche, lo que lo despertaba o le impedía dormir, por lo regular. Lamentaba tener una novia que estaba lejos y no se encontraba disponible. Max no disfrutaba las clases multitudinarias de hasta seiscientos estudiantes, y tampoco a los profesores que ni siquiera sabían sus nombres.

Debido a que había destacado en el área de matemáticas, a Max no le satisfacía asistir a las clases donde su profesor australiano utilizaba notaciones distintas de las que había aprendido en la preparatoria. En un mundo que estaba de cabeza por la guerra de Vietnam y la proliferación del uso de drogas entre sus compañeros e incluso entre los profesores, se cuestionaba sobre la relevancia de querer ser matemático.

Sus otros estudios le ofrecían poco consuelo. Leyó a Piaget y aprendió que, de acuerdo con sus etapas de desarrollo, es imposible para un niño pequeño aprehender y examinar conceptos abstractos. Esto lo dejó perplejo, pues no podía desechar la realidad de las visiones y experiencias de su propia niñez.

Además, había intranquilidad política: asesinatos de los Kennedy, Kent State, el proceso de Abbie Hoffman y, finalmente, la muerte de Martin Luther King. Entre tanto caos, su única ancla emocional significativa había sido eliminada, y no tenía manera de lidiar con la vida.

Ese otoño, Herbert y Jane se mudaron de Scarsdale, Nueva York, a Greenwich, Connecticut, así que en realidad estaban más cerca de Max; a sólo cuarenta y cinco minutos de viaje en automóvil.

Asociación era la palabra más famosa de la época, y Litton Industries, una de las grandes compañías que habían decidido incorporar la industria editorial a un modelo más amplio del negocio de los medios, cortejaba a Herbert. Litton empezó a comprar pequeñas editoriales, y Herbert recibió una oferta… y después otra.

Siguieron muchas ofertas competitivas de otras compañías; los precios eran altos. Finalmente, uno de los compradores encontró la manera de romper la resistencia de Herbert. Perfect Film, una compañía de fotos instantáneas, le prometió a Herbert la dirección del departamento editorial. Podría utilizar el dinero de Perfect Film para comprar *otras* compañías editoriales.

En realidad Herbert no quería vender su propia editorial, pero le gustaba mucho la idea de dirigir una organización mayor, así que empezó a hacer gestiones. Estas incluían mudarse del estado de Nueva York a Connecticut, donde en 1968 había un impuesto sobre plusvalía mucho menor y ningún impuesto sobre la renta.

En consecuencia, Max había perdido su cuarto encima del garaje, y cualquier referencia real, emocional o de otro tipo cuando regresó a"casa" para Navidad. Con frecuencia Jane estaba borracha o dormida, y debido a su atención en la posible venta de la compañía, Herbert rara vez estaba disponible para hablar con Max.

Max se sentía desolado.

Corrían tiempos turbulentos, y muchos jóvenes sentían temor de ser reclutados y enviados a enfrentar la deteriorada situación en Vietnam. Puesto que el número de reclutamiento de Max era el 321, no estaba preocupado por lo militar, pero tampoco veía razón suficiente para quedarse en Yale.

—Mamá, realmente no le veo sentido. Los maestros no son tan buenos como los que me dieron clases en Andover, en el año que pasé en el extranjero o incluso en Hackley —se quejó—. Generalmente voy a ver tres o cuatro películas nocturnas en los clubes de cine, y el resto del tiempo me lo paso aburrido en mis clases.

—Esfuérzate un poco más para conectarte con tus maestros y los otros estudiantes, y estoy segura de que tendrás una mejor experiencia —le aconsejó Jane—. Lo importante es no darse por vencido: tu educación es demasiado importante.

—Me quedaré si eso te hace feliz —concedió él—, pero me parece una pérdida de tiempo y de dinero.

—Confía en mí con respecto a esto —imploró ella—. Tendrás más poder en tu vida adulta si pasas por esta fase y te gradúas. Y créeme, *querrás* ese poder.

"Así es que prométeme que continuarás hasta graduarte. Por favor, Max.

Para no desilusionar a su madre, él hizo la promesa.

A pesar de la sensación de aislamiento, Max tenía amigos en la escuela, incluyendo a Archibald Benson —quien había sido parte del grupo de estudiantes que fueron a Barcelona—, Chris Garvey y Carl Becker.

Al inicio de las vacaciones de primavera, que duraban diez días, Chris y Carl se acercaron a Max con la sugerencia de que probara sus pastelillos de marihuana, y él sintió que tenía poco que perder.

En el 68, un gran número de estudiantes de Yale incursionaba en las drogas. Era parte de la cultura universitaria, que también acogía los cambios radicales en la música y la moda.

Para gran deleite de Chris y Carl, un Max hambriento devoró los pastelitos, pero en lugar de experimentar los efectos propios de la droga, cayó en un sueño profundo que duró cuarenta y ocho horas.

Max despertó lleno de energía y nuevas ideas. Durante los diez días que duraron las vacaciones, devoró todos los libros de texto requeridos para sus cinco cursos académicos. No sintió la necesidad de dormir y tomaba una siesta de entre veinte minutos y una hora, pero no más que eso.

Max regresó al campus de Yale, y la noche anterior a su examen de filosofía escribió el borrador final de un ensayo que le había asignado el profesor Robert Fox, con quien compartía muchas características físicas. La instrucción era: "De acuerdo con los modos del pensamiento de Whitehead, escribe una crítica del sistema educativo de Yale".

Alfred North Whitehead era considerado el principal creador de sistemas educativos en el mundo, y había explicado la forma en que todo el conocimiento estaba contenido dentro de los límites y las posibilidades de los sistemas en que interactuaban los seres humanos. En un instante, Max comprendió que la limitación suprema era la condición de ser humano.

También se dio cuenta de que sólo al ser *completamente* humano, y permitir que entraran los sentimientos y las emociones en el dominio analítico de la investigación científica, se podía alcanzar un verdadero entendimiento. Claramente, Yale no estaba desempeñándose bien en ese aspecto, concluyó. La universidad había separado por categorías los diversos aspectos de cada materia, dividiéndolas en especialidades, con instructores y conferencistas que hablaban entre sí, pero no se comunicaban con nadie que estuviera fuera del sistema cerrado. Los estudiantes aprendían más y más sobre menos y menos, y no se estaban acercando —sino más bien alejándose cada vez más— al objetivo de Whitehead, que era "entender el entendimiento".

Al mismo tiempo, mientras se preparaba para escribir el ensayo, Max terminó de leer *Soul on Ice* (Alma encadenada) de Eldridge Cleaver, el informe del movimiento de las Panteras Negras y la furia de los negros oprimidos bajo las restricciones y la injusticia del sistema legal en Estados Unidos durante la primera mitad del siglo XX. Cierta parte del lenguaje utilizado por Cleaver era cáustico, incluso violento.

Influido por tal lenguaje y sintiéndolo eficaz, Max escribió su ensayo filosófico de dieciocho cuartillas en términos igualmente fuertes e incorporó elementos de su propio estado emocional, incluidos los detalles de su falta de sueño, de su progresivo desaliento y de cómo esos factores se relacionaban con su descubrimiento de "entender el entendimiento".

El ensayo estaba cuidadosamente construido. Revisó la misión y las prácticas de Yale. El lema de la universidad —*Lux et Veritas*, luz y verdad— era en su opinión muy bueno, y se adecuaba a la crítica de Whitehead sobre la educación. Si uno podía comprender el entendimiento, proponía Whitehead, entonces uno podía entender cualquier cosa.

Como matemático, Max creía que la única manera en que esto podría ser factible era escapando del sistema humano, y expresó esa teoría en su ensayo.

Después concluyó con la formulación de "A es y no es A", como la ecuación suprema para explicar cómo penetrar el dominio intelectual inextricable de "entender el entendimiento". Fue como la piedra filosofal del alquimista, la que podía convertir el plomo en oro y transformar cualquier situación de ignorancia en otra de conocimiento.

Whitehead sostenía que, en todo momento educativo, los estudiantes y los maestros debían concentrarse en la más alta experiencia de aprendizaje posible. De esta manera, resultaba evidente para Max que la más alta experiencia de aprendizaje posible para sus compañeros sería que él leyera su ensayo, y después discutieran sobre las ideas revolucionarias del mismo.

Sin embargo, Max pensó que debía discutirlo con el profesor Fox, quien también dirigía el departamento de filosofía, para ver si apoyaba este curso de acción y simplemente posponía el examen. Con esto en mente, Max llegó temprano al salón del examen y se subió a la plataforma de madera. Se paró detrás del pódium, frente al gran salón de conferencias.

Debido a su parecido con el maestro —cabello castaño despeinado y con rizos, anteojos y una combinación descuidada de saco, pantalones a la última moda y camisa casual sin corbata— muchos de los estudiantes supusieron que Max era el profesor Fox. Uno o dos se acercaron a hacerle preguntas sobre el examen. Max tranquilamente les dijo que se sentaran y no se preocuparan.

—Quizá ni siquiera haya examen final —dijo, enigmático.

Como resultado, un zumbido cundió por todo el salón en el momento en que el profesor Fox apareció, uno o dos minutos antes de la hora fijada para el examen. Mientras los estudiantes observaban perplejos, Max triunfalmente le extendió el ensayo intitulado "A es y no es A".

—He estado toda la noche despierto escribiendo el ensayo —explicó Max con toda naturalidad—, y creo que he llegado al objetivo principal de Whitehead sobre "entender el entendimiento".

Mientras el profesor hojeaba el ensayo, Max continuó:

—La clase se beneficiará más al leer este ensayo que al hacer examen —declaró.

El profesor Fox lo escuchó en silencio y después contestó.

—Quizá hayas, de hecho, experimentado ese increíble parteaguas —dijo— pero yo no he tenido la oportunidad de leer todavía el ensayo, así es que justamente como tú estás siguiendo los dictados de Whitehead sobre el hecho de que cada individuo debe seguir en todo momento lo que crea que es el curso más elevado de aprendizaje, yo debo continuar con el examen.

Aunque no era lo que esperaba, Max recibió esta noticia con calma y contestó:

—Entiendo. Quizá en otro momento. Sólo quería darle la oportunidad.

—Bien, no necesitas hacer el examen en este momento si no quieres. Has escrito un ensayo mucho más largo de lo requerido y, si como dices, no dormiste para terminarlo, quizá estés en desventaja.

—No, estaré bien —respondió Max—. Puedo hacer el examen ahora, no estoy tan cansado, en realidad.

Sin embargo, mientras se dirigía a su asiento por la plataforma, se dio cuenta de que para ser congruente con los modos de pensamiento de Whitehead, en realidad *debía* pasar su tiempo meditando sobre la comprensión de lo que era "entender el entendimiento", y no gastarlo simplemente respondiendo preguntas sobre Spinoza y Kant, sólo para obtener un diez que impresionaría a otros.

Así es que Max volteó hacia el profesor Fox y dijo:

—Sí, creo que tiene razón. Probablemente sea mejor que no haga el examen por el momento. Gracias, señor.

Después de decir esto, abandonó la sala de conferencias.

Al salir del edificio, reflexionó sobre los detalles de su ensayo, y su entusiasmo creció. Se topó con su profesor de sociología, Eugenio Rodríguez. Eufórico por su revelación y por la ansiedad de compartirla, Max lo detuvo y empezó a hablar con entusiasmo.

—Acabo de descifrar las claves del pensamiento de Whitehead, y descubrí el secreto de "entender el entendimiento" —dijo rápidamente. Perplejo ante el entusiasmo del joven, el profesor Rodríguez se sintió intrigado y adoptó el papel de abogado del diablo.

—¿Ese entendimiento nos llevará a la Luna o nos permitirá resolver cualquiera de los problemas sociales de la actualidad?

Max vaciló durante un momento y después, saliendo de un nivel de abstracción que sugería que quienes se rehusaban a limitarse al sistema humano podían lograrlo todo, replicó alegremente:

—Necesito pensarlo un poco más, ¡pero creo que sí abarcará esas cuestiones y más!

—Sigue pensando, entonces —respondió el profesor Rodríguez— y no dejes de contarme tus conclusiones. —Y después de decir esto, continuó hacia el edificio.

Intrigado por la sugerencia del profesor, Max pensó que una caminata sintiendo el aire fresco de enero lo ayudaría a ordenar sus pensamientos. Con el sonido de la nieve crujiendo a cada paso, empezó a meditar sobre las diversas aplicaciones de "A es y no es A" y sobre lo que "entender el entendimiento" realmente significaría para cada uno de los seres humanos del planeta.

Podría haber aplicaciones prácticas. La ley de la impenetrabilidad que establecía que dos objetos no podían existir en el mismo lugar y al mismo tiempo ya no era del todo cierta. Esto alteraría la naturaleza de la física y podría permitir el desarrollo de nuevas tecnologías que superarían las limitaciones de la velocidad de la luz y otras constantes, resultando en grandes avances de los viajes espaciales y la colonización de otros planetas.

La comprensión de "A es y no es A" cambiaba los parámetros y las conclusiones que la teoría puramente lógica podía proporcionar. Este entendimiento cambiaba los axiomas sobre los que estaban basadas las matemáticas, y por tanto tendría un impacto en todas las investigaciones científicas.

La mente de Max empezó a elucubrar.

"Podría ser la respuesta a nuestra propia existencia…, el propósito de nuestra vida", reflexionó. "Todos estamos conectados y no sólo en formas superficiales."

Mientras reflexionaba sobre estos conceptos, el profesor Fox se acercó a él y le dijo que lo había estado buscando. El profesor lo miró a los ojos con una mezcla de admiración y turbación.

—Tu ensayo es brillante, Max, pero no estoy seguro de entenderlo —dijo—. Le pedí a Gordon Howell, el estudiante de posgrado a cargo de tu sección de filosofía, que lo vea.

"Quiere verte en la oficina del decano tan pronto como sea posible.

—Esto no tiene ningún sentido —dijo bruscamente Gordon Howell—. No entiendo para nada tu tesis. Estableces que de alguna manera los sentimientos deben ser parte de cualquier análisis hecho por el cerebro izquierdo, analítico. Esto no es ni lógico ni práctico.

Miró a Max directo a los ojos.

—Y pareces estar muy enojado; no sólo con Yale y con tus maestros y compañeros, sino con toda la humanidad.

—No has entendido —le dijo Max, evidenciando una exasperación incipiente en su voz—. Estoy enojado con la *hipocresía* de esta institución, no con la institución en sí. Hay mucho de Yale que es maravilloso, pero estoy hablando de los niveles más altos de la verdad. Necesitas volver a leer mi ensayo y verás que, de acuerdo con Whitehead, lo que digo es cierto: que "A es y no es A".

En ese momento, otro hombre entró en la habitación, y Max reconoció al decano Bridges, quien le entregó un papel a Max.

—Max, hablé con el profesor Fox y con el señor Howell —dijo tranquilamente—. Piensan que te vendría bien un descanso, y quizá tomarte unas vacaciones de tus clases regulares. —Señaló el papel que Max sostenía—. Por favor, firma esta forma de baja temporal y podrás regresar a Yale cuando consideres que has descansado.

Max vaciló durante un momento, después se dio cuenta de que sería mejor que estudiara de manera independiente el efecto de "A es y no es A" en todo el aprendizaje humano. Así que volteó a mirar al decano.

—¿En dónde quiere que firme? —preguntó.

Un momento después, se había dado de baja oficialmente.

Un hombre robusto, con el cabello negro y rizado, entró a la habitación y se presentó como el doctor Weinstein, de los Servicios de Salud Mental de Yale. Le dijo a Max que había dispuesto que se quedara en la enfermería, donde le recetarían pastillas para dormir.

Mientras Max consideraba esta opción, el doctor Weinstein explicó que había visto los efectos del abuso de las drogas en muchos de los estudiantes, los cuales presentaban un comportamiento errático e insomnio debido al abuso de estimulantes durante el periodo de exámenes.

Max, dijo, era un caso típico.

Así que, sin mostrar oposición, Max siguió al doctor Weinstein hasta su automóvil para que lo llevara a la enfermería, donde le dieron pastillas para dormir.

Treinta minutos más tarde llamó a la enfermera y le pidió algunos libros de la biblioteca. Ella le dijo que no era posible proporcionárselos y que necesitaba dormir.

—Al menos tráigame papel y pluma —suplicó Max—. Tengo algunas ideas en la cabeza que necesito anotar. Eso me ayudará a dormir.

Aunque no se sintió cómoda con aquella idea, hizo lo que se le pidió.

Así, Max pasó las siguientes cuatro horas escribiendo y analizando la manera en que "entender el entendimiento" podía alterar toda acción y pensamiento humanos. Expresó sus ideas acerca de la naturaleza de las relaciones humanas.

Si "A es y no es A", entonces todas las relaciones son y no son lo que aparentan. Un hombre puede ser un hijo, pero al mismo tiempo no serlo. Una esposa puede ser una esposa, pero al mismo tiempo no serlo. Un estudiante puede ser un estudiante, pero al mismo tiempo no ser un estudiante.

Al principio las declaraciones parecían obvias, pero Max se dio cuenta de que la mayoría de la gente no entendería lo que estaba implicado en ellas. Para Max significaba que toda la programación humana se basaba en premisas y axiomas falsos que conducían con demasiada frecuencia a la confusión y a la pérdida de oportunidades para una mejor y más elevada interacción entre los hombres.

Max podía ver cómo "entender el entendimiento" lo ayudaría a resolver los conflictos políticos y económicos. Una vez que fueran reveladas las falsas premisas, podrían crearse estructuras completamente nuevas; otras que no requirieran distinciones jerárquicas.

Continuó concentrándose en las implicaciones que ello tendría para las matemáticas y la filosofía. "A es y no es A" resolvía nudos filosóficos fundamentales. Desvanecía las paradojas y permitía un nivel mayor de abstracción para los sistemas matemáticos incluso más complejos.

Max estaba en un mundo propio, abstraído en sus formulaciones matemáticas y la emoción de sus ideas. Estas continuaban privándolo del sueño, a pesar de los fuertes medicamentos para dormir que ya había consumido.

El doctor Weinstein fue a visitarlo y le recetó una dosis más fuerte de somníferos, que finalmente hicieron su efecto. En menos de veinte minutos, Max cayó en un sueño irregular.

Se despertó a la mañana siguiente, listo para abandonar la enfermería. Empezó a vestirse, pero la enfermera lo detuvo.

—Por favor, espera a que llame al doctor Weinstein —le dijo rápidamente—. No puedes irte sin su autorización.

—Pero me siento bien —protestó—. Descansé un poco, y quiero ir a la biblioteca a investigar el impacto de lo que he descubierto.

La enfermera insistió en que se quedara, y viendo la angustia que la empezaba a embargar, Max regresó a la cama. No quiso inquietarla más.

Cuando el doctor Weinstein llegó, le dijo a Max que tendría que quedarse en su cuarto hasta que sus padres —que estaban en Europa— lo recogieran cuando regresaran, en un par de días. Le dijo a Max que si se resistía en alguna forma, sus padres le habían dado autorización para detenerlo e incluso llevarlo a una institución mental, solamente por su propia seguridad y protección.

—Si intentas irte, esto es exactamente lo que va a suceder —le dijo el doctor Weinstein, y su tono indicaba que no habría debate sobre el asunto.

Max estaba horrorizado.

—Pero mis padres jamás autorizarían tal conducta —afirmó.

—Pues lo hicieron —respondió el doctor— y te internaré si debo hacerlo. —Después, su voz se suavizó—: Realmente nos gustaría mantenerte fuera de una institución mental, si es posible. Max, tuviste un ataque sicótico. Esto sucede con frecuencia e, irónicamente, a nuestros mejores estudiantes. Hay mucha presión en Yale, y no tienes de qué avergonzarte, pero debes cooperar y dejarte tratar.

"Te están dando Torazina y algunos otros medicamentos antisicóticos —continuó—. Te ayudarán a dormir, y eliminarán tus delirios.

Debes cooperar —repitió— y mientras lo hagas, sin duda podrás reingresar el siguiente otoño y continuar tu carrera universitaria sin la pérdida de tus créditos.

De todas maneras, Max no podía aceptar lo que le estaban haciendo.

—Pero no estoy delirando. Simplemente puedo entender el entendimiento. Esto es completamente injusto —protestó.

Sin embargo, después de pronunciar esas palabras, se hizo evidente que la conversación había terminado. El doctor le lanzó una mirada vaga mientras salía de la habitación, y a Max le resultó claro que el doctor Weinstein realmente creía que algo andaba mal en su mente.

Tratando de tranquilizar su torbellino interno, reflexionó sobre las cuestiones de salud mental inherentes a su familia. La hermana más joven de su madre, Miriam, fue internada en una institución mental cuando era apenas una muchacha. Quiso el destino que ahí conociera a su esposo, Michael, que también era paciente. Michael estaba considerado como inestable, pero terminó comprando una gran ciénaga en las afueras de la ciudad de Nueva York, en Nueva Jersey, que vendió por millones de dólares a la compañía que, finalmente, construyó el estadio de futbol americano de Meadowlands.

La bisabuela paterna de Max se suicidó, tirándose desde el techo de un edificio en Brooklyn, cuando descubrió que su yerno, el abuelo de Max, no respetaba el kosher* y llevaba tocino a su cocina.

Había habido otros parientes lejanos considerados mentalmente inestables, aunque, excepto su tía, ninguno había sido hospitalizado en una institución mental.

A la luz de sus reflexiones, Max hizo una pausa para considerar la idea de que pudiera padecer, en realidad, un problema mental. Mientras concluía que no, reconoció que su teorema "A es y no es A" poseía un elemento esquizofrénico inherente a él; más del tipo de la locura controlada, pero locura al fin.

Durante su estancia de tres días en la enfermería, Max experimentó pereza y otros efectos secundarios del medicamento. Empezó a dormir

---

*Comida preparada de acuerdo con la ley mosaica. (N. del T.)

durante periodos más largos, pero su entusiasmo por el potencial de su ecuación permaneció intacto.

Su padre llegó a recogerlo, y tan pronto como entró a la habitación, Max intentó discutir con él su gran descubrimiento, pero Herbert no mostró interés alguno. Habló de manera casual y señaló las pertenencias de Max.

—Sólo sígueme hasta el automóvil y salgamos de aquí —le dijo con energía.

Cuando llegaron a la casa, Jane los recibió con calidez y amor, y explicó que el doctor Weinstein había hecho los trámites necesarios para que Max tuviera una consulta con el psiquiatra de la localidad. Después explicó que ni ella ni Herbert iban a hablar con él sobre "entender el entendimiento" o cualquier otra de sus revelaciones filosóficas, por miedo a exacerbar el problema. Sólo el doctor Austin, el psiquiatra que había sido elegido para tratarlo, tenía permiso para discutir su descubrimiento.

Estas condiciones frustraron a Max, pero en lugar de incomodar a sus padres, aceptó la situación y después fue a su cuarto para tranquilizarse.

A la mañana siguiente, Jane llevó a Max a conocer al doctor Austin, un hombre corpulento de pelo gris y lentes. Su hijo era un músico profesional que había trabajado con Jerry Jeff Walker en el álbum que incluía una de las canciones favoritas de Max: "Mr. Bojangles". Este simple hecho creó una simpatía entre el doctor y el paciente que de otra manera no habría existido.

El doctor Austin había escrito un libro bien documentado sobre las fuerzas psicológicas que forjaron a Adolfo Hitler, y eso también intrigó a Max. El doctor estaba orgulloso por el hecho de que su casa, en Tarrytown, había pertenecido alguna vez a Mark Twain, quien sin duda había escrito algunas de sus obras maestras en el estudio que ahora le pertenecía.

El doctor Austin le explicó que ya había tenido enfrente a otros pensadores grandiosos y no cabía duda en su mente de que Max estaba sufriendo de una condición conocida como "grandiosidad". No obstante, Max pasó sus primeras cinco sesiones tratando de explicar los matices de su ecuación "A es y no es A" y las razones por las que era un descubrimiento de tal magnitud.

Pero no logró convencer al doctor Austin y éste siguió incrementando la dosis de Torazina, hasta que Max se sintió aturdido la mayor parte del tiempo. Además, el joven debería visitar al doctor Austin cinco veces por semana, hasta nuevo aviso.

Fue a finales de mayo cuando el doctor Austin sintió que había un progreso significativo y redujo las sesiones a tres días a la semana.

Max también sintió que había habido un progreso. Aprendió a contestar las preguntas de tal manera que el doctor Austin ya no pensara que estaba delirando o sufría de "pensamiento grandilocuente".

Jamás mencionó su experiencia cercana a la muerte ni los doce colores o los doce nombres. Simplemente no lo creyó necesario. Max sabía que estaba en su propia longitud de onda, y eso era perfectamente aceptable para él; incluso aunque otras personas no lo captaran.

Así que dejó las cosas tal como estaban.

A pesar de su mejoría y aceptación evidentes, nunca dejó de considerar brillante su ecuación de "A es y no es A", como tampoco dejó de pensar que las conclusiones a las que había llegado podrían revolucionar al mundo. Lo que sí entendió Max era que necesitaba un mayor criterio para compartir sus ideas. Sin embargo, esto no significaba que las ideas fueran menos válidas.

En septiembre, Max reingresó a Yale. Había sólo una observación:

No podría tomar ningún curso de filosofía.

Detenido en Bolivia

1970

Tomando la precaución de mostrarse como alguien que sigue el modelo tradicional de Yale, Max fue discreto, completó sus créditos, practicó deportes dentro de la universidad y, en general, se condujo en la forma mesurada que complacía a sus padres y profesores y a aquellos que temían por su estabilidad mental.

Por supuesto, supo que todavía entendía el entendimiento, y todo lo que ello implicaba, pero evitó los cursos de filosofía. Logró, no obstante, entrar a hurtadillas a un curso de antropología sobre Claude Lévi-Strauss y el estructuralismo, que brindaba una ruta sinuosa hacia la reflexión de las extrañas continuidades del cerebro humano a través de las culturas y el tiempo.

En la primavera de 1970, Max conoció a Paul Hazelton, un estudiante especializado en ciencias políticas con un interés especial en Latinoamérica. Paul había participado en un programa en Perú, llamado Proyecto Amistad, constituido por universitarios norteamericanos que habían optado por un programa más directo que los Cuerpos de Paz, y que permitía un contacto inmediato entre los estudiantes norteamericanos y la gente de Latinoamérica.

La idea era enviar cuarenta universitarios a Arequipa, Perú, a trabajar construyendo escuelas, instaurando programas de servicio social y, generalmente, cooperando en cualquier asunto que les indicaran sus anfitriones en el Centro Cultural Peruano-Norteamericano de Arequipa.

Los estudiantes serían acogidos por familias de esa ciudad, como parte del intercambio cultural.

Puesto que Max ya hablaba un español fluido, pensó que el Proyecto Amistad sería un programa de verano ideal para él. Podría experimentar nuevas aventuras y al mismo tiempo practicar el idioma español.

El viaje no pudo haber comenzado de manera más prometedora. La familia de Arequipa que le habían asignado era similar a su familia barcelonesa, en cuanto a que la señora Rodríguez era una viuda y tenía dos hijos, Alberto, de quince, y Javier, de diecisiete. La hermana de la señora Rodríguez también vivía con ellos. Todos estaban decididos a aprender inglés y mantener la libertad económica que su posición de clase media alta les había garantizado en vida del señor Rodríguez. Como todas las familias en Arequipa, excepto las más pobres, los Rodríguez tenían varios sirvientes —dos jardineros, una cocinera y dos muchachas para el aseo—, a pesar de que la casa no era grande.

La recámara de Max le ofrecía una vista completa del centro blanco y resplandeciente de Arequipa, con su arquitectura colonial. Por ley, todos los edificios estaban pintados de blanco, y cuando el sol brillaba, la ciudad prácticamente centelleaba con una luz cegadora que quitaba el aliento. Los atardeceres, con sus tonos naranja y rosa en un cielo apenas oscurecido, dejaban una impresión igualmente indeleble.

Con el espectacular volcán Misti recortado contra el cielo siempre despejado, siempre de un color azul brillante, Arequipa era una de las ciudades más sorprendentes que Max había visto. Como en España, sintió una conexión profunda con este país y su gente, y un alto grado de comodidad.

No había superado del todo la pérdida de Lizzie, pero ya no se encontraba en un estado de postración emocional cuando conoció a la increíblemente intensa y exóticamente hermosa Carolina, que tenía veintitrés años y vivía a sólo cinco minutos, a pie, de la casa de los Rodríguez. Carolina era prima de Javier y Alberto, y la única hija del hermano de su madre, que tuvo doce hijos antes de que ella naciera.

A pesar de su edad, Carolina jamás había estado sola con un chico. Su padre era profesor en la universidad y estaba escribiendo un libro de texto de matemáticas. Él conoció a Max en una fiesta de bienvenida en casa de su hermana, y quedó maravillado ante tan joven y consumado

matemático. El profesor hizo los preparativos para que Max enseñara
álgebra en uno de los bachilleratos de la localidad.

Complacido con las habilidades de enseñanza de Max, el profesor
decidió que sería la persona ideal para traducir su libro de texto al inglés. Por tanto, Max tuvo acceso a la casa de Carolina y, finalmente, a
ella.

El interés por Carolina engendró sospechas en sus hermanos, quienes estaban seguros de que aquello no podía ser algo bueno, pero su
padre estaba tan impresionado con las habilidades de Max que descar-
tó sus preocupaciones. Incluso cuando Carolina sugirió llevarlo a conocer la ciudad, consintió, aunque por supuesto uno de sus hermanos los
acompañó en calidad de chaperón.

Después de dos expediciones de esta índole, Carolina le pidió a Max
que la acompañara al cine. La película era *M*A*S*H*, de Robert Altman,
y la estaban estrenando. Los hermanos no podían realizar la labor de
chaperón, sin embargo, el padre de Carolina les dio permiso. Parecía un
asunto suficientemente inocente que una joven pareja fuera al cine, y
atendiendo a la sugerencia de Carolina, Max compró dos boletos en la
sección de butacas del teatro de variedades "El Palacio Colonial".

Sin que Max lo supiera previamente, las butacas resultaron ser un
cuarto privado con cortinas que los ocultaban de cualquier otra persona del público. Carolina y Max podían ver la pantalla, si así lo preferían, pero nadie podía verlos a ellos.

Max no recordaba ni una sola escena de la película.

Carolina se encargó, en aquellas dos horas, de explorar cada centímetro de su cuerpo, y conocer lo que le habían prohibido observar y
experimentar durante los primeros veintitrés años de su vida.

A partir de entonces, Max quedó prendado de la intensidad amorosa
de la chica peruana, y durante su estancia de ocho semanas en Arequipa
no pudo mantener sus manos, su boca o su mente centradas en otra
cosa que en su belleza. La intensidad de su romance lo llevó a un estado de euforia que se combinaba con un desapego que encontró tan desconcertante como liberador.

Fue en este extraño estado de desapego cuando un compañero del
Proyecto Amistad, Rolf Ines, se acercó a él y le preguntó si quería acom-

pañarlo a la selva boliviana en busca de jaguares. Rolf era holandés, había terminado su servicio militar en Holanda, y a los veintiséis años era el miembro de mayor edad del proyecto. Medía más de un metro ochenta de estatura y era un poco desgarbado, usaba lentes, se vestía elegantemente y siempre llevaba corto su cabello castaño, lo que lo hacía sobresalir del resto, pues el cabello largo era lo más común en aquella época.

Rolf era un estudiante de ingeniería civil que cursaba un posgrado en la Universidad Vanderbilt de Tennessee, y sus conocimientos de ingeniería habían resultado particularmente útiles para diseñar las escuelas y casas que el grupo participante en el proyecto había ayudado a construir por todo Arequipa aquel verano de 1970.

Fue el año del terremoto que sacudió el norte de Perú, y Rolf había dedicado dos semanas a ayudar a las víctimas de la devastación. Era amante de lo divertido con un toque de temeridad. Uno de sus objetivos personales para este viaje era cazar jaguares, después de terminar su labor en el Proyecto Amistad. De tal manera que buscaba un compañero que hablara español, puesto que su conocimiento del idioma era prácticamente inexistente, incluso después de convivir durante varias semanas con los lugareños.

Consideró que Max era un excelente candidato para acompañarlo y ya había identificado en el mapa dos posibles ubicaciones para la cacería. Una era la ciudad peruana de Iquitos, en el Amazonas, y la otra era la región de Yungas, en la vecina Bolivia.

—Max, ¿has pensado en cazar jaguares en las selvas de Perú o Bolivia? —le preguntó Rolf a Max mientras bebían su pisco* en el bar del Centro Cultural Peruano-Norteamericano ubicado en pleno corazón de Arequipa.

—No puedo decir que lo haya hecho antes —respondió Max—. Jamás he sostenido, y mucho menos disparado un arma, pero me encanta la idea de visitar una selva real. ¿Qué tienes en mente?

—Lo tengo todo planeado —dijo Rolf de manera entusiasta—. Visité el consulado boliviano y me contaron sobre un lugar en la selva llamado Caranavi, donde puedes pagar por un guía, rentar equipo y cazar jaguares. No es muy caro, así que yo cubriré los gastos de la cacería si te animas a acompañarme.

---

*En Perú, variedad de aguardiente. (N. del T.)

"Sabes que mi dominio del idioma español no es muy bueno, así que sería estupendo tenerte como intérprete, y por supuesto siempre nos la pasamos muy bien juntos.

—Cuenta conmigo —respondió Max de manera impulsiva—. Suena increíble. —Chocaron sus vasos de pisco para sellar el pacto—. Pero sólo tengo cien dólares para las dos semanas de viaje, así que tendrá que ser una expedición de bajo presupuesto —agregó Max.

—Excepto por el dinero que aparté para la cacería del jaguar, también tengo un bajo presupuesto —admitió Rolf—. De todas maneras, no hay de qué preocuparse. Lo he planeado todo e incluso podremos visitar Cuzco, Machu Picchu y algunos otros lugares increíbles que nos quedarán de camino.

—Excelente —respondió Max, sonriendo abiertamente—. Realmente esperaba poder ir a Machu Picchu, el lago Titicaca y Tiahuanaco, de ser posible.

—Todos estos sitios están en el itinerario —afirmó Rolf mientras terminaba lo que le quedaba de su bebida.

Dos días después, el dúo partió en tren a Puno, y después de permanecer allí un día, continuaron hacia Copacabana.

El modo más barato de transportarse desde Puno hasta Copacabana era el *colectivo*, un servicio de minibús Volkswagen que podía llevar hasta doce personas cada uno. Sin embargo, cuando Rolf y Max llegaron a la estación, las nueve camionetas estaban completamente llenas.

Uno de los conductores los midió con la vista y les anunció que les haría un espacio en su vehículo. Empezó a hablarles rápidamente en quechua a los pasajeros que ya estaban sentados, y repentinamente dos de los indios se levantaron, salieron del vehículo y subieron al techo, muy probablemente a cambio de una tarifa reducida.

El camino sin pavimentar estaba lleno de polvo y de hoyos; fue un viaje verdaderamente salvaje, donde los pasajeros a los que se había hecho descuento se aferraban como podían para preservar su vida.

Los ocupantes de la camioneta provenían de los pequeños pueblos que rodeaban el lago Titicaca. Estos eran los hogares de las civilizaciones antiguas, de los incas originales que gobernaron los Andes y buena parte de Sudamérica durante siglos.

No hablaban una palabra de español, sólo las lenguas indígenas aymara y quechua. Muchos se dirigían al festival de música que durante dos días se celebraba cada mes de agosto, donde podrían tocar los mismos instrumentos, cantar las mismas canciones y repetir los mismos pasos de baile que los abuelos de sus abuelos e incluso los ancestros más remotos.

Los indios creían en lo sagrado de la vida. Reverenciaban piedras y árboles y no veían distinción alguna entre los objetos animados e inanimados. Para ellos, había vida en cada objeto, y buscaban derrotar al tiempo a través de la recreación del ritual de su música sagrada. También pretendían tener una orgía desinhibida de baile, música, chicha —cerveza de maíz— y hojas de coca.

Todos los que iban en el autobús ya estaban o borrachos o drogados antes de sentarse. A excepción del conductor, o eso esperaban Max y Rolf.

Cuando la combi cruzó la frontera entre Perú y Bolivia, Max le pidió al conductor que se detuviera para que pudieran sellar sus pasaportes. El conductor les dijo que los guardias de la frontera no los estaban revisando.

—Saben que cientos de nuestras gentes cruzarán y regresarán al final del festival, mañana —explicó—. Nos conocen y saben que todo está bien.

Esto pareció tener sentido para Max y Rolf, así que no lo cuestionaron.

Dos horas más tarde, la combi se detuvo a la orilla del lago Titicaca y el pueblo de Copacabana. Era casi de noche, pero había una multitud de gente en la playa y en las plazas, participando en las ejecuciones musicales y danzas que ocurrían por todos lados. Las flautas y los instrumentos de cuerda creaban vibraciones extraordinarias que hacían que todo el mundo quisiera bailar, no con la cadencia desbocada del Carnaval en Río, sino con un paso más profundo, más del alma, un tipo de tristeza mística que contenía la esencia de la alegría que parecía caracterizar a aquella gente orgullosa y, sin embargo, subyugada.

Hombres y mujeres estaban envueltos en cobijas y ponchos de colores brillantes que habían tejido con lana de sus llamas y ovejas. Todas las mujeres usaban sombreros de distintas formas y tamaños. Cada pequeño pueblo era conocido por la singularidad de sus sombreros; el estilo era una marca de identidad y de la herencia peculiar de cada lugar de procedencia.

Hipnotizados por la música y la energía de la gente, Max y Rolf se involucraron en aquella atmósfera intensa, como en un sueño. Comieron elotes asados, cuy* y otros manjares que traían los vendedores de alimentos, y finalmente sintieron la necesidad de dormir.

Puesto que todos los hoteles estaban llenos, un hombre amable los dejó dormir en su granja con las llamas, e hicieron su cama entre la paja. Les dio un par de cobijas hermosas y de múltiples colores.

Rolf pensó que estas les servirían muy bien como ponchos, y sabiendo que necesitarían ropa más caliente para su caminata por los senderos de la montaña, antes de descender a la selva, le pagaron al granjero una cantidad simbólica por las cobijas.

Al día siguiente, Max y Rolf deambularon por el centro del pueblo, usando sus nuevos y coloridos ponchos. Compraron grandes sombreros de paja, de estilo mexicano, para "completar el cuadro" y lucir suficientemente ridículos. Lejos de mezclarse entre la multitud, llamaron la atención como los gringos que eran.

Paseando por la playa, conocieron a dos chicas atractivas de diecisiete años que habían venido con sus familias y amigos a celebrar el festival de música. Vivían en La Paz y habían gestionado que el transporte de la escuela los llevara y los recogiera.

Mientras continuaba la conversación, las chicas coquetearon con aquellos dos gringos que representaban mundos que ni siquiera podían imaginar. Invitaron a Rolf y Max a acompañarlas durante el viaje de regreso a La Paz, y los dos se entusiasmaron ante aquella oportunidad, sabiendo que la compañía de las chicas haría que disfrutaran aún más el viaje.

A la mañana siguiente, poco después del amanecer y tras dormir otra noche con las llamas del granjero, Rolf y Max subieron al autobús escolar. El viaje transcurrió sin contratiempos, aunque calcularon que había al menos veinte puestos de control en el camino hacia La Paz. Los guardias siempre reconocían el camión y al conductor y saludaban sin ningún incidente.

---

*Pequeño roedor que se utiliza como alimento en la zona andina. (N. del T.)

Llegaron a La Paz ya entrada la tarde, les dijeron adiós y gracias a las chicas y a sus familias, y decidieron hacer un alto en un café exterior, cerca de la estación. Siendo nativo de Holanda, Rolf era particularmente aficionado a la cerveza, y la cerveza boliviana era de una cosecha superior, creada por los alemanes que habían ido a Bolivia específicamente para crear fábricas de esa bebida.

Merced a la frescura del agua de montaña que corría por todos los Andes, las cervezas locales eran extraordinarias y las servían en botellas del doble de tamaño de sus similares norteamericanas.

—Estas son las mejores cervezas que he probado —afirmó Max—. Incluso mejores que la cerveza peruana Arequipeño. —Él y Rolf ordenaron otra ronda para acompañar los manjares que estaban disfrutando.

—Creo que tienes razón —afirmó Rolf mientras vaciaba su vaso.

Repentinamente, Max saltó de su silla.

—Dios mío —dijo—. Es Archie Benson.

"Archie, Archie, por acá —gritó Max mientras gesticulaba ampliamente para llamar la atención de Archie—. ¿Qué demonios estás haciendo aquí? —le preguntó, mientras su amigo caminaba hacia la mesa, con una joven y atractiva mujer a su lado.

Se hicieron las presentaciones, y Archie explicó:

—Creo que no conocías a mi esposa, Elizabeth, ¿o sí, Max? Nos casamos en junio, justo al empezar las vacaciones, y estamos en Sudamérica en una misión especial de investigación para las Naciones Unidas. Vamos a destinar el semestre de otoño para completar nuestro proyecto.

"Pero, ¿qué estás haciendo tú aquí? —preguntó Archie.

—Sólo de visita, pero Rolf quiere ir a los Yungas a cazar jaguares. —Max sonrió al hablar.

—Pues nosotros acabamos de regresar de los Yungas —observó Archie. La mejor manera de llegar allí es abordar lo que llaman el "barco bananero". Es un camión que viene de la selva cargado de plátanos, y cuando se ha hecho la entrega, el camión regresa vacío, al siguiente día. Los habitantes locales simplemente se suben, y por más o menos un centavo por cada kilómetro y medio, puedes recorrer todo el camino hasta el pueblo de Caranavi.

"De ahí, estoy seguro de que pueden conseguir guías para su cacería de jaguares.

Ante la sorpresa de Max, Archie le entregó una llave de hotel.

—Tenemos dos noches extra pagadas. ¿Por qué no ocupan el cuarto, si necesitan un lugar para quedarse?

Esto le encantó al dúo de aventureros. Nuevamente, habían encontrado hospedaje por el mejor precio posible, en este caso gratis.

Puesto que Bolivia era un país de muchas revoluciones, y las leyes eran claras en cuanto a que todos los extranjeros debían estar registrados, cada hotel tenía una política firme de revisar cada pasaporte extranjero y registrar a cada visitante. Por tanto, Rolf y Max entraron al modesto hotel clandestinamente y se instalaron en su habitación gratuita.

Al día siguiente se declaró una huelga en todos los servicios de comunicaciones; todos los trabajadores de los medios salieron y cerraron cada periódico, radio y estación televisiva.

Ansiosos por emprender su aventura, Rolf y Max caminaron hasta la última gasolinera ubicada en la ruta hacia el este, en dirección de La Paz a los Yungas, y abordaron el "barco bananero", un camión de redilas donde se hicieron un lugarcito junto a otros catorce indios nativos, incluyendo tres madres que iban amamantando a sus hijos cuyas edades iban desde unos cuantos meses hasta uno que debía de estar cerca de los cinco años. Las mujeres bolivianas creían que la mejor forma de controlar la natalidad era amamantando a sus hijos tanto tiempo como fuera posible, así que no era inusual ver a un niño de seis años chupando el pecho de su madre.

Los indios habían traído consigo comida y bebida, y la compartieron con Rolf y Max, a quienes escudriñaron con cierto regocijo, enfundados en su falso atuendo nativo. Había puestos de control cada veinte kilómetros, pero el "barco bananero" ni siquiera se detenía. El conductor, José, era conocido por los guardias, y parecía no haber alguna razón para revisar el camión.

Aquel viaje fue uno de los más impresionantes que habían hecho en su vida, y fácilmente pudo haber sido el último. José conocía cada centímetro del camino, pero los despeñaderos, las zanjas y las curvas eran tan abruptos que ninguna persona en su sano juicio habría hecho jamás el intento de aventurarse por aquella ruta.

Durante las siguientes seis horas, todos los pasajeros fueron saltando del camión al llegar a sus respectivos hogares y pueblos, dispersos por las laderas de las montañas que atravesaban.

José invitó a Max y a Rolf a viajar con él en la cabina del vehículo, donde le hicieron preguntas sobre América y les compartió su conocimiento y amor por su selvático pueblo, Caranavi. Cuando llegaron al último puesto militar, el joven guardia de turno pudo notar que Max y Rolf no eran pasajeros comunes. Los observó con desconfianza y pidió ver sus tarjetas de identidad. Max le extendió sus pasaportes al confundido soldado, quien jamás había visto tal clase de extranjeros —ni siquiera un pasaporte— en tan remoto puesto.

—Estas son tarjetas de identidad internacionales, como las que usan aquí, en Bolivia, pero mejores —le explicó Max.

El guardia miró a José, quien sonrió y le habló:

—Estos chicos son buenos —dijo—. Han estado conmigo durante todo el viaje. No se meterán en ningún lío, Jorge. No hay problema, déjalos pasar.

El guardia resultó estar casado con una prima segunda de José, y así de fácil, Rolf y Max franquearon el puesto de control número treinta y nueve, y el último de todos desde que entraron a Bolivia, sin ser detenidos ni cuestionados, desafiando todas las precauciones de seguridad del gobierno militar boliviano.

El "barco bananero" continuó hacia el pueblo de Caranavi, y José dejó a Max y a Rolf en el bar más cercano antes de dirigirse a su casa, con su esposa e hijos. Mientras los dos jóvenes aventureros disfrutaban de sus cervezas y comida, hablaron con el propietario del restaurante, quien les prometió conseguir los rifles para la cacería y servirles de guía para encontrar a los jaguares.

Con esto arreglado, se sentaron a observar los alrededores.

Aunque estaban en medio de la selva sudamericana, sintieron ser parte de una película del Viejo Oeste con John Wayne. Había cabañas de madera a cada lado del camino principal, que estaba seco y cubierto de polvo, y tenía un pasillo elevado, casi dos metros y medio por encima de la calle, que servía como banqueta. Pudieron imaginar que durante la temporada de lluvias la avenida se convertía en un río, y la mayoría de las construcciones estaban edificadas sobre pilares para protegerlas de las inundaciones.

Cuando Max y Rolf acababan su tercera cerveza, un oficial uniformado se acercó a ellos, los saludó y les habló en español:

—El dice quiere verlos. ¿Pueden venir conmigo? —dijo el hombre.

Max no tenía idea sobre quién estaba hablando, y cuando cuestionó sobre ello al guardia uniformado, éste le informó que el dice era el equivalente del director, el alcalde y el gobernador de la región, todo en uno. Tuvo la impresión de que nadie debía hacer enojar al dice, así es que él y Rolf terminaron sus cervezas y siguieron al hombre hasta la pequeña cabaña de madera ubicada al otro lado de la calle, que hacía las veces de oficinas de gobierno y cárcel.

El dice era un hombre robusto e imponente. Lo primero que pidió fue ver los pasaportes, los cuales examinó detenidamente. Después interrogó tranquilamente a Max, sin emoción. Cuando escuchó que estaban ahí para cazar jaguares, sonrió y les dijo que ordenaría a su guardia que los llevara hasta el único hotel del pueblo, y que, mientras tanto, se quedaría con sus pasaportes durante el tiempo que permanecerían en su jurisdicción.

Consciente de que sus fondos escaseaban, Rolf le indicó a Max que debía decirle al dice que no estaban listos para ir al hotel todavía, pues querían explorar el pueblo primero. De hecho, su plan era acampar junto al río y evitar pagar la factura del hotel, que fue finalmente lo que hicieron.

Desgraciadamente, Max y Rolf tendieron sus cobijas encima de un hormiguero y, en la mañana, cuando las hormigas despertaron, también lo hizo el dúo de aventureros debido a varias mordeduras fuertes.

La mañana era ferozmente cálida, y mientras caminaban de regreso al pueblo para almorzar y encontrarse con su guía de la selva y propietario del restaurante, Rolf volteó a mirar a Max y le confesó que entre el calor y las mordidas había perdido el entusiasmo por la cacería.

—Ya pudimos ver esta selva exótica, y muchos de sus pájaros y animales extraños —indicó—. Ese era realmente mi objetivo principal. No es tan importante para mí que cacemos un jaguar, y nuestro presupuesto ya está bastante apretado. Quizá debamos encaminarnos hacia La Paz y después destinar algún tiempo extra para visitar Cuzco y Machu Picchu.

—Por mí está bien —contestó Max.

Así que, con sus sombreros colocados sobre la cabeza y sus ponchos profusamente decorados bajo el brazo, se encaminaron hacia el pueblo y se sentaron a comer.

Ordenaron dos platos americanos: filetes delgados servidos sobre arroz, plátanos fritos, huevos y un tipo de frijol autóctono de Bolivia. Por supuesto, al platillo lo acompañaron varias cervezas, y después de una comida relajada, ordenaron un poco de excelente café boliviano. Cuando estaban terminando su primera taza, un jeep se acercó y se paró justo enfrente del restaurante, alzando una gran nube de polvo.

Un guardia uniformado salió del jeep, entró al restaurante y caminó hacia su mesa.

—Parece haber algunas irregularidades en sus papeles —dijo bruscamente—. El teniente quiere hablar con ustedes en el cuartel.

Max volteó a mirar a Rolf sólo para confirmar qué debía decir o hacer. Rolf sonrió y llamó al mesero para que le sirviera una segunda taza de café.

Sin saber qué hacer, Max ordenó una segunda taza también. Después volteó a mirar al guardia.

—Sólo permítanos terminar nuestra comida, y lo alcanzaremos allí.

El hombre uniformado se fue y diez minutos después Rolf ordenó una tercera taza de café. Y también Max.

—Rolf, ¿qué vamos a hacer? —preguntó Max nerviosamente—. Ya no puedo beber una cuarta taza de café, y creo que esos guardias del jeep están hartos de esperarnos.

—No te preocupes —respondió Rolf con confianza—. Esperarán cuanto sea necesario. Estuve en el ejército en Holanda, y esto sólo es diversión y juego para ellos. El teniente probablemente quiera verificar qué planes tenemos, puesto que no nos aparecimos en el hotel anoche.

Así que los dos pagaron la cuenta con calma y se encaminaron hacia la entrada del restaurante, donde cuatro militares uniformados habían permanecido pacientemente sentados en el jeep, con sus pesados rifles a un lado.

El sol todavía estaba alto y hacía calor. Rolf le echó un vistazo al camino desigual y lleno de polvo, y miró a su amigo.

—Max, diles que después de una comida tan abundante necesitamos caminar. Pueden seguirnos en el jeep, pero sé que ambos nos sentiremos mucho mejor si caminamos los tres kilómetros que hay que recorrer hasta el cuartel y no nos apretujamos en ese jeep saltarín.

Max le transmitió el mensaje al guardia principal, que había esperado pacientemente, y en ese momento Max se dio cuenta de que ya no se trataba de un juego.

El comandante ladró una orden y los cuatro guardias saltaron del jeep, y después apuntaron sus rifles hacia Rolf y Max.

—Se van a meter en el jeep, y lo harán ahora —les informó el comandante con voz alta y firme, contra la cual no habría resistencia posible. Max estaba asustado, pero Rolf todavía parecía pensar que se trataba de una broma.

—Relájate —le dijo—. Esto es sólo parte de su entrenamiento. Nadie nos va a disparar realmente. —Sonrió, y subieron al vehículo.

Sólo les tomó cinco minutos llegar al cuartel, el puesto militar más importante en todo los Yungas. Más de cuatrocientos hombres estaban establecidos allí, pero en ese momento particular parecía haber muchos menos a la vista.

Cuando un joven teniente los saludó al llegar, Max le preguntó dónde estaba el resto de los hombres. El teniente le explicó que estaban siguiendo de cerca a los últimos miembros del grupo rebelde del Che Guevara. La región entera se cerró a los extranjeros el mismo día cuando él y Rolf subieron al "barco bananero", algo de lo que no habían tenido conocimiento, gracias a la huelga de los medios de comunicación. Al escuchar tales noticias, Max y Rolf intercambiaron miradas de preocupación, pero no dijeron nada.

El teniente era un joven acicalado, con aire afable. Prácticamente se disculpó por estar allí, mientras todos los oficiales de mayor rango se habían unido al general en la expedición para cercar a los últimos de los bandidos aquellos. Después de todo, dijo, habría gloria para quienes lograran hacer esas capturas finales.

Explicó que no tenían una cárcel como tal, así que mantendrían a Max y a Rolf bajo custodia en el cuartel de los oficiales, donde pasarían la noche. Más tarde les informó que cenarían con él y con la esposa del general esa noche, puesto que esa sería la manera más conveniente de mantenerse en contacto.

Al juzgar por sus sombreros y cobijas de colores chillones, pareció creer que realmente eran quienes decían ser: unos turistas que habían deambulado por el transitado camino y se las habían arreglado para eludir treinta y nueve puestos de control, de manera no intencionada.

Pero era una historia difícil de creer, y puesto que todos los oficiales superiores estaban fuera, no tenía otra opción que enviar un telegrama a la Sección 5 —la de más alta seguridad del ejército boliviano en La Paz— y pedir órdenes. Les dijo que les haría saber su destino durante la cena.

Durante el trayecto, Rolf había notado unas hermosas canchas de tenis de arcilla, sin duda reservadas para el uso de los oficiales. Animó a Max

a que les preguntara si podrían jugar tenis más tarde. Al no hallar alguna razón para oponerse a ello, el teniente les dio permiso.

Poco tiempo después tenían a dos guardias corriendo tras las pelotas
—haciendo las veces de niños recogepelotas, como en un club de tenis—
mientras otros dos mantenían sus ametralladoras apuntadas hacia Max
y Rolf para garantizar que no intentarían un escape.

Más tarde, durante una de las comidas más deliciosas que Max había
probado, sazonada con una placentera conversación con la esposa del
general, el teniente les dijo a lo que debían atenerse.

—La Sección 5 duda de la veracidad de su historia —reveló—. Me
han pedido que los envíe a La Paz mañana por la mañana, para que
puedan interrogarlos adecuadamente. Mientras su historia sea verídica,
no tienen de qué preocuparse.

—Pues ciertamente no somos espías —confirmó Max ansiosamente.

—Lo sé —reconoció el teniente—. Enviaré a Raúl con ustedes, como
su guardia, en el camión que parte a las 6:00 a.m. hacia La Paz. El autobús será gratis, pero ustedes tendrán que comprar su propia comida en
el camino.

Tras decir esto, se levantó.

—He disfrutado esta cena en su compañía y espero que todo salga
bien en La Paz —les dijo el teniente.

Mientras salían, Rolf le dirigió una mirada irónica a Max.

—Caramba, esto es incluso más barato que los 2 dólares que paga-
mos para llegar aquí —comentó—. ¡Nada puede superar un viaje gratis!

Max no estaba tan seguro de que el viaje fuera a ser gratis, pero sonrió y permaneció de buen ánimo.

Sin embargo, no pudo conciliar el sueño.

El viaje en autobús fue mucho más cómodo de lo que había sido el
"barco bananero", y llegaron a un pequeño pueblo donde se detuvieron
a almorzar. Pudieron elegir su propia truchita de montaña de entre las
que nadaban en los contenedores naturales situados entre las rocas del
río, y una vez elegidos, los pescados fueron asados. El sabor era exqui-
sito, y el guardia Raúl estaba muy contento, puesto que esta misión le
iba a dar la oportunidad de tomarse unas breves vacaciones de tres días
en La Paz, donde podría visitar a su prometida.

Todo iba bien hasta que el autobús llegó a La Paz y Raúl los presentó con Juan, un nuevo guardia, quien los acompañaría durante el resto del camino hasta la Sección 5. Juan era una persona honorable, pero estaba claro que no creía el argumento del "gringo perdido" con su sombrero mexicano y su cobija de colores brillantes. Condujo a Max y a Rolf hasta el jeep militar, donde los esperaban un conductor y un guardia armado.

A las 4:00 de la tarde, los dos "gringos" habían entrado a la Sección 5, la sede central de la organización de seguridad boliviana. Rolf sacó su minicámara Minolta y empezó a tomar fotos. Un guardia se la arrebató de las manos y antes de que pudiera protestar, lo condujo a una habitación más grande. Les dijeron que el general Anahola se reuniría con ellos en cuanto pudiera.

A las 9:00 p.m. estaban hambrientos. Le preguntaron a Juan si podían comer y se sorprendieron cuando les mandó a un guardia para que los acompañara hasta el club de oficiales, donde podrían ordenar una comida, aunque tendrían que pagar por ella.

Después de una pequeña caminata desde el retén, se detuvieron en un edificio militar de construcción sencilla. Una vez adentro, la elegancia del club de oficiales maravilló tanto a Max como a Rolf. Se parecía a una taberna de la campiña inglesa, con mesas de madera oscura y decoración de buen gusto. Aunque sólo había ocho mesas, el servicio de los cuatro meseros era impecable. Tres de las mesas estaban ocupadas por otros comensales, pero ni Rolf ni Max consideraron adecuado entablar alguna conversación en sus circunstancias.

Durante la comida, un nuevo guardia, Jorge, sustituyó a Juan. Al final de la cena, Rolf seguía creyendo que sólo se trataba de un ejercicio militar lúdico, y sugirió que Max explicara que eran "invitados" del general Anahola y que él pagaría la cuenta. En contra de su sentido común, Max ofreció esta explicación, y el mesero sonrió mientras ellos disfrutaban su comida gratis, antes de que Jorge los llevara nuevamente al retén.

Eran cerca de las 11:00 p.m., y todavía no había señal alguna del general.

Conforme la noche fue avanzando y los invadió la fatiga, la actitud siempre jovial de *c'est la vie* que Rolf exhibía iba siendo remplazada por la ansiedad y la preocupación. Su acento holandés se tornó más cerrado y difícil de entender.

—Max, pregúntale a Jorge si podemos llamar a los consulados holandés y norteamericano, para ver si nos pueden ayudar —dijo con evidente tensión en la voz—. No queremos pasar la noche en la cárcel. Debe de haber alguna manera de salir de esto.

—Señor, ¿nos permite hacer una llamada? —le preguntó Max a Jorge. El guardia se sentó en un escritorio, en el área de espera, donde ya habían estado detenidos durante las últimas horas. Había un teléfono a la vista.

—Déjenme preguntarle al capitán Morales y ver si es posible —respondió Jorge. Cinco minutos después otorgaron el permiso, y Max hablaba por teléfono con un empleado del consulado estadounidense.

—El cónsul se fue a su casa hace horas —le informó—. Le expondré su situación a primera hora de la mañana, pero no hay nada que pueda hacer esta noche.

Después de decir esto, el empleado colgó el teléfono.

Sin embargo, cuando Rolf llamó al consulado holandés, inmediatamente lo comunicaron a la casa del diplomático. El cónsul holandés habló con el oficial de guardia en el retén, el capitán Morales, y pidió transferir a Rolf y a Max a la jurisdicción del consulado holandés. También dijo que garantizaba que ninguno de ellos intentaría abandonar Bolivia hasta que su caso hubiera sido resuelto.

En menos de cuarenta y cinco minutos —justo antes de la medianoche— el propio cónsul holandés llegó a la Sección 5, firmó los documentos necesarios y Rolf y Max fueron escoltados hasta un hotel modesto, donde un guardia del ejército boliviano permaneció sentado afuera de su puerta para evitar un intento de huida.

A la mañana siguiente, los despertaron a las 6:00 y los llevaron nuevamente a la Sección 5. Después de una espera moderada de una hora y media, el general Anahola pidió ver a Max.

El joven entró en un cuarto pequeño con un solo foco que colgaba del techo, exactamente como lo había visto en las viejas películas que le encantaban. Estaba preparado para lo peor, incluso la tortura, pero el único elemento para ello que había en el lugar era una vieja máquina de escribir mecánica colocada sobre un escritorio y que hacía un ruido ensordecedor cada vez que la usaban.

El general estaba sentado frente a la máquina de escribir e inmediatamente empezó a hacerle preguntas a Max.

—¿Durante cuánto tiempo has sido miembro de la NLF? —inquirió.

—¿Qué es la NLF? —respondió Max con sinceridad.

—Los bandidos aquellos —replicó el general—. Los que apoyan al Che Guevara y sus animales.

—No, no soy miembro de ese grupo. Hasta este momento, no sabía que existía.

—Entonces debes ser un miembro de la CIA —replicó el militar bruscamente.

—No —respondió Max, tratando de mantener la tranquilidad en la voz—. No creo ni siquiera tener la edad suficiente para ingresar a la CIA, y de todas maneras no lo haría.

—¿Cuál es tu partido político? —preguntó el hombre.

—Soy demasiado joven para votar en Estados Unidos, pero probablemente sería demócrata, si fuera mayor.

El interrogatorio continuó durante siete horas. Cada movimiento que Max y Rolf habían hecho fue cuestionado, cada posible motivación, abordada. Cada persona —desde el primer oficial boliviano del consulado en Arequipa hasta el mesero de Caranavi— quedó anotada en su informe.

Cuando habían transcurrido siete horas, el general Anahola le presentó un documento de dos cuartillas a espacio sencillo, que abarcaba cuarenta y cuatro puntos. Max lo leyó y después lo firmó, declarando que todo lo escrito era una "confesión" auténtica.

Narraba exactamente cómo Max y Rolf habían burlado la seguridad, cómo habían trabajado con el Proyecto Amistad, cómo habían decidido abordar el colectivo desde Puno, cómo se habían "topado" con Archibald Benson en la calle de La Paz, y cada detalle de su viaje inverosímil.

Al leerlo en blanco y negro, incluso a Max le pareció difícil creerlo, pero firmó el documento y, exhausto, regresó a la sala donde Rolf esperaba ansiosamente, sosteniendo su minicámara Minolta. Se veía consternado y explicó que era porque toda su película de la gente local y los animales en la selva se había arruinado.

Max no fue demasiado comprensivo. Se sentía extenuado después de las siete horas de interrogatorio que había aguantado. Ahora era el turno de Rolf, y de manera sorprendente, no estuvo adentro más de cinco minutos y regresó con una amplia sonrisa en el rostro.

—¿Qué pasó? —preguntó Max sin poderlo creer.

—Bueno, pues, como sabes, mi español no es muy bueno, así que sólo me preguntaron si todo lo que habías dicho era cierto. Les dije: "Max jamás miente", y firmé la misma confesión que tú.

A pesar de haber firmado su "confesión", Max y Rolf quedaron bajo vigilancia militar durante siete días. Podían pasar las noches en el hotel, y el guardia militar los despertaba cada mañana a las 6:00 para transportarlos de regreso a la Sección 5, con el fin de que les hicieran más preguntas.

Al único a quien realmente le hacían preguntas era a Max, pero Rolf ahora debía entrar con él al cuarto del interrogatorio.

Cada detalle de su historia se verificó y volvió a verificar. Llamaron al hotel de La Paz, el cual no tenía registro de que hubieran estado jamás allí. Mandaron investigadores a Arequipa, Copacabana y Caranavi para cotejar cada detalle, cada nombre, cada "coincidencia".

En la noche podían ir a donde quisieran —puesto que los consulados estadounidense y holandés respondían por ellos—, pero siempre bajo vigilancia. Asistieron a un partido de futbol, una noche, para el enorme deleite de sus nueve guardias, quienes aparecieron al mismo tiempo, a pesar de que cubrían diferentes turnos, sólo para asegurarse de que Max y Rolf no intentaran escapar. Y, por coincidencia, pudieron disfrutar el gran partido contra su país vecino, Perú.

Al final de la semana, incapaces de encontrar algún defecto en la sorprendente, aunque inverosímil, declaración de los extranjeros detenidos, les dijeron a Max y Rolf que podrían irse a la mañana siguiente. Los llevarían a la estación de autobuses para dirigirse a Tiahuanaco, el antiguo sitio místico, y de allí a un bote que los llevaría de regreso a Puno, en Perú.

En Puno, al desembarcar, recibirían sus pasaportes. Dos oficiales del ejército boliviano los acompañarían en el tramo final de su aventura boliviana.

Ambos guardias estaban contentos de desempeñar una tarea tan fácil, y se tomaron un tiempo extra mientras Max y Rolf visitaban las antiguas ruinas incas en Tiahuanaco. Ahora que lo peor de su "aventura" había terminado, Max tuvo una sensación de comodidad en las ruinas, y también sintió asombro. Había leído sobre el antiguo dios del sol, Viracocha, de quien se creía que había salido de las aguas del cercano lago Titicaca y creado la civilización de los primeros indígenas.

Las ruinas de Tiahuanaco eran monumentos dedicados a este gran maestro y líder, y las leyendas hablaban de su llegada y su partida. Había algo mágico en las ruinas, como si las rocas mismas todavía respiraran y comunicaran las lecciones antiguas del mítico Viracocha.

Los guardias confirmaron sus propias creencias en las antiguas leyendas, y la creencia local de que el lago Titicaca, con sus aguas rejuvenecedoras, era el lugar de nacimiento de la humanidad. Había quienes creían que en los tiempos por venir, el lago nuevamente se convertiría en el centro del poder espiritual para el planeta entero, marcando el comienzo de una nueva era para la humanidad.

Al llegar a las oficinas de migración en Perú, a Max y a Rolf los recibieron dos oficiales sonrientes que ya tenían sus pasaportes.

—Hemos estado esperando por ustedes. Bienvenidos de regreso a Perú.

Les entregaron sus pasaportes, y en letras grandes y rojas, en la página donde habían puesto el sello boliviano, se leía PERSONA NON GRATA. Debajo había otras palabras en español que hacían evidente que eran individuos sospechosos y visitantes inaceptables, bajo cualquier circunstancia.

Persona Non Grata

CUANDO MAX TENÍA VEINTIDÓS AÑOS, SE GRADUÓ EN YALE Y EMPEzó a trabajar para la editorial de su padre, siendo sus aventuras bolivianas sólo un recuerdo emocionante.

El trabajo le permitió tener una fuente de manutención y aprender el funcionamiento del mundo editorial. Además, su padre recientemente había sufrido un pequeño infarto, así que su nuevo puesto le permitió a Max acercarse a él.

Había trabajado para su papá durante nueve meses cuando reescribió y actualizó el título para la preparación del examen, *Cómo obtener un buen puntaje en el examen de admisión para la Escuela de Medicina*, lo que continuaba la tradición de ayudar a los estudiantes en su camino al éxito. Max no sabía nada de medicina y ni siquiera había tomado un curso de ciencias desde la preparatoria, pero sabía cómo investigar, y sabía mucho sobre la preparación de exámenes.

Ahora vivía en Westport, Connecticut, y cada mañana iba a la biblioteca pública para empezar su día de trabajo.

Al mediodía estaba listo para tomarse un descanso.

Puesto que la YMCA estaba a un lado, y la liga de frontón requería nuevos jugadores, Max se inscribió. Fue allí donde conoció a George Hardy, un productor y escritor cinematográfico independiente. Aunque casi veinte años mayor, George era un jugador en buena condición y competitivo, y él y Max se volvieron oponentes y pareja en los partidos de dobles.

A Max siempre le ilusionaba pasar un rato en la YMCA con George. Después del partido, con frecuencia pasaban algún tiempo hablando, y Max compartía su pasión por Latinoamérica, la cultura, la gente y el idioma. Irradiaba emoción al platicarle sus experiencias, y George, que no era fácilmente impresionable, quedaba cautivado por el juvenil entusiasmo de Max.

George había aceptado producir una película para Ralph Cohen Productions, titulada *En busca de los misterios antiguos*, y estaba buscando a alguien que pudiera explorar algunos sitios en Sudamérica. Le agradaba Max, pensaba que el joven tenía una buena ética laboral y estaba impresionado de que hablara español y conociera la cultura latinoamericana.

"Pues qué demonios", se dijo un día, "no se trata de una neurocirugía." Así que en los vestidores, después de un partido particularmente difícil, George le ofreció a Max el trabajo.

—¿Has escuchado hablar de Erich Von Daniken y su libro *En busca de los astronautas antiguos*? —le dijo, en un café.

—No —fue la respuesta honesta de Max.

—Es un hombre que piensa que astronautas provenientes del espacio exterior colonizaron la Tierra hace miles de años, y originaron algunos de los misterios inexplicables de las civilizaciones antiguas. Rod Serling produjo un programa especial en la cadena televisiva NBC, basado en sus libros. Tuvo un éxito tremendo, y ahora quiere hacer una secuela. Muchos de los lugares que ha mencionado están en Sudamérica, y pensé que podrías ser una buena opción para ayudar a elegir la lista de locaciones para la película.

"¿Crees que te interesaría? —preguntó George.

Sin vacilar, Max aceptó la oportunidad.

—Seguro, suena divertido —contestó.

Al día siguiente, George le entregó a Max el resumen de catorce páginas de la película, junto con una lista preliminar de sitios que incluían Tiahuanaco en Bolivia, Cuzco en Perú y otros lugares exóticos que se jactan de sus misterios inexplicables y podrían ser indicadores de la presencia de astronautas en la antigüedad.

George se mostró franco sobre la fragilidad del argumento de la película.

—Puede ser sólo humo y espejismo —admitió—. No hay nada que nos diga si Von Daniken está en lo correcto, o si él mismo lo cree.

—Bueno, después de que me explicaste su teoría, revisé su libro en la biblioteca y creo que mucho de lo que dice parece exagerado, por no decir que suena a mentiras descaradas —le confió Max.

—Bien, entonces supongo que este proyecto no te interesa —dijo George con un tono de desilusión.

—No, exactamente lo opuesto. Lo encuentro fascinante y estaré encantado de ayudarlos. Me gusta explorar civilizaciones y mitos antiguos. Trabajar con ustedes va a ser estupendo.

—¡Grandioso! —respondió George—. Tu salario inicial será de 125 dólares a la semana, y creo que harás un trabajo excelente. Además de complementar la lista de sitios, necesito que pienses cómo hacer llegar a nuestra gente y equipo hasta cada uno de los países donde planeamos filmar. ¿Crees que podrías encargarte de eso?

—Por supuesto —respondió Max con confianza.

Así que solicitó un permiso para ausentarse de la compañía editorial de su padre y se lanzó al proyecto con intensidad y entusiasmo. Empezó con una investigación básica y en menos de cuatro semanas había leído todos los números de *National Geographic* y tenía una lista de ubicaciones que abarcaba los misterios y sitios antiguos desde Bolivia hasta Inglaterra, Siria, Israel, Grecia, India y Japón.

Cuando volvieron a reunirse, George estaba impresionado con el trabajo que Max había hecho hasta ese momento, y le ofreció el puesto de coordinador de la producción en el proyecto, lo que significaba que estaría involucrado en los aspectos cotidianos de la filmación en todos los países. George también aumentó el salario semanal de Max a 150 dólares.

Repentinamente, corrió el rumor de que las fechas de filmación para *En busca de los misterios antiguos* se habían movido, lo que significaba reorganizar todo para las nuevas fechas y estar preparados para recibir al equipo de rodaje.

—¿Podrás viajar a Perú en las siguientes dos semanas? —le preguntó George a Max.

De hecho, Max estaba listo para partir, pero había un problema. No habían recibido los permisos de las diversas embajadas del mundo para poder filmar en los respectivos países.

Ante la sorpresa de Max, George no parecía muy preocupado, y expresó su confianza en que todo se arreglaría. Max no estaba tan seguro, pero en cuestión de días estaba en Perú, y se hospedó en el Hotel Sheraton, el más alto y lujoso de Lima.

Resultó que George siempre viajaba con estilo —hoteles de cinco estrellas y los mejores restaurantes— y esperaba que su equipo fuera tratado de la misma manera. Años de experiencia en la industria del entretenimiento le habían enseñado que un equipo de rodaje satisfecho redundaba en un foro feliz, le dijo a Max.

Puesto que Max era ahora un miembro del equipo —el hombre de avanzada—, también cosechó los beneficios del hospedaje de lujo. Sin embargo, todavía tenía ante sí una misión hercúlea: el resto del equipo llegaría en cinco días, y tenía que asegurarse de que todas sus necesidades fueran cubiertas.

El primer paso fue una reunión con el subsecretario de asuntos culturales peruanos, el señor Altamontaña, y no le fue bien. Altamontaña, un hombre de baja estatura y anteojos, se movía con energía intensa, y mientras saludaba a Max, reveló que no sabía nada sobre la producción de la película.

Max se quedó perplejo, pero se recuperó rápidamente.

—Pero, ¿no le llegó mi carta? —preguntó—. La envié hace más de dos semanas.

El subsecretario contestó que ciertamente no había recibido la carta, y que si lo hubiera hecho, junto con la solicitud para pasar el equipo por la aduana y filmar en el país, la aprobación de tales permisos tardaría al menos doce semanas.

Mientras la preocupación de Max iba en ascenso, Altamontaña le explicó con calma que habían creado una nueva ley justo ese año para proteger la industria fílmica peruana. A fin de cumplirla, era imposible garantizar el permiso en menos tiempo.

—No habrá excepciones —le dijo el subsecretario a Max en un tono natural.

Max estaba perplejo.

"¿Ahora qué?", pensó, mientras las ideas giraban en su mente a toda velocidad.

En ese momento, el asistente del subsecretario entró en el cuarto con una pequeña pila de sobres colocada en una bandeja de plata, es decir, el correo del día.

Ahí, en la cima de la pila, Max identificó un objeto familiar: la carta que había enviado, con una estampilla adicional para su rápida entrega.

—Ahí está mi carta —gritó Max, lleno de júbilo—. Por favor, sólo ábrala. En ella encontrará todo lo que necesita.

Si bien su expresión denotaba duda, el subsecretario abrió el sobre y leyó la carta mecanografiada en una hoja membretada con el nombre de Future Films.

Si bien impresionado por el momento en que llegó la carta y después de confirmar la validez del proyecto, el subsecretario se mantuvo firme en el hecho de que era imposible otorgar un permiso con tan poca antelación. Le explicó a Max que el comité especial para asuntos culturales necesitaría revisar el guión del filme y la solicitud. Reiteró que lo más rápido que podrían procesar las solicitudes sería hasta septiembre, y apenas estaban en junio.

—Pero mi equipo llegará dentro de cinco días —protestó Max.

—Pues si es así, ni ellos ni los aparatos para el rodaje podrán entrar —respondió firmemente Altamontaña—. Así que será mejor que les diga que no vengan.

La reunión terminó, y Max se fue abatido. Su carrera meteórica en el mundo del espectáculo parecía terminar antes de su inicio.

George debía reunirse con él en Lima, pero no podía esperar a que llegara. Inmediatamente llamó a uno de los productores, que también era su punto de contacto, Dan Brandon, en Los Ángeles, y le dijo:

—Hay un problema.

—No te preocupes —fue la respuesta alegre de Dan, y el entrecejo de Max se frunció, en señal de confusión—. Anticipamos que al acelerar el programa tendríamos un problema con los oficiales peruanos. Afortunadamente, uno de los amigos íntimos de Ralph Cohen, de la USC, es Julian Jasper.

Como Max no reconoció el nombre, Dan continuó.

—Julian estaba en el equipo de natación y compitió en las Olimpiadas. Es un buen tipo y dirige la industria del cine en Perú. Incluso es dueño de la compañía principal de autobuses en Lima y otros varios negocios. Ha accedido a reunirse contigo.

"Vive en Miraflores y te está esperando para comer.

Aunque Dan estaba alegre, Max todavía tenía serias dudas cuando colgó el teléfono. Julian podía ser un "buen tipo" y un productor de cine poderoso, pero el subsecretario había sido bastante claro: se requerían aprobaciones, había que entregar muestras del guión, doce semanas como mínimo.

De todas maneras, Miraflores era el Beverly Hills de Lima, así que Max tendría, al menos, una comida agradable.

Cuando llegó a la propiedad de Jasper, lo recibió una sirvienta inmaculadamente vestida, que lo escoltó hasta el jardín donde Julian, su esposa e hija estaban sentados frente a una mesa elegante, decorada con flores y vajilla de porcelana, y el jardín mismo tenía árboles frutales y miles de lechos de flores plantados en formas exóticas.

Julian era un hombre corpulento y alegre. Se levantó, le dio un abrazo a Max y se lo presentó a su familia.

La comida estuvo excelente y la conversación ligera y llena de sugerencias sobre los lugares que creían que Max debía ver durante su estancia en Lima. A pesar de sus preocupaciones sobre la llegada inminente del equipo de filmación, Max empezó a relajarse.

No fue sino hasta después del almuerzo, cuando se retiraron a un kiosco ubicado en otra parte del jardín, que Julian finalmente sacó el tema principal.

—No debes preocuparte —le dijo con alegría—. Me he encargado de todo. Tu gente y equipo no tendrá ningún problema en obtener el permiso para filmar.

Max estaba asombrado.

—¿Pero cómo puede ser posible? Dejé la oficina del subsecretario hace sólo unas cuantas horas y me dijeron que para la nueva ley no habría ninguna excepción.

Julian reveló que él mismo había redactado el código y leyes del cine, y básicamente estaban escritas para protegerlo a él y a sus amigos. Puesto que Richard Cohen era su amigo, habían acordado que *En busca de los misterios antiguos* fuera una coproducción de Jasper Productions.

Ahora era una producción peruana, y no estaría sujeta a las nuevas leyes. Agregó que podría haber un problema menor con los asuntos de la aduana, porque la ley nacional ordenaba que todos esos equipos permanecieran al menos una semana en cuarentena, como protección contra los contrabandistas sin escrúpulos.

Sin embargo, a Julian le habían otorgado recientemente una medalla como Alcalde Honorario de Lima, por brindar servicio de autobuses como parte de las obras públicas. La medalla le daba el derecho a exentar todas las leyes que gobernaban a los funcionarios, y puesto que algunos de los oficiales de aduana lo eran, estaba seguro de que gracias a su puesto honorario podría lograr que pasara el equipo.

Julian tuvo razón en todo, y se salvó la filmación.

Con la situación peruana controlada, la siguiente parada en el itinerario de Max era Bolivia, y llegó el momento de que Max le revelara a George su estatus de Persona Non Grata, que le impediría ir a La Paz, donde se suponía que debía preparar todo para la filmación en Tiahuanaco y el lago Titicaca.

El productor llegó a Lima y se encontraron en el vestíbulo del Sheraton. Poco después, George empezó a beber pisco, la bebida alcohólica originaria de Perú, así es que la reunión resultó mejor de lo que Max esperaba.

—Pues siempre y cuando tengas gente ahí para que nos reciba, y tengas listo el programa, supongo que todo saldrá bien —dijo George entre sorbos—. Esto te da uno o dos días adicionales para permanecer aquí en Perú. ¿Por qué no vas a Trujillo a explorar las pirámides y ver si hay algo que podamos filmar, o alguien a quien podamos entrevistar?

Empieza con amor

JUNIO, 1973

Max bajó del avión en Trujillo y tomó un taxi hasta el hotel local. Aunque era la ciudad más grande del norte de Perú, Trujillo todavía se estaba recuperando del terremoto y sólo contaba con un hotel, que era el principal y el más lujoso.

Después de registrarse, Max le reveló su misión al empleado de la recepción, cuyo nombre era José, y le preguntó qué tan lejos estaban la pirámide y las ruinas antiguas. José estuvo encantado de ayudar, y en poco tiempo un taxi esperaba a Max para llevarlo a explorar la pirámide de la Huaca —o templo— de la Luna.

Mientras recorría esta estructura imponente y misteriosa, situada a sólo cuatro kilómetros de la ciudad, Max se acercó a varios "arqueólogos aficionados" que intentaron venderle reliquias y esculturas antiguas. La pirámide misma, si bien resultaba impresionante por sus elaborados murales, no contenía secretos significativos para el argumento elegido de Von Daniken.

A su regreso al hotel, encontró a un joven de pelo oscuro, exultante de energía. El hombre se presentó como Eduardo y explicó que trabajaba para la estación local de televisión.

—Jamás habíamos tenido un equipo de filmación estadounidense aquí en Trujillo, excepto los que cubrieron el terremoto, y quisiéramos entrevistarlo —anunció.

Max fue honesto con Eduardo y le dijo que no estaba seguro de que la filmación fuera a ocurrir en Trujillo. Sin embargo, el entusiasta y joven reportero de televisión no pareció preocuparse mucho por ello, y corrió a buscar a su equipo de filmación.

Max supuso que había sido una semana con pocas noticias importantes.

Minutos más tarde, Eduardo regresó acompañado de su camarógrafo, Reginaldo, y la mujer más hermosa y cautivadora que Max había visto jamás.

Su nombre era María, y tenía veinte años, era delgada, de cabello oscuro y ojos profundos de color café. Tenía una sonrisa fácil y llena de vida, y una capacidad de concentración que era casi desconcertante.

María estaba vestida de manera sencilla, con una blusa de color plateado y pantalones. Era la asistente de producción del programa de noticias, explicó Eduardo, y hacía un poco de todo. Le sonrió a Max y pareció tan intrigada con él como él lo estaba con ella.

Cuando terminó la entrevista, se fue con Reginaldo y Eduardo. Momentos más tarde, sin embargo, regresó para pedirle a Max que escribiera su nombre completo, el de la compañía de producción y algunos detalles que había mencionado durante su entrevista. Después de obtener la información necesaria, volteó para irse y repentinamente se detuvo y miró a Max.

—¿Estás aquí solo? —le preguntó, y el corazón de Max saltó en su pecho—. ¿Te gustaría tener compañía para la cena? Conozco los mejores restaurantes de Trujillo.

Max recuperó rápidamente la compostura y dijo que le encantaría reunirse con ella. Poco después, subieron a un taxi que los condujo a un pequeño restaurante donde servían los *anticuchos* de la localidad (brochetas de corazón de ternera), seguido de cuy a la parrilla, acompañado de vegetales exóticos que no pudo identificar pero disfrutó.

Durante toda la cena, Max no pudo dejar de mirar los ojos de María. Eran oscuros e insondables, y sin importar cuál fuera el tema, descubrió que perdía el hilo de sus pensamientos.

María parecía igualmente intrigada con Max, y admitió que era el primer turista estadounidense que había conocido.

—¿Todos los gringos son tan interesantes como tú? —bromeó—. ¿Y todos hablan un castellano tan puro? Casi siento que estoy hablando con el rey de España. Tu español es mucho mejor que el mío, y me hace sentir un poco avergonzada. —Después de decir esto, rió.

Siempre serio y perdido en la belleza de María, Max sólo tartamudeó su respuesta.

—He... he tenido la fortuna de viajar por Europa y América a temprana edad, pero en realidad no soy tan interesante. Tu mundo me fascina tanto como el mío te fascina a ti, quizá más. Me encanta la forma en que hablas. Tu voz tiene una suavidad y una melodía naturales que es música pura para mis oídos.

Entre más hablaba María, más sentía Max que perdía el control de su ser racional.

Se quedaron en el restaurante hasta después de la medianoche, cuando este cerró finalmente. Nadie quería que la noche terminara, así que le pidieron al conductor del taxi que los llevara al parque que estaba junto al hotel donde Max se estaba hospedando. Mientras caminaban de la mano entre los árboles, bajo el cielo lleno de estrellas, un vínculo se formó entre ellos.

Para Max, parecía como si se hubieran conocido durante muchas vidas. María le contó sobre su familia y sus raíces incas. Habló sobre su creencia en un poder espiritual más allá del conocimiento humano, y sobre la vida que todos los objetos poseían, "incluso las rocas y los árboles tienen conciencia", dijo.

Le dijo que creía que algún día las deidades incas regresarían, y la verdadera gente inca volvería a reinar sobre las tierras nativas. Habló sobre su resignada aceptación de los rituales y prácticas católicos que permitían el sexo sólo en el matrimonio.

Sentado a su lado sobre una banca de madera, Max inesperadamente descubrió que las palabras salían en desorden de su boca, de manera incontrolable.

—Sé que esto sonará loco, pero estoy completamente enamorado de ti —dijo—. Te deseo como nunca he deseado a ninguna otra mujer en mi vida, pero incluso más, te amo con un amor puro y sagrado que jamás había experimentado antes...

"Sé que es una locura total...

Y, de pronto, María lo besó apasionadamente en la boca, un beso largo, eterno. Se miraron a los ojos, y él pudo presenciar, en un lapso de no más de treinta segundos, una vida completa juntos. Su mirada le dijo que ella estaba arrebatada por la misma experiencia.

Escucharon un bebé que lloraba al momento de nacer.

Experimentaron la sensación de envejecer juntos y convertirse en abuelos.

Vieron futuros idénticos, sin hablar.

La claridad de la experiencia iba más allá de las palabras; la emoción compartida era indescriptible. Les robó el aliento.

Finalmente, María habló.

—Te amo de igual manera. Estoy enteramente enloquecida. Este es un amor que jamás podrá materializarse, pero es un amor que nuestro beso ha consumado en la totalidad del tiempo y vivirá en mi memoria para siempre.

Max permaneció en silencio, asombrado por su confesión de amor y, sin embargo, confundido también. Había visto una vida entera con esta mujer. La conocía, y la quería para siempre.

De igual manera, supo que María estaba en lo correcto y que sus circunstancias no les permitirían un compromiso de por vida, del tipo que la educación de María le dictaba cumplir.

En sólo unas horas, debía telefonear a George a La Paz y decirle si había encontrado algo en Trujillo. Tenía una reservación para volar más tarde de Lima a Quito, Ecuador, y después a Londres. Apenas si tendría tiempo para bañarse y llegar al aeropuerto de Trujillo para el vuelo a Lima.

Con estos y otros pensamientos galopando por su cabeza, Max miró a María y con una combinación de alegría, tristeza y resignación colocó sus manos en su corazón.

—Esta ha sido una noche mágica, y jamás te olvidaré.

Sacó una pluma y papel y le pidió a María que escribiera su nombre y dirección, para que se mantuvieran en contacto.

María le devolvió el papel donde estaba escrito su nombre completo y dirección:

María Magdalena Ramírez
Calle de las Flores 224
Trujillo, Perú 9490

Max entró en un estado de conmoción.

Este era un nombre que había visto hacía años y había sido incapaz de recordar, pese a la intensidad de su esfuerzo. Sin embargo, mientras el nombre lo contemplaba desde el pedazo de papel firmemente sujeto entre sus dedos, el recuerdo fue completamente claro.

María era el primero de los doce nombres que había visto durante su experiencia cercana a la muerte.

Miró a María con su blusa plateada y después otra vez el papel.

Plateado era el color con que su nombre apareció ante Max hacía ocho años. No podía ser una coincidencia. Tenía que haber un significado más profundo, una conexión que debía, de hecho, alterar sus vidas. Quizá María verdaderamente era su alma gemela, y por eso había visto su nombre.

Intentó explicarle a ella este nuevo nivel de conexión.

—Probablemente la única razón por la que vine a Perú fue para conocerte —sugirió—. Quizá en verdad estemos predestinados a estar juntos, o tal vez tengamos un importante destino que nos liga.

Para su tranquilidad, ella no actuó como si se hubiera vuelto loco. Permaneció ecuánime y aceptó el extraño sincronismo que los había envuelto.

—El mundo es ancho y ajeno, y jamás entenderemos todo lo que ocurre —afirmó—. Si estamos predestinados a estar juntos, de alguna manera sucederá, pero si no te vas ahora, perderás tu avión, y mis padres no terminarán jamás de regañarme.

"Te amo. Siempre te he amado, y siempre te amaré —continuó ella—. Siento una conexión más profunda contigo que con nadie que haya conocido. Más profunda que con cualquier novio, más profunda que con mis propios hermanos, e incluso mi madre y mi padre, y no tengo dudas de que nuestras vidas se han cruzado por una razón. Sin embargo, no veo la forma en que podremos alterar nuestros destinos presentes.

Con esas palabras, María le dio a Max un beso final, se puso de pie y se alejó del parque, dejándolo solo enfrente de su hotel, meditando sobre cómo ella había podido decir exactamente las mismas palabras que usara su madre después de su experiencia cercana a la muerte.

La búsqueda
continúa

ISLA DE PASCUA.

Stonehenge.

Glastonbury.

El Museo del Hombre, en Londres; las cuevas de Lascaux, en Francia; Atenas y la isla griega de Santorini.

Max organizó reuniones en cada uno de estos sitios con científicos, arqueólogos y esotéricos que tenían información que agregar a la siempre creciente búsqueda de los misterios antiguos.

Sin embargo, no podía dejar de pensar en María Magdalena Ramírez en los pocos minutos del día cuando no estaba gestionando la renta de autos, barcos, aviones y cualquier mecanismo que mejor sirviera al equipo de producción.

Max empezó a observar un patrón en su trabajo. Llegaba primero a la ciudad, contactaba a los funcionarios de gobierno, a los de los museos y otras personas con quienes necesitaba acordar los permisos. Exploraba las locaciones y después recibía al equipo a su llegada a cada aeropuerto internacional.

El director de cámara del equipo era Uri Ulick, considerado en esos días como el mejor camarógrafo de su generación en el terreno agreste. Uri estaba en su tercera década de vida, era noruego, delgado, con una constitución parecida a la de un atleta profesional. Disfrutaba de los baños de vapor, saunas y otras prácticas de salud que lo ayudaban a relajarse.

Era tenaz y tenía confianza en su filmación. Podía ir a cualquier lugar para filmar algo y no tenía miedo. Debido a que poseía tan buena condición y era tan ágil, podía subir a la cima de los edificios, treparse a las rejas y filmar siempre. Hizo todas las tomas desde el helicóptero y el avión, y no tuvo problema con las alturas, asomándose o atándose al exterior de las avionetas que rentaron para filmar las misteriosas líneas de Nazca en el desierto peruano o las ruinas de sitios remotos.

Uri era de trato fácil. Todos lo respetaban y siempre había una gran demanda de sus servicios. El director tenía una esposa y dos hijos pequeños en su casa de Los Ángeles, pero estaba en locación más de ocho meses al año.

Russ Arnold —su segundo camarógrafo— era un veinteañero alto y fornido. *En busca de los misterios antiguos* era una gran oportunidad para Russ, el proyecto más importante de su joven carrera. Disfrutaba la cerveza y se movía más lento que Uri, pero era competente, profesional y mostraba una fuerte ética laboral.

Como experto en cámaras e iluminación, Russ era meticuloso. Le encantaba comer y bromear, aunque, a diferencia de Uri, estaba menos centrado en la condición física y con frecuencia se iba de parranda cuando terminaba la jornada de trabajo.

Orlando Summers tenía veintinueve años, y como gerente de producción de la filmación, era el responsable del presupuesto. A Max le daba dinero para sus gastos diarios y vigilaba el equipo y los egresos. Orlando le rendía cuentas directamente a George, quien confiaba completamente en él. El joven aspiraba a ser productor y director, y Max tenía más interacción con él que con cualquier otro miembro del equipo.

Trabajaron muy de cerca para organizar el traslado de los aparatos y el equipo de rodaje, y Orlando aprendió a confiar en el buen juicio de Max en relación con los sacrificios que tuvieron que hacer respecto a los costos y a la prioridad de las tomas.

El otro miembro del equipo era Andy Munitz, quien tenía veintisiete años, era delgado y de rasgos angulosos; como técnico de sonido y sujetacables, se entendía directamente con Orlando y Uri, y les ayudaba a ambos a preparar las tomas y hacer todo lo que se necesitara en cualquier situación.

Para Max, quien jamás había hecho el servicio militar, *En busca de los misterios antiguos* fue el equivalente en cuanto al establecimiento de un vínculo con un grupo masculino. El pequeño equipo trabajaba casi sin parar y confiaban el uno en el otro, en todos los sentidos.

Había muchas cosas en juego para cada uno de ellos: el proyecto podía impulsar sus carreras de manera importante. Los estimulaba la presión que implicaba hacer gestiones en otros países e ir a sitios exóticos y remotos, adonde poca gente había ido antes, siempre en busca de misterios antiguos.

Había una urgencia en el trabajo que Max no creía que existiera en un empleo regular, con horario de 9 a 5, y eso era muy emocionante.

Sus aparatos valían cientos de miles de dólares, y adonde iban eran recibidos con curiosidad y se les seguía con mirada atenta. En la India, esperaban que fuera imposible caminar por las calles. Pero lo mismo sucedió en Jerusalén, Lima, Atenas, Santorini, Londres, Tokio e incluso en los pueblos más pequeños que rodeaban las cuevas de Lascaux, los monolitos de Stonehenge y las ruinas de Cuzco.

Trabajaban y comían juntos y, excepto por los momentos en que dormían, jamás estaban separados. Desarrollaron su propia jerga, y si al final del día escuchaban decir: "Seis a.m., ya", significaba que debían encontrarse a las seis de la mañana, ya desayunados. "Una y listo en la Acrópolis al amanecer", significaba una sola toma al amanecer en la Acrópolis, mientras que "crujiente y limpio" era una expresión alternativa para "todo concluyó bien".

Cada minuto del día y de la noche era una aventura. Cada momento libre lo pasaban visitando extrañas ciudades y explorando otros lugares. El tiempo libre lo dedicaban a ir a los balnearios o simplemente comprar regalos para la familia y los amigos. Al final de las doce semanas de filmación se consideraban no sólo compañeros de aventura, sino verdaderos amigos… y eso eran.

Max sabía qué whisky preferían, qué tipo de chocolate, y con la nimia cantidad de dinero que le asignaban y conociendo la ubicación de las tiendas libres de impuestos, el equipo de filmación jamás careció de sus bebidas y golosinas favoritas. Su otra habilidad única resultó ser la de perseguir taxis.

Al llegar a los aeropuertos, era fácil reclutar los taxis necesarios para transportar los aparatos y el equipo, pero cuando paseaban por la ciudad en busca de sitios donde filmar, jamás parecía haber suficiente transporte para resolver el problema. Sin embargo, Max, con su trato fácil y natural, parecía ser capaz de convocar mágicamente a todos los carros necesarios, incluso cuando estaba lloviendo o se hallaban en un lugar donde estos medios escaseaban.

Pero, en Israel, todos sabían que iba a ser diferente.

Dadas las precauciones adicionales que había que tomar por motivos de la seguridad, decidieron que contratarían a un gerente de producción local para arreglar toda la logística de la renta de autos, aviones y demás necesidades de la producción relacionadas con el asunto. Max se sintió muy feliz de poder renunciar a estos dolores de cabeza.

En Jerusalén se concentró en la investigación y las entrevistas. Después de muchos días de veinte horas de trabajo, le parecerían casi unas vacaciones.

Desde la oficina de Nueva York localizaron a Max en su hotel de Atenas, cuando se preparaba para salir hacia el aeropuerto. Le dijeron que el gerente de producción con el que se encontraría se llamaba Yutsky Hasfor.

Max palideció cuando, nuevamente, el recuerdo regresó con total claridad.

Yutsky Hasfor era el segundo nombre en la lista de Los Doce.

Durante el vuelo de tres horas, Max pensó cuál podría ser el significado de Los Doce.

Habían pasado casi ocho años desde su experiencia cercana a la muerte, y prácticamente no había vuelto a pensar en ello. Ahora, repentinamente, en un espacio de cuatro semanas habría conocido a dos, y aun así no tenía idea de lo que esto podría presagiar.

Pensó que tendría que haber alguna conexión entre la producción de la película y los doce nombres. ¿Podría tener algo que ver con los extraterrestres que estaban buscando? Quizá sí existían, y esta era su manera de demostrarlo.

Después de su experiencia en Yale, donde incluso los hombres más educados habían demostrado no estar dispuestos a considerar nuevas ideas, Max decidió que cuando se encontraran no le revelaría a Yutsky la naturaleza de su conexión. No, observaría e intentaría descubrir un vínculo de algún tipo que pudiera ofrecer alguna explicación.

Yutsky era todo sonrisas en el aeropuerto. Era como un oso, de baja estatura, pero poderoso, con bigote y entradas en el cabello. Usaba los pantalones verdes de su época militar, y traía un aro con incontables llaves colgando de su cinturón. También usaba un pañuelo largo y blanco alrededor del cuello.

Reía fácilmente y le encantaba contar historias, hacer bromas y devolver las sonrisas. Había sido comandante en el ejército israelí y estaba orgulloso de sus logros militares.

De lo que Max podía colegir, no había nada que Yutsky no pudiera lograr. Era el hombre más organizado que había conocido y en el medio cinematográfico se le consideraba como el principal coordinador de producción de todo Israel. Yutsky había trabajado en muchas producciones de películas y conocía a todo el mundo en la industria.

El gerente de producción se aseguró de que todos los vehículos estuvieran siempre listos cuando fuera necesario y gestionó el acceso a Masada, Jericó e incluso a las locaciones más remotas. Le gustaba divertirse y era amante de la buena comida y bebida, lo que le granjeó el cariño de Russ y Andy. Garantizó que el equipo disfrutara de los mejores hoteles, restaurantes y diversiones escénicas y relajantes durante su tiempo libre.

Llevó a Max a unos baños turcos originales, con una antigüedad de mil años; lo llevó al Muro de los Lamentos, al Domo de la Roca, a Belén y a todos los lugares sagrados de Jerusalén e Israel. Max sólo se quedó cinco días con Yutsky, pero se relacionaron en una forma como sólo es posible hacerlo durante la guerra, o durante la intensidad de una filmación.

Al final, mientras iban hacia el aeropuerto donde Max debía abordar un avión con destino a Nueva Delhi, en la India, Yutsky volteó a mirarlo y le preguntó sobre su visita.

—Así es que, Max, de todo lo que te he enseñado en estos últimos cinco días aquí en Israel, ¿qué es lo que más vas a recordar?

Max pensó un momento antes de responder.

—Todo ha sido tan increíble que no puedo elegir un lugar, pero quizá de alguna manera mística lo preponderante es la tierra misma y la energía de la gente. Hay muchas cosas interesantes e intensas en las calles, los restaurantes, los bares y en todos lados —dijo.

—Estoy muy contento de que sintieras esa energía —respondió Yutsky, y sonrió—. Sí, la verdadera magia de Israel está en la gente. Algunos, como yo, provenimos de familias que han estado aquí durante siglos. Pero los otros, que han llegado más recientemente de Europa,

Rusia e incluso de tu propio país, captan la magia y el propósito de esta tierra sagrada.

”Ahora que has tenido tu primera experiencia israelí, estoy seguro de que regresarás, y cuando lo hagas, estaré aquí para recibirte.

Yutsky sonrió, detuvo el auto en el estacionamiento del aeropuerto, y justo antes de entrar en la compleja área de seguridad, Max volteó a mirar a su amigo.

—Has sido como un segundo padre para mí en Israel —le dijo—. Jamás podré agradecértelo suficiente o devolver tu hospitalidad.

Yutsky sólo sonrió.

—No te preocupes. Disfruté cada minuto que pasé trabajando contigo y tu equipo. Eres joven. Algún día, una persona también joven necesitará de tu ayuda. En ese momento recuérdame, y me habrás dado las gracias.

”Ahora ve y haz una buena película. Buen viaje.

Mientras se subía al avión, Max estuvo seguro de que había hecho un amigo de por vida. Y, sin embargo, a pesar de su cercana relación, no podía percibir alguna conexión mística que explicara la presencia de Yutsky en la lista de Los Doce, así que decidió no compartir su secreto al decirle adiós.

Debido a que era un soldado, Yutsky no parecía ser el tipo de persona con quien se podría compartir una experiencia "un tanto irracional". Pero era suficiente saber que Yutsky había llegado a su vida.

India

CAPÍTULO
NUEVE

JULIO, 1973

Después de salir del aeropuerto en Nueva Delhi, a Max lo rodearon maleteros, mendigos, conductores de taxi, aspirantes a conductor de taxi, carteristas y compañeros de viaje engalanados con un despliegue de ropa de colores brillantes. Tuvo que luchar para mantener el control de su maleta y después de soportar algo de estrés fue capaz de subirse a un taxi que lo llevó al Ashoka Palace, uno de los tres hoteles de lujo de Nueva Delhi.

Después de una buena noche de descanso, estuvo listo para encontrarse con el jefe de asuntos culturales, Projab Akbar, quien era el responsable de todos los proyectos de películas extranjeras en la India. Al entrar al centro de gobierno, Max se sorprendió al ver cuarenta monos vestidos con trajes rojos, haciendo guardia afuera de la puerta principal. Era justo como la escena del castillo de la bruja malvada en *El Mago de Oz*, y estos monos no eran mejores que los vasallos de la bruja: rodeaban a los turistas y se apropiaban de cualquier alimento u objeto pequeño que estuviera a su alcance.

Una vez libre del acoso de los monos, se encaminó hacia la oficina de Projab Akbar, un hombre corpulento como de cincuenta años. Akbar escuchó pacientemente a Max y le explicó que no podría darle permiso para que el equipo de filmación entrara al país a no ser que tuviera una copia completa del guión, por triplicado, que mostrara todas las escenas que habrían de filmarse allí.

Max trató de explicarle que no había guión, pues estaban filmando un documental. Projab simplemente se rió.

—Bueno, pues entonces no habrá película —dijo—. Al menos debes
darme el argumento general, una lista de los sitios, y lo que va a mostrarse y a decirse en cada segmento. Si no tengo el guión a las 5:00 p.m.
del día de hoy, no habrá manera de que pueda gestionar las autorizacio-
nes que requieren.

Sin sentirse intimidado, Max se puso de pie.

—Gracias. Le traeré un guión y estaré de regreso a las 5:00 p.m.

Era casi el mediodía cuando Max regresó al Ashoka Palace. Conocía
todos los sitios y lo suficiente del guión como para crear el documento
que se le pedía, pero no tenía máquina de escribir, ni una copiadora
para hacer los duplicados necesarios.

Tendría que trabajar rápido.

Max le explicó la naturaleza del proyecto al recepcionista, Shiva,
quien sonrió y le dijo que era un tipógrafo profesional y tenía acceso a
una de las máquinas de escribir del hotel.

Para las 3:00 p.m., Max había terminado el guión y pensó que estaba fuera de peligro. Pero cuando explicó que necesitaba tres copias,
Shiva le informó que en ese momento no había máquinas copiadoras en
Nueva Delhi ni, por lo que él creía, en toda la India. Le aseguró a Max,
sin embargo, que tenía un plan.

El taxi trazó su ruta por la Vieja Delhi, junto a la cacofonía de sonidos
que emanaba de los cochecitos de tracción humana, las bicicletas, las
vacas, las carretas tiradas por caballos, los tractores, los camiones de
madera, los automóviles modernos, los autobuses que escupían diesel y
los innumerables peatones, muchos de los cuales llevaban cargas enormes sobre sus cabezas.

Repentinamente, Shiva le dijo al conductor que se detuviera frente a
una pequeña tienda de fotografía. Max tenía sus dudas, pero siguió a su
guía a través del umbral. Minutos más tarde le explicaron que esa tienda tenía una cámara antigua de 8 por 10 pulgadas. Tomarían fotos de
cada página de su documento y después las revelarían en el cuarto oscuro que estaba en la parte trasera.

En menos de cuarenta minutos, Max tendría tres copias perfectas, lis-
tas para presentárselas al gobierno.

Max entró en la oficina de Projab precisamente a las 4:59. El funcionario se sintió complacido y, a la vez, sorprendido de verlo, y se asombró
aún más cuando Max le presentó las tres copias del "guión de rodaje".

—Revisaré esto y en dos días te contactaré para decirte si el documento será suficiente para permitirle a tu equipo entrar a la India —le
dijo amablemente—. Si obtienen la aprobación, se les asignará un
observador de la película.

Con gran alivio, Max corrió de regreso al hotel, reunió sus pertenencias y después tomó un vuelo a Pakistán, donde debía hacer los arreglos
para filmar en Lahore.

Tendría que trabajar rápido, pues ahora debía regresar a Delhi al día
siguiente, lo que significaba que tendría que reducir a uno los dos días
que había proyectado destinar a explorar los sitios paquistaníes.

A pesar de la prisa, se sintió feliz de sentarse en el avión y tomarse
un respiro. Reflexionó sobre el maravilloso encuentro con María y con
Yutsky, y si bien se sentía profundamente conectado con ambos, creía
que era poco probable que los volviera a ver en su vida.

Resultaba irónico, realmente, que estuviera trabajando en una película titulada *En busca de los misterios antiguos*, pues su propia experiencia parecía un viaje importante de descubrimiento personal. No
tenía idea de lo que le esperaba en cada esquina, y la intriga lo llenaba
de emoción y estímulo.

Max se sintió vivo ante las posibilidades futuras.

Guardián del siglo XV

JULIO, 1973

Mᴀx ɪᴅᴇɴᴛɪғɪᴄó ʀáᴘɪᴅᴀᴍᴇɴᴛᴇ ʟᴏꜱ ʟᴜɢᴀʀᴇꜱ ᴘᴏʀ ғɪʟᴍᴀʀ ᴇɴ Lᴀʜᴏʀᴇ y pasó el resto del día en la exótica ciudad, empleando más burros y carritos jalados por hombres que taxis o autobuses para recorrer las vías públicas.

Sin embargo, estaba ansioso por regresar a Delhi lo antes posible, para asegurarse de que su guión fuera aprobado, y de que el equipo y los aparatos pudieran entrar al país. Así que tomó el siguiente vuelo disponible de regreso a la India y se quedó en su hotel a esperar noticias.

Al día siguiente, Max se sintió feliz cuando escuchó a Projab decir que la comisión cinematográfica había aprobado el guión y asignado un funcionario de gobierno para garantizar que se respetaran las leyes locales durante la filmación. Projab también le dijo a Max que estaba prohibido filmar puentes, mendigos o estaciones de tren, y que si no obedecían la ley, la película sería confiscada y el equipo deportado.

Para filmar en el Museo Nacional de la India en Nueva Delhi se requería un permiso por parte del director del mismo, y era necesario presentar la carta de autorización ante Projab al día siguiente.

—Tengo conocimiento de que jamás se ha otorgado permiso a ningún equipo para filmar en el Museo Nacional, así que dudo que vayan a tener éxito —le dijo a Max. Sin embargo, algo en el modo en que lo dijo insinuó que podría convencer al director del museo… bajo las circunstancias correctas.

Max estaba consciente, desde sus primeras negociaciones, de que el dinero "hablaba" y también abría puertas. Sin embargo, se mostraba renuente a transitar esa vía, y estaba determinado a hacer todo de manera honesta. Hasta ahora había tenido éxito y de alguna manera sorteado los obstáculos de su camino en varias situaciones potencialmente difíciles.

No esperaba que esta fuera diferente.

Así, cargado de ideas, partió hacia el museo. Al llegar, explicó su misión a los guardias de la entrada, y éstos lo guiaron entre los mendigos y vendedores ambulantes, llevándolo hasta la entrada principal reservada para los empleados y aquellas personas que iban por asuntos oficiales.

El museo era grande y representaba más de veinte siglos de civilización en el gran subcontinente. Cada área estaba marcada por su cronología, y le dijeron a Max que los custodios de cada periodo recibían el título de guardianes. Le parecía divertido que un solo ser humano pudiera ser responsable de un siglo entero de historia y civilización.

Adonde iba, se sentía embelesado por los contenidos del museo, y al sentarse en la antesala afuera de la oficina del director, nerviosamente pensó cómo podría convencerlo para que les otorgara el permiso de filmar.

—Ya puede entrar —le dijo la sonriente recepcionista a Max mientras se ajustaba su sari. Unos segundos más tarde, Max se sentaba frente a un hombre alto e imponente, de unos sesenta años, de barba blanca y anteojos.

Éste era Naipul. Había dirigido el museo durante más de veinte años, y mientras hablaban, Max pudo comprobar que seguía conservando la misma curiosidad intelectual que lo había convertido en un estudioso formidable durante su trayectoria hacia tan ambicionado puesto. Sus ojos emanaban sabiduría y conocimiento.

—Nuestra política es no permitir filmaciones de ningún tipo en este museo —le explicó sencillamente—. Nuestras antigüedades son muy delicadas, y no podemos permitir que se las mueva innecesariamente, pues ello podría causarles un daño imposible de reparar.

”Nuestra misión consiste en preservar las antigüedades para el beneficio de los eruditos y el público indio —continuó—. Entonces, ¿por qué habríamos de permitir la filmación?

Max pensó cuidadosamente sus palabras.

—No estoy seguro de que deba permitirnos filmar —dijo con honestidad—. Mientras caminaba por el museo para encontrarme con usted, pude notar lo extraordinarias y delicadas que son muchas de las exhibiciones.

"Estudié literatura y antropología en la Universidad de Yale e hice mucha investigación en la biblioteca, en libros poco comunes. Igual que la suya, la política de Yale era no permitir hacer fotografías de ningún tipo. Sin embargo, en contadas ocasiones se hacían excepciones. Creo que nuestro proyecto, *En busca de los misterios antiguos*, puede ameritar tal excepción por parte de su museo.

—¿Y, exactamente, por qué? ¿Qué tiene de especial su película? —inquirió Naipul.

—Parte del objetivo de nuestra película es mostrar las tecnologías avanzadas de las civilizaciones antiguas —dijo Max con total candor y honestidad—. Nuestra investigación indica que hay textos en sánscrito, en su museo, que documentan la existencia de máquinas voladoras antiguas en la India. Queremos filmar esos textos y entrevistar a expertos que puedan ser capaces de confirmar que tales máquinas voladoras existieron en realidad.

Una sonrisa iluminó el rostro de Naipul.

—Soy un estudioso del sánscrito, y he leído los textos que describes. El conocimiento sobre las máquinas voladoras en la India data de hace más de mil años. Los únicos textos que tenemos para documentar nuestras antiguas máquinas voladoras aquí en el museo son del siglo XV, pero yo tengo conocimiento personal de otros textos antiguos donde hay muchas referencias al diseño y las capacidades de tales artefactos.

Continuó diciéndole a Max que había estudiado en Oxford y sus compañeros siempre lo ridiculizaban cuando declaraba que las primeras máquinas voladoras no habían sido desarrolladas en Kitty Hawk, en Estados Unidos, sino en la India. Confirmó que los textos del museo contenían diagramas, pero dijo que Max necesitaría el permiso del guardián del siglo XV para mover y abrir los textos sin dañarlos. Si tal permiso se otorgaba, dijo que haría una excepción a la política general y permitiría que filmaran.

La emoción embargó a Max mientras se daba cuenta de que estaba al borde de una importante revelación. Pero el tiempo era esencial, puesto que la carta de permisos debía archivarse al siguiente día.

Llamaron al guardián del siglo XV, y cuando éste llegó, se lo presentaron a Max como "B.N.".

Aunque era un hombre de veintitantos años, lucía prematuramente canoso; hablaba suavemente y tenía una actitud muy gentil. Había estudiado en la Universidad de Boston, en Estados Unidos, y tomado muchos cursos de matemáticas avanzadas y antropología, de manera simultánea a la obtención de su grado superior en arqueología.

Como coincidencia, B.N. había estudiado con catedráticos que fueron compañeros de algunos profesores de Max en Yale. Parecía la reunión de una familia intelectual.

El museo había cerrado y B.N. tuvo la libertad de mostrarle a Max toda la sala de exhibiciones del siglo XV sin interrupción. El manuscrito que filmarían estaba en buenas condiciones, y no habría problema en abrir las páginas donde hacía referencia a las antiguas máquinas voladoras para mostrar las ilustraciones.

B.N. le garantizó que el director del museo le daría la carta de permiso necesaria, la cual podría recoger Max al día siguiente por la tarde. Después invitó al joven a acompañarlo a su casa para cenar.

—Sé que a mi familia le gustará conocerte —le dijo cálidamente. Y después añadió—: Tendremos que tomar el tren.

A Max le dio la impresión de que todos los habitantes de Nueva Delhi estaban en la estación. B.N. avanzó dificultosamente entre la multitud, encontró su tren y se abrió paso hasta un compartimiento que tenía ocho espacios reservados. Otros seis brahmines de clase alta, como B.N., estaban ya sentados, y los saludó a todos como si los conociera de incontables viajes.

Los pasajeros menos afortunados se sentaron fuera del compartimiento, en el piso del tren, y había quienes incluso se aferraban al techo del mismo con todas sus fuerzas para no caer mientras el vehículo avanzaba, se detenía y volvía a arrancar cada cinco o diez minutos.

Desde la ventana del compartimiento, Max podía ver los campos y los trabajadores que regresaban a sus pequeños pueblos, a lo largo del camino. Era como volver un siglo atrás en el tiempo, o quizá más.

Cuando bajaron del tren cuarenta minutos más tarde, estaban en un pequeño pueblo de calles sucias. Había decenas de niños montando bicicletas y jugando a patear una lata y otros juegos. Se intrigaron al ver a Max y su piel blanca; muchos la frotaron para descubrir si estaba pintado de ese extraño color blanco y rosa, y por abajo estaba el color más oscuro de sus propios cuerpos.

B.N. bromeó con los niños, y volteó hacia Max para explicarle:

—Aunque sólo estemos a 30 kilómetros de Nueva Delhi, eres el primer hombre blanco que estos niños han visto. Creen que es algún tipo de truco y que en realidad no puedes ser tan blanco.

"Otros se preguntan si no estás enfermo. Nuestras escuelas son primitivas en este pueblo, y excepto por mi familia y las otras familias brahmines, los niños de esta aldea están muy aislados. No tienen conocimiento del resto del mundo. Ni siquiera han escuchado jamás sobre América.

Después de una caminata de quince minutos por la calle llena de polvo, pero bordeada de lilas a los lados, B.N. y Max atravesaron la reja de su morada. La casa de un piso era extensa y tenía un gran patio. Había un vasto corredor en tres lados de la casa, con sillas, mesas y hamacas. En ese momento estaba ocupado por más de veinte hombres.

Un número igual o mayor de mujeres vivía en la casa, explicó B.N., pero todas estaban en la cocina ayudando a preparar la comida o relajándose en las grandes habitaciones donde se reunían todos dentro de la morada.

B.N. lo presentó a toda su familia: su esposa y su pequeña hija, su padre y una multitud de parientes. Cada uno estaba vestido con indumentarias sencillas y blancas, tradicionales de la India, y todos mostraban sonrisas satisfechas. Al ir escuchando pregunta tras pregunta, en un inglés impecable, Max se dio cuenta de que a pesar de la aparente humildad del entorno, este era un grupo de hombres poderosos y cultos. Todos tenían una carrera, y eran arquitectos, profesores e ingenieros con los niveles más altos de educación, y muchos habían viajado al extranjero para estudiar y trabajar.

Hacia el final de la velada, sentado en el patio abierto en el cual le servían té las mujeres, Max entabló diálogo con el tío Gupta, un hombre delgado, cincuentón, de buena condición física, que había vivido en Inglaterra y estudiado filosofía en la Universidad de Oxford. Era un verdadero intelectual, con un grado avanzado en arquitectura de la Universidad de Cambridge, así como un grado en economía por la Escuela Londinense de Economía.

A la relativamente joven edad de treinta y cinco años se había convertido en el director administrativo de la Universidad de Nueva Delhi.

B.N. le tenía deferencia, como se la tenían sus cinco hermanos, y siempre buscaban el consejo del tío Gupta para cuestiones de carrera, política y economía.

Fue la primera persona con la que Max disfrutó la oportunidad de discutir las complejidades del pensamiento de Spinoza, Whitehead y sus demás filósofos favoritos desde que en Yale le prohibieron estudiar filosofía.

Max también compartió con el tío Gupta un incidente que había sucedido el día anterior mientras lo entrevistaba un reportero del *Hindustan Times,* el periódico más importante de lengua inglesa en la India.

No había buscado la entrevista, pero el conserje de su hotel, después de escuchar sobre el proyecto de filmación de Max, lo consideró digno de interés periodístico y había llamado al reportero. Max trató de explicarle que no estaba a cargo de la película, pero el conserje se había rehusado a escucharlo.

—Eres un hombre torpe —le dijo—. Es evidente, por tu aura, que eres la persona que está a cargo. Esta película no podría hacerse sin ti.
—A pesar de las protestas de Max, había continuado:

"Estoy en contacto con los hombres más poderosos del mundo, y puedo asegurarte que eres uno muy especial. De hecho, puedo ver en tu aura que no tienes karma, sino que estás aquí en una misión especial para el beneficio de otros.

Gupta se rió cuando Max le contó la conversación, pero después sorprendió a Max con su siguiente comentario:

—No estoy seguro de por qué se molestó en decirte todo eso —dijo Gupta— pero por si te sirve de algo, es cierto. Yo también puedo leer tu aura, y no hay duda de que verdaderamente estabas libre de karma al momento de nacer y eres un hombre predestinado.

"Sin embargo, no dejes que esto se te suba a la cabeza. Incluso aunque tu nacimiento haya estado libre de karma, eres responsable de tus acciones mientras estés aquí, y sin duda has creado algún karma en el camino. No soy experto en estas cuestiones y presto poca atención a ellas, puesto que encuentro esta vida desafiante y emocionante por sí misma. No creo que necesites complicarte con tales filosofías. Simplemente continúa concentrándote en tu trabajo, y tendrás una existencia larga y productiva.

Después de esto, Max se sintió suficientemente cómodo para compartir con Gupta su experiencia con María. Mientras continuaron discutiendo la naturaleza del tiempo y el espacio, Max trató de aplicar toda esa teoría a lo que había experimentado.

—¿Ese momento que experimenté todavía existe? ¿Estábamos María y yo destinados a compartir una vida juntos? De hecho, ¿estamos compartiendo tal vida mientras hablamos?

—En una palabra, sí —contestó Gupta—. Tales momentos existen para siempre, pero si no estás con ella ahora, y las circunstancias no permiten que estés con ella en el futuro, no debes preocuparte. La experiencia que tuviste fue un *déjà vu* de lo que ya ha sucedido. No es una indicación de una vida futura y no necesitas buscarla.

Max se sintió un poco conmocionado ante la perspectiva práctica de Gupta, pero quedó impresionado con su sabiduría y quiso averiguar lo que pensaba sobre otras experiencias aparentemente místicas.

Deseó compartir con él su experiencia cercana a la muerte, y la revelación de los doce nombres, pero en lugar de ello le preguntó qué pensaba sobre los yoguis y gurús que se estaban volviendo muy populares en Estados Unidos.

—Un verdadero yogui puede viajar a cualquier lugar del universo —le explicó Gupta—. He conocido a tales yoguis, y son sorprendentes. No hacen alarde de sus habilidades, y no tratan de ganar dinero haciendo trucos.

Max se sintió sorprendido ante esta declaración de un hombre que parecía bastante razonable y escéptico. Así que siguió preguntando.

—¿Quiere decir que un verdadero yogui puede ir a cualquier lugar del universo con su mente?

—No —corrigió Gupta—. Puede hacerlo con su cuerpo real.

En ese momento, B.N. se acercó a Max y señaló su reloj.

—Ya no hay trenes esta noche, así que necesitarás regresar en autobús, y debemos llevarte a la estación inmediatamente, o perderás el último camión de regreso a la ciudad —advirtió—. Tengo un rickshaw* esperando.

Mientras Max se se ponía en pie y se preparaba para partir, B.N. continuó:

—Quizá te veré cuando regreses a filmar. —Le extendió a Max su tarjeta de presentación—. Hay que mantenernos en contacto, de cualquier manera.

---

*Carrito tirado por un hombre. (N. del T.)

Así que Max poco después estaba montado en un autobús de regreso a la Vieja Delhi. La multitud que viajaba en el camión no era tan noble como la que iba en el tren, y de hecho parecía algo siniestra.

Cuando se apeó fue peor. Había carteristas, ladrones comunes, proxenetas, prostitutas, mendigos y gente que moría, enferma y sin casa, a su alrededor. Sólo mirando hacia abajo y dando empujones hacia el sitio de los carritos fue capaz de escapar al pesado hedor del miedo y la enfermedad que envolvía toda la estación.

En pocos minutos, Max llegó al Ashoka Palace y se dirigió a su cuarto. Se sorprendió un poco al encontrar al limpiabotas durmiendo en el hueco que estaba afuera de su habitación. Sabía que era una costumbre transmitida desde los días en que los ingleses gobernaban la India, que los huéspedes del hotel dejaran sus zapatos afuera de la puerta para que estuvieran brillantes y listos a la mañana siguiente. Jamás se había puesto a pensar cuándo y cómo eran lustrados los zapatos.

Se disculpó por despertar al hombre, cuya única respuesta fue pedirle a Max sus zapatos, que éste le entregó.

Al entrar al cuarto, Max se durmió tan pronto como su cabeza tocó la almohada.

En algún momento durante la noche, sin embargo, se despertó y descubrió que su cuerpo flotaba encima de la cama. Pensó que estaba soñando, pero después extendió su mano hacia abajo y sintió el colchón separado de él.

Estaba sostenido en el aire sin ningún apoyo, levitando encima de la cama. Sin advertencia previa, Max sintió una presencia que tomaba su mano izquierda. Se sentía como una mano humana, aunque más ligera, más sutil. Después distinguió un cuerpo de luz. Tenía todos los rasgos de un cuerpo humano, pero no su densidad. Una voz le habló.

—No tengas miedo —le dijo—. Soy un yogui. Gupta me envió. Disfrutó hablar contigo esta noche y quiere que te muestre la verdad de lo que te dijo.

"Podemos ir a cualquier lugar del universo que desees —continuó el yogui—. ¿Adónde te gustaría ir?

Max, que apenas podía pensar, habló instintivamente.

—A la luna —dijo.

En un instante sintió que su cuerpo ligero viajaba a la luna. Era su cuerpo físico, pero como el del yogui, la densidad había desaparecido. Max conservó todos sus rasgos y sensaciones y la capacidad de pensar, hablar y observar, pero en una dimensión sin pesadez de ningún tipo.

La luna estaba gris y opaca, parecía polvorienta y, al mismo tiempo, acuosa. Era casi transparente. Tuvo una sensación de levedad mientras rebotaba de un lugar a otro, algunas veces pensando que podía caer en el centro mismo de la luna. Después de un momento, el yogui volvió a hablar:

—¿Adónde más?

Todavía estaba algo nervioso, pero se las ingenió para responder.

—Llévame al planeta de los anillos.

En un instante, Max estaba en un lugar que exhibía la mayor sensación de color naranja que jamás pudiera haber imaginado. Era un color que Max nunca había visto en la Tierra, un tono tan vívido que le demostró que la experiencia era real, y no sólo soñada o imaginada.

Pasó lo que le parecieron muchas horas sumergido en la sensación naranja del planeta cuando el yogui volvió a preguntarle:

—¿Adónde más?

—Oh, esto es más que suficiente para una noche —respondió Max—. Ahora podemos regresar. Me espera un día difícil.

Y tan rápidamente como habían llegado a la luna y al planeta naranja, regresaron a su cuarto de hotel en el envejecido, alguna vez espléndido Ashoka Palace.

El cuerpo denso y cotidiano de Max todavía levitaba 15 centímetros por encima de la cama y, mientras el yogui tomaba su mano, sintió que su cuerpo ligero se integraba otra vez a su forma más densa.

Tuvo la sensación de que el yogui le sonreía, para después partir.

Max percibió que su cuerpo volvía a descender lentamente a la cama, y volteó a mirar el reloj.

Eran las 4:44 de la mañana.

Max se pellizcó para asegurarse de que no había sido un sueño y después, suavemente, volvió a dormirse.

Cuando despertó, sólo cuarenta minutos más tarde, recorrió la habitación con la mirada para asegurarse de que todavía estaba en el Ashoka Palace. Al salir de la cama, miró a través de la ventana el verde pasto, olió el aire de la mañana, vio las flores y la fruta que estaban en el escritorio de su cuarto, y sonrió al considerar su viaje nocturno.

Se vio a sí mismo en el espejo para comprobar si era el mismo del día anterior. Por un momento dudó de la experiencia, pero después observó un brillo en su propio rostro y vio por primera vez el cuerpo etéreo dentro de su cuerpo, algo que jamás había percibido antes.

Más entrada la tarde, Max regresó al Museo Nacional y fue escoltado hasta la oficina del director. La secretaria sonrió al tiempo de entregarle una carta.

—He sido la secretaria del director durante más de quince años —dijo con emoción en su voz—. Esta es la primera vez que me han pedido que escriba una carta otorgándole a alguien permiso para filmar. Su proyecto debe ser muy importante. Felicidades.

Max llevó la carta a la oficina de Projab Akbar esa misma tarde, y cuando el jefe de asuntos culturales abrió el sobre, su expresión mostró completa incredulidad, junto con un poco de desilusión.

—Tengo que admitir que estoy sorprendido —dijo honestamente—, pero el director les está otorgando a ti y a tu equipo el permiso para filmar en el museo, y así debe ser. Ya les asignaron un guía, el cual se reunirá con ustedes en el hotel el jueves a las 9:00 a.m..

Después de esto, Max salió de la oficina, pasó junto a los monos vestidos con trajes rojos y se fue a explorar el resto de los sitios de la lista: desde el antiguo observatorio astronómico en Delhi hasta las cuevas Ajanta, fuera de Bombay.

Estos eran sólo unos cuantos de los muchos misterios no resueltos que constituían la esencia de India.

Max debía estar en el aeropuerto a las 4:00 horas de la madrugada siguiente, para ayudar a su equipo a pasar la aduana y la aglomeración hasta el Hotel Ashoka, así que cenó temprano y se preparó para irse a la cama.

Después de vaciar sus bolsillos, leyó la tarjeta de presentación de B.N. por primera vez.

Guardián del siglo XV
Museo Nacional de Delhi
Brama Nepal Mahars

Por tercera vez se sorprendió por la repentina claridad y la asombrosa revelación.

B.N. era Brama Nepal Mahars, el tercero de los doce nombres.

El guardián del siglo XV estaba conectado con él de una manera que iba más allá de un simple permiso para filmar en el Museo Nacional.

Hacia Japón

AGOSTO, 1973

Después del desafío que había significado hacer un simple juego de copias en Delhi, para el momento en que Max llegó a Japón, estaba ávido de la sociedad altamente tecnológica y eficientemente organizada de Tokio.

Ya había un intérprete contratado, se habían rentado los autos, cierto número de secretarias estaba disponible y la comunicación con Estados Unidos era relativamente sencilla. Lo que *no* fue fácil, sin embargo, lo constituía el hecho de que era agosto, y todo Japón parecía estar de vacaciones. Max había planeado llevar al equipo a Hokkaido, la isla de Japón que está más al norte, donde sabía que vivían los ainu, una raza de piel blanca.

Esta raza no tenía conexión con el acervo genético del resto de Japón. Había mucha especulación sobre quiénes eran y de dónde habían venido, y algunos sugerían que podían ser descendientes de una civilización extraterrestre.

Max sintió que esto era una exageración y no era necesario explorar el sitio, así es que cuando vio que era imposible reservar un vuelo a Hokkaido con todo el equipo, canceló la filmación y les comunicó que, en lugar de ello, filmarían en el Museo Nacional.

Para ese momento estaba convencido de que la teoría de Von Daniken sobre los antiguos astronautas era completamente inverosímil. Como su contrato lo especificaba, había buscado misterios antiguos. En el proceso, había hecho un sondeo de más de 10 millones de piezas de museo a través del mundo y había encontrado sólo seis artefactos que podrían atribuirse a los astronautas o a las naves espaciales de la antigüedad.

Las probabilidades de encontrar seis en un acervo de 10 millones eran elevadas. Entre más investigaba, más frustrado se sentía por no poder redirigir el documental televisivo hacia los misterios increíbles que *él* había descubierto.

Estaban los misterios de Stonehenge y la neurocirugía realizada hacía seiscientos años en Perú, prueba de que las civilizaciones antiguas habían poseído tecnologías admirables que no se conocían. La gente de la antigüedad era impresionante en cuanto a su arquitectura, tecnología, organización social y arte. Parecía no haber límite a lo que podían lograr, y no veía la necesidad de recurrir a los extraterrestres para crear un argumento llamativo.

Su propia experiencia extracorpórea tenía elementos que eran tan extraños como alejados de lo mundano, pero no pensaba que fueran de naturaleza extraterrestre. En realidad, no parecía tan inusual para Max: durante la excursión espacial con el yogui se había sentido en paz y había disfrutado de una sensación de pertenencia.

¿Eso significaba que era de una cultura extraterrestre? Si los yoguis podían dejar el planeta y regresar, ¿también eran extraterrestres?

Max no lo creía. Ciertamente, se había encontrado con mucha gente extraña y su vida misma, pensaba, podía haber sido de otro planeta: su hermano, Louis, como el elemento principal. Pero aunque la idea fuera divertida, y si bien parecía posible que todo tipo de seres extraños existieran en la Tierra, debía tener pruebas de ello.

Reflexionó sobre estas ideas al tomar un taxi con dirección al museo para hacer los preparativos de la filmación. Ya había asegurado los permisos, así es que esta era una tarea relativamente sencilla. Utilizando un folleto, identificó las exhibiciones que pretendía visitar.

Al entrar en el edificio, dejó caer el folleto y se agachó para levantarlo. Al hacerlo, escuchó el fuerte sonido de una rasgadura.

Miró hacia abajo y se dio cuenta de que una costura en la entrepierna de sus pantalones se había roto, dejando un espacio de 20 centímetros que exponía su ropa interior. Max se sintió avergonzado y no supo qué hacer.

Trató de explicárselo al guardia que estaba a la entrada del museo, diciéndole que necesitaba aguja e hilo. Aunque el guardia finalmente entendió, no pudo ayudarlo, pues los instrumentos de costura no eran herramientas de su oficio.

Mientras Max trataba de imaginar su siguiente movimiento, una joven mujer japonesa, quien se presentó como Yoko, se le acercó. Llevaba un vestido de color amarillo brillante, que complementaba perfectamente su cabello negro y su bella complexión, y habló en un inglés vacilante.

—Ven conmigo. Puedo ayudarte.

Yoko lo condujo hasta la puerta del baño de hombres.

—Tú ve adentro y dame los pantalones —le dijo a Max, y aunque sorprendido, hizo lo que se le pidió.

Ella se sentó en una silla junto al guardia de seguridad y en pocos minutos le entregó a Max unos pantalones perfectamente reparados.

—Muchas gracias —dijo con gratitud. Después añadió—: Por favor, acompáñame en mi *tour* por el museo. Estoy trabajando para la televisión norteamericana, eligiendo qué filmar para un documental.

Yoko sonrió tímidamente.

—Está bien —contestó, y pasaron las siguientes dos horas recorriendo las exhibiciones mientras Max tomaba nota de los diversos artefactos que filmarían.

—Tu trabajo es muy emocionante —observó Yoko—. Disfruté enormemente aprender sobre estos misterios japoneses.

—Bien, pues yo disfruté enormemente de tu compañía —contestó él—. Por favor, acompáñame a cenar.

Yoko volvió a sonreír tímidamente.

—¿Estás seguro?

—Sí, lo estoy —contestó—. Estoy solo, y tengo razones para celebrar, pues esta era la última locación aquí en Japón. Por favor, ayúdame a festejar.

—Entonces, de acuerdo —respondió ella en su inglés limitado—. Será divertido acompañarte.

Max rápidamente encontró un taxi y se aventuraron hasta el Hotel Imperial Palace, donde el joven se estaba hospedando. El hotel tenía un restaurante de cinco estrellas y Max alentó a Yoko a unirse con él en el elaborado menú del día, que consistía en siete platillos.

Durante la cena, algo de la timidez de Yoko se desvaneció, y habló sobre su vida. Era agente de viajes y costurera, la única hija, y la menor, de una familia de clase media que trabajaba en fábricas, compuesta por cinco hermanos y siete sobrinas y sobrinos.

Vivía sola en un pequeño departamento en el mismo edificio que sus padres viejos, y había heredado la responsabilidad de cuidarlos.

Yoko explicó que su nacimiento había ocurrido por sorpresa, cuando su madre ya tenía cuarenta y tres años. Todavía recordaba los horrores de ser una pequeña niña durante la Segunda Guerra Mundial, con las secuelas de la bomba atómica.

No obstante, disfrutaba ser agente de viajes, y su gran lujo en la vida era tomarse dos semanas cada año para ir a Hawai o a París o a otros sitios exóticos que le eran asequibles por sus descuentos como agente de viajes. Reveló que jamás consideró la posibilidad de casarse y sentía que sus sobrinas y sobrinos suplían a todos los hijos que podría desear.

Al terminar su historia, Max ordenó champaña para celebrar el final de sus extenuantes doce semanas de incesante trabajo. Describió algunas de las aventuras más interesantes que había experimentado, y Yoko rió mientras bebía la champaña. No estaba acostumbrada a beber y finalmente le dijo a Max que no se sentía en condiciones de regresar a casa sola. Aunque sabía que era una petición escandalosa, preguntó a Max si podía tomar una siesta en su cuarto, y él accedió.

Muy pronto estaban descansando el uno junto al otro en la cama, y en poco tiempo la combinación de la cercanía y la champaña fue demasiado como para poder resistirlo.

Max no había estado con una mujer desde el comienzo de su viaje, y tenía la sensación de que Yoko podría no haber estado con un hombre durante varios años. Lo que empezó como caricias tiernas pronto los condujo a hacer el amor de manera apasionada, y con Yoko, Max experimentó un sentido de equilibrio en su propio cuerpo, mente y espíritu. Jamás había sentido una piel tan suave y delicada como la de Yoko, y ella era tan frágil como una muñeca de porcelana.

Cuando despertó a la mañana siguiente, Yoko se había ido. En el buró, notó que ella había dejado su tarjeta de presentación con su nombre completo y su dirección, y la nota decía:

Fue maravilloso estar contigo. Que regreses sin contratiempos a América y escríbeme si alguna vez tornas a Japón.

BESOS
Yoko

El nombre en la tarjeta de presentación decía:

Miyako Mitsui

Evidentemente, Yoko era un apodo. Y con un sentido de claridad que empezaba a resultarle familiar, aunque no menos sorprendente, Max se dio cuenta de que Miyako Mitsui era el cuarto nombre en la lista de Los Doce.

El sincronismo empezaba a ser cotidiano, y pensó en las fuerzas que parecían impulsarlo sin tener conciencia de ello. Fuera lo que fuera, sus efectos se aceleraban.

Sin embargo, no estaba más cerca de entender a qué lugar podrían conducirlo esas fuerzas. ¿Cuál era el misterio de Los Doce? Ya no parecía creíble que fuera sólo una colección azarosa de nombres. Pero, ¿cómo era que estaba conociendo a esa gente?

Había viajado a Trujillo sólo por miedo de lo que pudiera pasarle si regresaba a Bolivia, y fue en Trujillo donde conoció a María.

Lo de Yutsky podía explicarse por la conexión de su trabajo, pero su reunión con B.N. había sido el resultado de tocar el único tema que V.S. Naipul estaba dispuesto a discutir.

Incluso su visita al museo en Tokio se debía al hecho de no haber podido volar a donde estaban los ainu, y nadie pudo haber anticipado que Max se rompería los pantalones.

Lo más irrefutable de todo era la completa ausencia de conexión entre los cuatro.

La vida pasa

1973 – 1976

MAX REGRESÓ A ESTADOS UNIDOS Y A UN ESTILO DE VIDA MÁS NORMAL.

Siempre había sido un hijo obediente, y una de sus razones principales para trabajar en la editorial de su padre era ayudarlo después del primer infarto. Ahora que Herbert había recuperado la salud, Max decidió dar un giro y empezó a enseñar.

Regresó a la Academia Phillips en Andover, Massachusetts, para enseñar español por un año, tratando de infundir en sus estudiantes algo de lo que había cosechado con el señor Iglesias años antes.

Pero su periodo en Andover fue temporal, y cuando terminó el año recibió una beca del Instituto Nacional de Salud Mental para estudiar antropología cultural en la Universidad de Harvard. Sin embargo, después de permanecer seis meses en Harvard, Max se dio cuenta de que había cometido un error.

Descubrió que la antropología ya no se trataba del estudio de la gente nativa del lugar. En realidad había ya pocos grupos indígenas, y el mero contacto con la civilización occidental moderna parecía ser la perdición para cualquiera de las pocas tribus auténticas que quedaban, y las conducía a su destrucción lenta o inmediata.

Max se dio cuenta de que los humanos modernos estaban, de hecho, evolucionando hacia lo que llamaba "seres no humanos". Escribió un ensayo sobre el tema, que sus profesores no apreciaron. El ensayo explicaba que los atributos esenciales que hacían "humanos" a los humanos se estaban extinguiendo.

Sus profesores de Harvard sentían que estaba idealizando a las civilizaciones primitivas; sin embargo, Max permaneció firme en su convicción de que algo fundamental se estaba perdiendo a través de la persecución precipitada de la tecnología, la comodidad y la abundancia material.

Después de ver películas etnográficas como *Nanuk, el esquimal*, y tras haber asimilado su propia experiencia con la gente aislada en el Amazonas, la India, los Andes y demás lugares exóticos, concluyó que el arte de vivir en armonía con la naturaleza se estaba perdiendo.

Algunas de estas personas primitivas habían desarrollado formas de cultivar jardines que eran verdaderas obras de arte, así como fuentes de alimento. Habían creado formas geométricas que cambiaban de color con las estaciones. Con frecuencia, estos diseños sólo podían detectarse cuando eran contemplados desde las laderas vecinas. Sin embargo, le parecía inconcebible el esfuerzo extra de un proyecto agrícola, sólo para garantizar el resultado de una experiencia estética.

Otras culturas, observó, habían desarrollado rituales íntimos de danza y música que en realidad curaban y cultivaban las relaciones humanas. Entre los llamados primitivos, Max observó patrones donde había una abundancia de creatividad y alegría, incluso en el más pequeño de los detalles: el deleite de un palo para cavar con grabados especiales, un pedazo de barro, cerámica para cocinar con colores y formas que demostraban gratitud a la tierra de que estaba hecha.

Max no ignoraba los beneficios de la sociedad moderna y la abundancia que disfrutaba personalmente, pero sí pensaba que venían con un precio, y el precio era sacrificar los elementos esenciales de ser puramente humano. Sentía que el hombre moderno estaba evolucionando hacia un ser consumista cuyas necesidades auténticas se estaban volviendo secundarias. Los imperativos económico y tecnológico del mundo moderno habían sustituido las necesidades humanas auténticas. Sólo al satisfacer las necesidades de consumo un individuo podía obtener estatus, convertirse en una persona de poder y mantener la integridad psicológica.

Esta integridad psicológica tenía un precio alto: la evolución hacia lo que Max veía como un ser no humano, más automatizado y menos auténtico.

Incluso al establecer estas hipótesis ominosas, Max sentía que él, también, de alguna manera se estaba volviendo un ser no humano, y no estaba contento con la sensación de impotencia que sentía. Desconfiaba del "hacer" y el "tener" que parecían controlar su vida.

Se preguntaba cómo habría sido su vida si hubiera permanecido en Trujillo con María. Él le había escrito, como prometiera, y ella, como lo anticiparan, se casó con su novio, y ya estaba embarazada de su primer hijo.

Max siguió con la certeza de que él y María habían estado juntos en otra vida, pero parecía indiscutible que no estaban destinados a estar juntos en esta.

Durante sus estudios en Harvard, Max continuó recibiendo invitaciones para hacer investigación y exploración de sitios para filmaciones de documentales exóticos que requerían viajar a países de todo el mundo. Feliz de tener la oportunidad de explorar incluso más culturas, tomaba las misiones cada vez que podía, y en poco tiempo fue considerado la persona indicada por varias compañías cinematográficas de Hollywood. Había pocos individuos en el negocio que podían arreglar el papeleo y manejar la logística de estas producciones documentales.

Así fue como, a pesar de que su padre no estaba de acuerdo y consideraba absurdo todo el asunto pues Max debería efectuar su traslado a la Escuela de Negocios de Harvard, donde podría aprender algo práctico, decidió nuevamente emprender la aventura con *En busca del Jesús histórico*.

Le complació saber que Russ Arnold —el camarógrafo de *En busca de los misterios antiguos*— era parte del proyecto, y Max esperaba otra buena experiencia de filmación… hasta que conoció a la gerente de producción.

Amanda Harding era una jefa terrible. Era guapísima, había empezado en la industria como modelo y después se convirtió en actriz. No había sido extraordinaria en ninguna de las dos facetas, sin embargo, de alguna manera se las ingenió para ascender al nivel de productora; quizás a través de su espíritu indomable… o valiéndose de otros medios.

Era una tirana… una verdadera figura castrante. Nadie la respetaba, y sin embargo estaba al mando, al menos en teoría.

Nada complacía a Amanda. Se preocupaba por todo: particularmente por cómo se veía, lo que comía, lo limpia que estaba su ropa y otras preocupaciones que no tenían relevancia para un proyecto de filmación que necesitaba cubrir cinco continentes y doce países en ocho semanas.

Sólo comía atún enlatado en agua y cuando se le acababa pedía que le enviaran latas a donde fuera, sin importar lo costoso o lo inconveniente del asunto. A Max lo enloquecía perder el tiempo en tales irrelevancias, y trataba de concentrarse en los detalles primordiales del proyecto.

En busca del Jesús histórico giraba en torno a la antigua Ahmadía y otras sectas religiosas, quienes creían que Cristo no había muerto en la cruz, sino que había sobrevivido a la terrible experiencia y vivió durante muchos años en la India y otros lugares hasta que experimentó una muerte pacífica, ya viejo, con hijos y una familia amorosa.

Los ahmadía eran una secta evangélica musulmana cuyo seguidor más famoso se llamaba Muhammad Zafrulla Khan, quien en la década de los 60 fue subsecretario de Naciones Unidas. Había escrito un libro donde afirmaba que su religión tenía pruebas de sus aseveraciones. Su evidencia giraba en torno al significado literal de "dejó de respirar", que era la frase utilizada para describir lo que le había sucedido a Jesús en la cruz.

Muhammad Zafrulla Khan explicó que Jesús había dejado de respirar, pero que esto no significaba que había muerto en realidad. Los yoguis pueden controlar su respiración, argumentaba, y dejar de respirar durante varios días a la vez. Ciertamente, teorizaba, Jesús debía poseer los poderes de un yogui.

También estaba la cuestión del ungüento de Issa que, de acuerdo con el señor Khan, todavía se usaba en la India y Pakistán para curar cortadas y heridas. El ungüento de Issa era una traducción del hindi de "el ungüento de Jesús", llamado así porque era el mismo ungüento utilizado para resucitar a Cristo al bajar de la cruz.

Los ahmadía señalaron una tumba donde se esculpió una figura que tenía hoyos en las manos y en los pies, exactamente donde habrían estado en el cuerpo de Cristo cuando fue clavado a la cruz. Se sugería, y creía, que esta era la tumba en que Cristo fue enterrado cuando murió pacíficamente mientras dormía.

Los ahmadía actuales creían que Cristo reencarnó en 1835 en una aldea remota llamada Qadian, en las afueras de Amritsar, en la región del Punjab, en la India. Amritsar era conocida por su templo dorado, el santuario más sagrado de los sijs, quienes superaban en población a los hindúes y musulmanes en esa área.

El trabajo de Max en la película incluía hacer entrevistas previas con casi cualquier líder espiritual y religioso del planeta. Esta lista abarcaba al Dalai Lama, los gurús más importantes de Rishikesh, la cabeza del monasterio griego ortodoxo de Mar Saba en la tierra bíblica de nadie en las afueras de Jerusalén, al rabino de Jerusalén, el jefe de la Iglesia de Inglaterra, varios monjes de Japón, hombres sagrados musulmanes de Damasco y un sinnúmero de líderes espirituales y religiosos menos prominentes y autoproclamados como tales.

También entrevistó a algunos de los individuos más raros de la Tierra, desde físicos hasta genios con extraños talentos.

En su mayoría, no le impresionaron aquellos a quienes entrevistó. Casi todos parecían practicantes de cultos con hambre de poder, más interesados en preservar sus tradiciones y bases de poderío que en transmitir un conocimiento espiritual verdadero.

Una entrevista que lo impresionó fue la del Dalai Lama en su casa de Dharamsala, India. El Dalai Lama poseía verdadero carisma y habló abiertamente sobre la situación del mundo y sus propios defectos.

—Los chinos no tienen toda la culpa de la difícil situación de mi gente tibetana —explicó—. La sociedad tibetana era corrupta y tiránica. Teníamos siervos y una sociedad injusta. Los chinos arreglaron las cosas, pero han ido demasiado lejos. Están destruyendo la cultura tibetana, y necesitamos trabajar con ellos para encontrar una mejor solución para el destino de mi pueblo.

"Yo existo para el beneficio de mi gente —explicó a continuación—. No soy solamente su líder espiritual, sino también político. Quizá sea el último de los dalai lamas; quizá no haya necesidad de dalai lamas en el futuro. Si el Tíbet puede integrarse a la sociedad china, al tiempo que mantiene su autonomía, mi propósito habrá terminado. Hay que permitir el florecimiento del budismo.

"La esencia de todas las religiones es la misma. No tiene que ser budismo tibetano. Las enseñanzas de tu Cristo son similares a las enseñanzas de nuestro Buda. La luz es luz, la verdad es verdad. La compasión y el amor son las leyes universales de todas las verdaderas religiones. Más allá de ello es simplemente cuestión de nuestras vestimentas. En nuestras tradiciones tibetanas, los monjes más sagrados usan sombreros graciosísimos. Es para recordarnos que no debemos contemplarnos a nosotros mismos con demasiada seriedad.

Max disfrutó enormemente esta entrevista, pero fuera de ella todo el viaje estuvo lleno de irritación y frustración al tener que lidiar con las necesidades neuróticas de Amanda y los líderes religiosos sedientos de poder y engreídos a los que tuvo que entrevistar.

Sin embargo, lo intrigó observar que la energía negativa que Amanda encarnaba parecía estar alineada con muchos de los que se convirtieron en parte del proyecto. No pudo evitar pensar si esto no era una prueba más del sincronismo y cómo las energías negativas y positivas parecían conectarse con su propio nivel de energía vibratoria.

Max pensó con frecuencia en Los Doce, y en su propia búsqueda espiritual. ¿Por qué lo habían elegido para reunirse con todos estos maestros espirituales y religiosos? Ninguno parecía tener conexión alguna con sus doce nombres. Ninguno de ellos —excepto el Dalai Lama— tenía ni siquiera una conversación interesante. Con mucha frecuencia, la confianza sagrada de la gente sencilla había sido entregada a individuos que carecían de escrúpulos básicos.

Pero, ¿por qué había sido necesario que se reuniera con ellos?

¿Se suponía que debía "ir hacia Jesús"?

Max no lo creía. Cada revelación lo hacía más escéptico de todo el drama humano de la religión y la búsqueda del gozo espiritual. Entre más lo trataban como enviado espiritual, menos respetaba a aquellos con los que se reunía.

El punto culminante se dio en Qadian, un pequeño pueblo indio que, por haber florecido en el desierto, cumplía una de las doce profecías del Cristo reencarnado, el supuesto fundador de la religión ahmadía.

Max había viajado en avión hasta Lahore, donde entrevistó al líder de los ahmadía. Aunque no eran ortodoxos, el grupo se consideraba musulmán, o al menos sus veinte millones de seguidores lo eran. Otros musulmanes los veían como herejes y no sólo los rechazaban, sino que los atacaban violentamente cuando podían.

El líder de los ahmadía actuaba y se vestía como un sultán, con su gran turbante en la cabeza. Desde el principio fue evidente que el proyecto de la película era una forma de glorificar y expandir los alcances de los ahmadía. Por esta razón, le dijo a Max que su equipo podía filmar el enorme templo ubicado en las afueras de Lahore, lleno de miles de devotos ahmadía, y el joven rápidamente se dio cuenta de que sería un buen atractivo visual.

A Max también le dijeron que el pequeño pueblo de Qadian, cerca de Amritsar, era esencial para el proyecto, y lo alentaron a ir allí, reunirse con los ancianos, y ver por sí mismo el lugar de nacimiento de la religión.

Por lo tanto, Max viajó a Amritsar, y cuando el avión aterrizó, le dijeron que esperara hasta que todos los otros pasajeros hubieran bajado. Cuando llegó su turno para abandonar el avión, vio que la escalera estaba cubierta con una alfombra roja, que continuaba unos diez metros por el asfalto. A cada lado de la alfombra había hombres de piel oscura que sostenían enormes guirnaldas de flores.

Al ir bajando las escaleras y pisar el suelo, lo envolvieron con estas guirnaldas, algunas de las cuales llegaban hasta sus rodillas. Al final de la alfombra había una mesa con té y galletas, que fue invitado a disfrutar.

Después de presentarse ante los anfitriones —el alcalde del pueblo y varios líderes religiosos—, Max bebió las dos tazas de té requeridas, comió dos galletas y después lo escoltaron hasta un Rolls-Royce blanco estacionado cerca de ahí.

Le pidieron que se sentara en el asiento trasero con tres de sus anfitriones, ataviados con trajes blancos, togas y sombreros rectangulares al estilo tradicional musulmán.

Incluso en un Rolls-Royce, cuatro en el asiento trasero eran demasiados, y a Max lo superó el olor corporal de sus anfitriones, de quienes sospechó que no tenían el hábito del baño diario en su pueblo del desierto.

Después, cuando el Rolls dio vuelta en una calle de terracería, el camino se volvió incluso menos placentero. Sin ingeniería de precisión, la desigualdad en el camino causaba enormes saltos, y Max hizo su máximo esfuerzo para no vomitar. Después de cuarenta minutos, el auto se detuvo en una intersección del camino, donde había un joven en una motocicleta.

Al ver al Rolls, el motociclista tomó el camino directo hacia el centro del pueblo, mientras el auto seguía una ruta circular que pasaba junto a un cementerio ubicado en las afueras.

El Rolls tardó diez minutos en llegar al centro, y el tiempo extra le permitió a la aldea prepararse para su "importantísimo invitado". El auto se detuvo con una sacudida, una banda tocaba en un kiosco y una gran bandera desplegada ostentaba enormes letras rojas que, en inglés, decían:

¡BIENVENIDO HOLLYWOOD!

Max salió del auto, y el alcalde del pueblo pronunció un discurso. Todo esto le recordó a Max la bienvenida que Dorothy recibió del alcalde de Munchkin cuando su casa mató a la Bruja Malvada del Oeste.

La banda continuó tocando, y entonces Max fue escoltado por la calle principal del pueblo, donde a cada lado del camino todos los habitantes estaban organizados en orden de importancia espiritual para recibir la bendición de Max. Cada uno de los individuos tocó a Max, y trató de abrazarlo. Había dos mil habitantes, Max lo supo, y la experiencia fue extenuante.

Después de haber saludado a todo el pueblo, lo llevaron a una casa de huéspedes especial donde se había preparado un festín, con los platillos más sagrados y deliciosos que los ahmadía pudieron conseguir. Había dátiles, coco recién rallado, refrescos, aperitivos especiales, seguidos de una selección de platillos principales que incluían muchas entradas vegetarianas exóticas, así como platillos a base de carne, pescado y pollo.

Fue una comida de enorme variedad y cantidad, un tipo de festín de Día de Gracias que parecía interminable.

Dos horas más tarde, tras una siesta muy necesaria, Max estuvo listo para el recorrido. Sólo después descubrió por qué le habían dado una bienvenida real.

De las doce profecías que el fundador del pueblo y la religión ahmadía habían hecho en el siglo XIX, todas se habían cumplido.

Las primeras once profecías incluían aseveraciones poco probables como las siguientes:

> *El desierto florecerá.*
> *El grupo fundador de doce familias se convertirá en más*
> *de doce millones de creyentes del culto ahmadía.*
> *Un gran templo, que albergará a más de 100 mil perso-*
> *nas en oración, habrá de construirse.*

Estas y otras ocho magnánimas predicciones se habían vuelto realidad, pero fue con la llegada de Max, representando a un equipo de filmación de Hollywood, que la profecía final estaba completa.

El mundo vendrá a buscarnos.

Después de aclarar ese misterio, Max se preparó para examinar los sitios sagrados que el pueblo tenía que ofrecer.

Muy rápido se dio cuenta de que no había nada visualmente interesante para filmar, y no había necesidad de incluir ninguno de los detalles de las creencias ahmadía. Así es que al final, como con muchas profecías, su realización dependía de la experiencia subjetiva de aquellos que creían... o elegían no creer.

Louis

**CAPÍTULO
TRECE**

1976 – 1977

Mientras Max viajaba por el mundo, Louis estaba terminando su carrera de Derecho en la Universidad de Duke en Durham, Carolina del Norte. Era el menos aplicado en su clase, no porque no pudiera hacer el trabajo, sino por que *no* quería hacerlo. Sentía que su padre lo debía mantener, y lo odiaba más de lo que odiaba a Max.

Louis le había confesado a Max que la única razón por la que decidió ir a la escuela de Derecho era porque se trataba de la carrera más larga y costosa que pudo encontrar. Sabía que su madre forzaría a Herbert a pagar la escuela de Derecho, puesto que para ella la educación tenía la más alta prioridad.

El verano que siguió a la graduación de Louis, Herbert le consiguió trabajo en un bufete de abogados en la ciudad de Nueva York. Al mismo tiempo, empezó a prepararse para hacer el examen de abogacía, cuya guía de preparación había publicado la editorial de su padre.

Irónicamente, reprobó el examen en los primeros dos intentos, y fue en el tercero cuando Louis por fin pasó. Aprobar el examen le había tomado más de un año, y durante ese tiempo trabajó como un humilde empleado para la firma prestigiosa de Gottlieb Harris.

Gottlieb era un abogado penalista que manejaba los casos de algunos de los jefes más notorios de la mafia de Nueva York. Herbert lo había conocido en un evento de beneficencia para la Defensa Judía, y se habían convertido en amigos ocasionales. Herbert le dejó en claro a Louis que le estaba haciendo un gran servicio al conseguirle un puesto en tan prestigiosa firma de abogados. A su vez, Louis sentía que le estaba haciendo a su padre un tremendo favor al aceptar un puesto que no era remunerado.

Louis odiaba trabajar para Gottlieb, de quien creía que era tan corrupto como sus clientes. Le decía a su madre que Herbert debía ser un criminal, también, sólo por ser amigo de Gottlieb. En el transcurso de su carrera universitaria Louis se había convertido en un moralista declarado, con ideas rígidas sobre lo que era un comportamiento ético y otro no ético. Por tanto, decía, sentía que cualquier conducta que generara "dinero fácil" seguramente no era ética.

Cuando lo confrontaron con el hecho de que él había sido dependiente económicamente de su padre durante toda su vida, respondió con vehemencia que no consideraba eso "dinero fácil", que se trataba de una circunstancia totalmente distinta y que era su derecho como hijo mayor.

Fue durante una cena de Acción de Gracias cuando Louis, después de acumular frustración, odio y resentimiento, finalmente explotó frente a su padre. Max estaba fuera, así que estaban sólo los tres en la casa de Greenwich. Louis le entregó a Herbert una carta de Hacienda donde lo amenazaban por no haber pagado sus impuestos, una cosa más que sentía injusta, dado el escueto ingreso que había obtenido en Gottlieb Harris.

—No está bien que yo tenga que pagar impuestos —afirmó Louis con enojo—. Tú tienes mucho dinero, debes pagar por mí.

Herbert sólo se rió al devolverle la carta a Louis.

—Es ridículo. Todos pagan impuestos, y eso te incluye a ti.

—Bien, pues si es así, entonces voy a empezar a cobrarte a ti y a mamá por el tiempo que paso aquí. Mi tarifa especial para ti será de 50 dólares la hora, pero como he estado aquí más de veinticuatro, entonces me debes más de mil.

Herbert se rió incluso más fuerte, pero había algo de severidad en su risa. Se levantó y abandonó la mesa para ir al jardín interior, donde se sentó en su silla favorita entre las plantas, junto a la chimenea, y empezó a leer el periódico.

Herbert había tenido un segundo infarto hacía relativamente poco tiempo, y sabía que debía evitar una confrontación emocional con su hijo mayor.

De manera testaruda, Louis siguió a Herbert y continuó su cantaleta sobre por qué debían pagarle sus "servicios legales". Cuando su padre le dejó en claro que no iba a pagar sus facturas, ni sus impuestos, y que esperaba que su hijo consiguiera un trabajo real ahora que había pasado su examen de abogacía, Louis empezó a gritar, llamando a Herbert corrupto y tramposo.

Finalmente, Herbert se levantó e hizo un ademán como si fuera a golpear a Louis, algo que no había hecho desde que su hijo tenía doce años.

Esta fue toda la provocación que Louis había estado esperando. Sujetó a Herbert por el cuello, lo tiró sobre el duro piso de mármol y empezó a golpearle la cabeza contra el mismo.

Le gritó más obscenidades a su padre, liberando un resentimiento que había acumulado durante toda su vida.

—¡Hijo de puta, jamás me quisiste! ¡Jamás me amaste!

La conmoción hizo que Jane corriera al jardín interior y tratara de separarlos, pero simplemente no era lo suficientemente fuerte como para apartar a Louis.

Corrió al teléfono y llamó a la policía, que llegó en minutos.

Encontraron a Herbert en el piso de mármol, semiconsciente y cubierto de sangre, y a Jane angustiada sosteniendo una toalla sobre su cabeza.

Los dos oficiales sacaron sus armas y cuidadosamente inspeccionaron la casa. No tardaron mucho en encontrar a Louis y arrinconarlo en la cochera, donde estaba haciendo trizas el Rolls-Royce de Herbert con un hacha.

Sometiéndolo, se lo llevaron a la cárcel, mientras la ambulancia llegaba para llevar a Herbert al hospital.

Herbert tenía una conmoción cerebral, y pasaron varios días antes de que pudiera abandonar la clínica, pero parecía no haber daño permanente.

Por primera vez experimentó de forma directa la furia que repetidamente se había dirigido hacia Max, y ahora se daba cuenta de que Louis no sólo era flojo y malo, sino también peligroso.

Sin embargo, cuando llegó el momento del juicio, Herbert no pudo testificar en contra de su propio hijo. Se llegó a un acuerdo con el abogado de la fiscalía, que requería que Louis pasara treinta días en una institución mental en lugar de ir a la cárcel. Si después de ese tiempo los doctores de la institución mental sentían que era competente para cuidar de sí mismo, se le pondría en libertad.

Había una cláusula adicional donde se decía que, si era liberado, Louis estaría sujeto a una orden de restricción que cubría todo el pueblo de Greenwich, Connecticut, donde Herbert y Jane vivían. Puesto que antes del incidente Louis jamás había sido violento con nadie, excepto con Max, no tenían una razón para pensar que representaría un daño para otros.

Siempre y cuando no tuviera contacto con ellos, Jane y Herbert esperaban que Louis encontrara su camino en la vida.

Para sorpresa de todos, Louis fue un paciente modelo mientras estuvo recluido en la institución mental, y al final de los treinta días lo dieron de alta.

Era evidente para Jane que su hijo jamás encontraría un trabajo tradicional, y mucho menos le sacaría provecho a su profesión de abogado. Sentía una culpa tremenda sobre su condición mental, y a pesar del comportamiento brutal de su hijo, insistió en que Herbert apartara un pequeño fideicomiso para él. Jane esperaba que esto liberara algo de la presión financiera de Louis y quizá le permitiera realizar una carrera modesta, que lo mantuviera alejado de la familia y de los problemas.

Cuando Max regresó de sus viajes y se enteró de los acontecimientos, se manifestó abiertamente liberado. Al fin su padre y madre entendían la naturaleza violenta de Louis y habían hecho algo para proteger a la familia.

Max se sentía mal por Louis y en realidad lo amaba y quería ayudarlo, pero al mismo tiempo no quería ningún contacto con él, pues aún sentía temor hacia su hermano mayor y sus explosiones violentas.

Desilusión

Con una sensación de alivio, Max regresó a Harvard y a lo que pensó sería el elogio por parte de sus profesores y colegas por su uso de la antropología en la creación de documentales.

Sin embargo, se sintió muy decepcionado de saber que su carrera paralela no era bien vista por sus colegas de la universidad. Esta popularización de la ciencia no era, ante sus ojos, una actividad académica seria. Sintieron que el reconocimiento que Max recibía era casi indecoroso y nada apropiado para un estudiante con posgrado.

Pero esta desilusión era recíproca: Max se sentía aburrido en Harvard y buscaba desafíos mayores.

No pasó mucho tiempo antes de que los retos encontraran a Max. Su padre lo llamó y le confió que la editorial lo necesitaba. Herbert se había arrepentido del trato con Perfect Films y rechazado todas las ofertas desde entonces. Herbert prometió que si Max accedía a mudarse a Nueva York y dirigir el departamento editorial, Herbert intentaría comprarle las acciones a su socio y le entregaría la compañía a su hijo.

Sin embargo, Herbert se mantuvo firme en que Max acumulara más experiencia en la oficina de Nueva York antes de efectuar el cambio.

Max aceptó y se mudó a la ciudad de Nueva York, pero rápidamente se sintió desilusionado. A pesar de un nuevo romance que pronto se volvió serio, no disfrutaba vivir en la ciudad y no encontraba su puesto particularmente desafiante.

Llevaba menos de un año en el departamento editorial cuando Max recibió una llamada invitándolo a viajar por el mundo para hacer otro documental. Sería una filmación de doce semanas, y él podría elegir sus propios términos.

Con base en la duración del trabajo, Max arregló todo para solicitar un permiso sin goce de sueldo.

"No es tan grave", pensó. "Todo seguirá aquí a mi regreso."

Sin que Max lo supiera, Herbert Doff sufrió su tercer infarto el día en que su hijo partió hacia la India y otros destinos desconocidos. Este era un infarto más serio que los dos anteriores, y Herbert se sintió orillado a proteger a su familia y vender la compañía al mejor postor. Cuando Max regresó, la venta estaba consumada.

Por primera vez en su vida, Max podía elegir su propio destino, lo cual era liberador.

Rompió el contrato de tres años que su padre había negociado, y se mudó a Hollywood para actuar como productor asociado en un importante documental. Después de dos semanas, se dio cuenta de que había cometido otro error.

Odiaba su trabajo.

Como productor asociado, debía garantizar que el equipo creativo permaneciera productivo y feliz, lo cual significaba tener que conseguir cocaína, por ejemplo, si ellos querían la droga.

Max renunció en ese mismo momento. Se mudó otra vez a Nueva York, pero lejos de sentirse liberado, estaba sin empleo y carente de dirección.

Consideró sus opciones y decidió que su mejor alternativa inmediata era jugar póquer en un antro de Soho los sábados por la noche. Louis le había enseñado a su hermano menor cómo jugar póquer cuando eran chicos, y Max había obtenido experiencia adicional en sus viajes con los diversos equipos de filmación. También tenía el talento de visualizar cualquier carta. De alguna manera, simplemente deseaba la carta que necesitaba, y esta aparecía.

Si esto era suerte o algo más, no lo sabía. Max siempre había tenido afinidad hacia los números; habían estado vivos dentro de él cuando era niño y no podía hablar. Fueron sus compañeros de juego... sus amigos.

Así que el póquer era un juego natural para él.

Llegaba los sábados alrededor de la medianoche para la partida del fin de semana. Las apuestas no eran muy altas, pero siempre había habitantes de los suburbios que demostraban ser blancos fáciles. Bebían demasiado y jugaban descuidadamente. Ellos estaban ahí para divertirse, y Max para hacer dinero.

Muy pocos de los que asistían de forma regular eran jugadores legítimos. Con frecuencia, encontraban formas para hacer equipo o trampa sin ser descubiertos. Por tanto, Max no jugaba con ellos.

Además, había suficientes turistas para que Max ganara 200 o 300 dólares cada sábado por la noche, y eso era todo lo que necesitaba cada semana para pagar su renta, el gimnasio y la comida.

Pero nada de esto era satisfactorio, y tampoco era una elección de carrera; Max estaba en una encrucijada.

Había abandonado Harvard, la compañía editorial de su padre e incluso Hollywood. Y otra relación romántica terminaba mal.

Se había comprometido con Tina justo antes de emprender su proyecto de filmación de doce semanas. Mientras estuvo fuera, le había comprado un bello anillo de compromiso en Damasco, así como sedas exóticas para que ella pudiera encargar un vestido de novia a la medida.

Sin haber establecido una fecha ni hecho un anuncio formal, Tina y Max habían acordado que a su regreso les harían saber la noticia a las familias.

Lamentablemente para Max, para el momento en que regresó del proyecto, Tina había cambiado de parecer sobre el matrimonio. Había empezado a visitar a un terapeuta para analizar cuestiones relacionadas con traumas del pasado que provenían de un abuso sexual en sus primeros años.

Esto, por supuesto, fue una sorpresa total para Max.

En el proceso de la terapia, el médico había sugerido que Tina se abstuviera del sexo hasta que pudiera analizar sus sentimientos más profundos. Ella pensó que esta era una buena idea y le anunció a Max que también sentía que ni el compromiso ni la relación tenían sentido.

Max no podía entender lo que había sucedido. Parecían muy felices juntos. Repentinamente su prometida estaba distante, y él difícilmente reconocía a la persona en que se había convertido.

La magia estaba ausente en su vida, y Max no estaba seguro de cómo recuperarla.

Nuevamente cayó en un profundo estado de depresión. Dejó de comer, rasurarse e incluso bañarse. Dormía durante días completos. Estaba desgastado y había perdido la perspectiva de quién era y lo que quería hacer con su vida.

Ante sus ojos, quedaban pocas probabilidades de que alcanzara alguna vez las expectativas a las que había aspirado cuando niño. Era una desilusión para su padre… para sí mismo.

En medio de este desánimo, decidió escribir una novela que reflejara su estado presente, y la llamó *La ventaja del suicidio*. La primera línea decía:

> Sir Winston despertó con el sonido de unos gritos amortiguados… los suyos.

La novela reflejaba la lucha cotidiana que Max enfrentaba contra sus propios pensamientos de suicidio. Empezó a escribir sus sentimientos, en impulsos erráticos, en una vieja máquina de escribir que su padre le había dado.

> He alcanzado el extremo negro de la desesperanza… No sé quién soy ni lo que quiero o lo que puedo hacer o hacia dónde voy… Estoy cansado de ser… no hay esperanza… debo cambiar esta vida… quiero renunciar.

Sabía que la muerte misma no era algo a lo que había que temer y añoraba regresar a la luz blanca y al gozo que había experimentado en el consultorio del doctor Gray, en 1965.

Al mismo tiempo, Max aún creía que tenía algún tipo de destino por el que debía permanecer vivo. Decidió entregarle su destino a un poder superior y escribió: *SEA TU VOLUNTAD.*

Siguió escribiendo y luchando contra sus tendencias suicidas.

El día en que Max terminó su novela, un vecino que vivía dos pisos arriba de él saltó hacia su muerte. Era un acto en el que Max había pensado muchas veces y visualizado durante semanas. La realidad de aquel lo impactó, y se preguntó si su novela había plasmado su propio destino o el de alguien más.

Louis regresó a la vida de Max. Cuando apareció en su puerta, Max apenas pudo reconocerlo. Olía mal, estaba sucio, sin rasurar y barrigón.

Era grotesco.

Louis balbucía incoherentemente sobre cómo todo el mundo trasgredía la ley, especialmente su padre y los abogados en Gottlieb Harris.

—No tienes idea de lo podridos que están... y no son sólo ellos. *Todos* trasgreden la ley... *todas* las leyes. Están empezando a romper incluso las leyes de la gravedad, y cuando eso suceda, sabes que todos nos iremos al infierno —afirmó Louis, esperando que Max secundara sus preocupaciones.

Pero Max sólo podía sonreír ante la combinación de inteligencia y locura que su hermano exhibía. Lo hizo temblar, dándose cuenta de que su propia existencia no se había convertido en algo mucho mejor.

Así que Max le compró a Louis una rica comida, quizá la primera que había saboreado desde hacía mucho. Todo el tiempo esperó que la demencia de Louis no se convirtiera en violencia, y se sintió muy aliviado porque no ocurrió así.

Después le dio a su hermano un abrazo y le sugirió que buscara un lugar tranquilo fuera de la ciudad de Nueva York, donde menos gente rompería las leyes de la gravedad, y él estaría a salvo.

Louis partió, y Max se preguntó qué podría venir a continuación.

California

1979 – 1982

Los días de juego de Max terminaron abruptamente. El final empezó con el dolor de muelas más terrible que había experimentado.

El dolor era insoportable, y aunque lo intentara, no podía eludir por más tiempo la necesidad de atenderlo. Al entrar al consultorio del dentista, se topó con un antiguo compañero de la preparatoria, Peter Bohr, quien salía de consulta.

—¡Es un placer verte, Max! ¿Qué onda? —le preguntó Peter mientras estrechaba la mano de Max—. ¿Todavía trabajas para tu viejo?

—Pues, pasándola —contestó Max a pesar del dolor—. Mi papá vendió su compañía hace unos meses. No estoy seguro de lo que voy a hacer a continuación, pero siempre te admiré en Hackley. Dame tu tarjeta, y pongámonos pronto al tanto de nuestras vidas. —Max trató de sonreír mientras hablaba.

Ciertamente Peter había estudiado en Hackley con Max, pero se graduó un año antes. Había estado a cargo del grupo de estudio del primer semestre de Max, era presidente de su salón y el alumno que había pronunciado el discurso en la ceremonia de graduación. También había sido uno de los mejores atletas de la escuela.

—De acuerdo, aquí tienes mi tarjeta —dijo Peter con entusiasmo—. Recientemente me pusieron a cargo de la división de negocios en la compañía cinematográfica CRM Films. Llámame, almorzaremos y seguiremos poniéndonos al día.

Max lo llamó, y antes de dos semanas comían en un lujoso restaurante de Tribeca. Max le contó a Peter sobre las películas en que había participado, y antes de terminar la comida, éste le había ofrecido el puesto de productor asociado a cargo de las oficinas de la Costa Oeste de CRM Films.

—Mi padre es el presidente, y hemos estado buscando a alguien con instinto de empresario, que conozca los detalles prácticos de los documentales —explicó—. Por improbable que parezca, nuestra reunión puede resultar un éxito para ambos.

—Bueno, conozco a fondo los documentales —admitió Max—, y esto me viene como anillo al dedo.

”Acepto —dijo.

Con pocos cabos sueltos que atar, Max pronto estaba viviendo en Del Mar, California, y disfrutando el clima perfecto y la autonomía total que le habían dado para dirigir su división de CRM. Del Mar era una pequeña comunidad ubicada al norte de San Diego, sede de un hipódromo famoso por celebridades tales como Bing Crosby. Cada año, durante la temporada de carreras, el pueblo duplicaba su población.

Las casas eran caras, pero el puesto de Max estaba bien remunerado.

Lo más importante era el hecho de que disfrutaba su nuevo puesto, y se sentía productivo por primera vez en un largo tiempo. En su oficina lo acompañaban un gerente de ventas y una secretaria ejecutiva que ambos compartían. Cada mañana lo esperaban veinte o treinta proyectos nuevos, sólo le tomaba una hora revisarlos y después elegir los diez o doce que creía que tenían potencial creativo o comercial.

Max tomaba los proyectos que había seleccionado y cruzaba el pasillo hasta la oficina del gerente de ventas. La atmósfera de CRM era muy relajada, no se planeaban las reuniones y podían surgir de la nada.

—Frank, ¿tienes un minuto?

Max empezaba a describir cada proyecto elegido y a hacer preguntas clave.

—Si esta es la mejor película sobre este tema, ¿cuántas unidades podrías sacar para la distribución inicial? —Aunque formaban parte de un proyecto creativo, las ventas eran la meta principal.

En la mayoría de los casos, la respuesta era "no las suficientes" o "no muchas", o algunas veces "ninguna", y esos proyectos no volvían a considerarse.

Ocasionalmente, una o dos veces a la semana, la respuesta era diferente.

—Podríamos sacar 10 mil unidades o más si alcanzamos el nivel de compromiso y talento.

Así es que, en esos casos, si el elenco y el equipo adecuados estaban, ciertamente, comprometidos con el proyecto, y el concepto era el mejor que podría haber, o al menos dentro del rango de lo aceptable gracias a una buena edición, Max adquiría los derechos.

Con frecuencia, el proceso duraba hasta poco después del mediodía, lo que le dejaba a Max mucho tiempo para explorar las playas, *jacuzzis* y otros atractivos del sur de California.

Y antes de que pasara mucho tiempo conoció a alguien que lo dejó completamente fascinado. Las semanas se volvieron meses, y él la cortejó con devoción hasta que ella accedió a casarse. Con esto, la vida de Max tenía todo lo que pudo haber imaginado.

Era eficiente y exitoso. Empezó a atraer la atención de la prensa, hasta que el *San Diego Tribune* y la *San Diego Magazine* hablaron de él, con su foto desplegada en dos páginas.

"Brillante y joven productor llega a San Diego", proclamaba el encabezado. San Diego era considerado un pueblo tranquilo, con bases militares y algo de agricultura, lo que llevaba a muchos de sus residentes a tenerle resentimiento a su vecino mayor del norte, así que se apresuraban a aprovechar cualquier oportunidad de sobresalir. Sin embargo, la fama de Max no fue gratuita.

No pasó mucho tiempo antes de que sus compañeros se sintieran celosos por la atención que estaba recibiendo.

CRM tenía varias divisiones, y el jefe de la sección de interés general, Bill Battely, era un hombre competitivo. Max, sin darse cuenta, hurtó a uno de sus principales expertos para crear una película sobre la OPEP y la crisis del petróleo, y Battely se sintió personalmente ofendido.

Battely esperaba convertirse en presidente cuando el viejo Bohr, el padre de Peter, se retirara finalmente. Ese chico, Max, estaba obteniendo demasiada atención y tenía cenas privadas con "el jefe", como se conocía a Bohr.

Apareció un artículo en la prensa donde le daban crédito a Max, erróneamente, por la película más taquillera de CRM, *Libre para elegir*, sobre el conocido economista Milton Friedman. El periodista había esperado obtener el apoyo de Max, sin embargo, la única razón por la que CRM había producido la película era la relación personal entre el viejo Bohr y el doctor Friedman.

Battely aprovechó la oportunidad y le envió el artículo al presidente, junto con otros cuatro o cinco sobre Max, acompañados con una sencilla nota:

> *Quizá quieras ver esto.*

Max fue despedido. William Bohr y su hijo Peter hicieron la llamada y le enviaron un mensaje personal:

> Si estuviéramos en el país de antes, te mandaríamos al calabozo. Pero puesto que esta es una vida civilizada, sólo te podemos quitar tus privilegios. Te pagaremos hasta fin de año, pero empaca todo y vete al terminar el día.

Max estaba perplejo.

No había hecho nada malo y había firmado más de treinta títulos en el año y medio que llevaba trabajando para la compañía.

Algunos colegas de la industria le aconsejaron demandar a CRM por despido injustificado, pero no era el estilo de Max.

En un extraño giro de los acontecimientos, el día anterior a su despido la prometida de Max terminó la relación, y se sintió herido por todos lados. Estaba tan devastado por el repentino final de su compromiso que ni siquiera podía analizar lo que el despido realmente significaba para él.

Cuando durante los siguientes días pudo reflexionarlo, se dio cuenta de que realmente no quería trabajar para nadie, incluso en circunstancias tan favorables como las que había tenido en CRM.

Quería vivir su vida bajo sus propios términos.

Por lo que a él concernía, una vez más se sintió libre para construir su propio destino.

Max no tenía dinero, así que tendría que empezar con poco.

Hizo arreglos para utilizar el equipo de televisión local para producir un video de "cómo hacerlo", al estilo de los famosos videos de ejercicio de Jane Fonda, y así nació Producciones MAXimum. Se unió con la persona que creó la *Rutina Del Mar*, del gimnasio de la localidad, pensó que era un nombre carismático y una buena rutina de ejercicios, ideal para el mercado de Jane Fonda.

Su mayor problema era que no tenía a Jane Fonda, o a alguna celebridad para tal caso, asociada con la Rutina Del Mar, así que cuando le llevó el corte preliminar a un distribuidor, éste le dijo que podrían sacar quinientas unidades para probarlo, pero que se sentía pesimista al respecto.

Max necesitaba una orden de 5 mil unidades como mínimo para salir a la par. Con quinientas unidades perdería 2 dólares por cada cinta, y no tenía el capital necesario para compensar la diferencia. Parecía que Producciones MAXimum jamás despegaría.

Mientras analizaba sus opciones, Max recibió una llamada telefónica de un vecino, Andy Kay, quien tenía una idea nueva e interesante.

—Max, recuerdo que en una de nuestras cenas dijiste que sabes algo sobre guías de estudio para exámenes, de cuando trabajaste en la editorial de tu padre.

Max no sabía hacia dónde se dirigía la conversación, pero se interesó.

—Sí, es cierto. ¿Qué tienes en mente?

—Mi proyecto favorito aquí en Nonlinear Systems ha sido desarrollar una máquina a la que llamo la "computadora-tutora", diseñada para ayudar a los estudiantes a mejorar su vocabulario. Desde hace mucho he sido admirador del trabajo de Johnson O'Connor, y creo que mejorar el vocabulario es el objetivo educativo más importante para cualquier persona.

"¿Querrías ayudarme con este proyecto, como un consultor externo y de medio tiempo? —le preguntó Andy con entusiasmo.

—Por supuesto —contestó Max y agregó—: Puedo empezar de inmediato.

Una vez más, el sincronismo parecía presentarle la oportunidad del empleo ideal, justo cuando más la necesitaba.

Max le propuso trabajar como director de proyecto y gerente de marketing, a cambio de un porcentaje de ventas futuras. Empezaron inmediatamente y avanzaron a un paso acelerado.

Dos meses después de haber iniciado el proyecto de la "computadora-tutora", uno de los ingenieros de Andy desarrolló lo que se conoció como la computadora KayPro, que se convirtió inmediatamente en la segunda computadora portátil más popular en el mundo después de la Osborne, y que pronto la superó en ventas.

El trabajo continuó con la computadora-tutora, pero ya no era una prioridad. La KayPro despegó, y la pequeña compañía de Andy se disparó de 2 millones de dólares en ventas anuales a 250 millones.

De la nada, aparecieron docenas de escritores técnicos y consultores de computación en el personal. Cuando estos escritores conocieron los antecedentes y conexiones de Max, le pidieron que los ayudara a hacer películas de adiestramiento.

De la noche a la mañana, Producciones MAXimum se había convertido en una exitosa compañía de películas de aprendizaje, con lo mejor del talento técnico en el mundo. A Max le intrigaban los avances en el campo de la alta tecnología. Él mismo no tenía una orientación técnica, pero pronto se las ingenió para determinar qué películas tendrían probabilidades de ser populares. Y en un mundo de adiestramiento que desconocía la diferencia entre DOS y CMP, o entre Lotus y WordPerfect, Max era considerado un gurú de la tecnología.

Habían desaparecido sus ambiciones de producir "películas reales", o hacer otra cosa que no fuera jugar golf, salir con mujeres hermosas y, en general, disfrutar del estilo de vida californiano.

Los años pasaron sin que Max encontrara otro de los doce nombres. Era casi como si María, Yutsky, B.N. Mahars y Yoko hubieran sido parte de una vida soñada.

Con la excepción de un nombre improbable —Oso que Corre—, habrían sido fáciles de eliminar como una ilusión, nacidos de una experiencia cercana a la muerte.

Pero uno por uno habían aparecido ante él, así es que no podía hacer caso omiso de ellos. Aunque tampoco podía explicarlos.

Y, entonces, *¿Oso que Corre?*

Tan absurdo como parecía, tendría que haber una explicación.

Periódicamente recibía noticias, en general por parte de sus padres, sobre algún incidente donde Louis se veía envuelto y por el cual lo llevaban a una institución mental, sólo para ser liberado después de los treinta días obligatorios.

Conocía la rutina. Su hermano tomaba el medicamento mientras estaba internado, pero lo suspendía tan pronto como lo dejaban ir.

Una vez, después de un corto periodo de internamiento, Louis se apareció en California. Seguía oliendo mal, estaba sucio, hablaba en voz muy alta y sólo semicoherentemente. Max sintió lástima por él y le reservó un cuarto en el hotel Marriott, donde podría disfrutar de una buena noche de descanso y tener la oportunidad de asearse.

Se encontraron para almorzar al día siguiente, y Max ofreció pagarle otra noche de hotel a Louis.

—Oh, no, el hotel es muy caro —protestó Louis—. No me quedaré ahí. Puedo simplemente dormir en mi automóvil en el estacionamiento y ahorrar todo ese dinero.

Max se sintió consternado.

—Pero es mi dinero —protestó—, y no me importa pagarlo.

Pero antes de que pudiera continuar, Louis lo interrumpió.

—¡No! Me gusta ahorrar mi dinero. Estaré bien en el coche.

Con esas palabras, se despidieron y quedaron de acuerdo en reunirse para cenar al día siguiente.

En la mañana, Max fue al estacionamiento del Marriott a buscar a Louis, pero no pudo encontrarlo. Tampoco estaba en su cuarto.

Varias horas más tarde, cuando se reunieron para cenar, Max le preguntó a Louis dónde había dormido.

—Vi el Motel 6 al final de la calle, así es que estacioné mi coche y dormí ahí. El Marriott era demasiado caro.

—Pero el estacionamiento del Marriott también habría sido gratis —afirmó Max—. No hay diferencia.

—No entiendes nada de dinero —insistió Louis, y su voz adoptó un tono que a Max no le gustó—. El Marriott habría sido más caro, y con lo que me ahorré, podemos permitirnos una buena cena.

Max abandonó el tema, y disfrutaron de su comida en silencio.

A pesar de los años de palizas durante su juventud, no podía evitar sentir tristeza. Mientras comían, a Max se le ocurrió lo que esperaba fuera una solución, y sugirió un psiquiatra para tratar a Louis. Hizo el trato de darle una mensualidad, aparte de lo que Louis recibía de sus padres, siempre y cuando el doctor confirmara semanalmente que el paciente estaba tomando sus medicamentos.

Louis estuvo de acuerdo, y los tratamientos empezaron. Al mismo tiempo, se convirtió en un apostador ávido y un asistente regular en el famoso hipódromo de Del Mar. Era bueno también, y ganaba normalmente, así es que no necesitaba el dinero extra de Max.

Después de dos meses, Louis dejó de ver al psiquiatra y de tomar sus medicamentos. Como todos los Doff, la comida era uno de sus principales placeres, y su excusa era que el medicamento alteraba su estómago, interfiriendo con el sabor de la comida, lo hacía sentir mareado y menos ágil.

Max le advirtió que los pagos acabarían si no volvía a tomar su medicamento, pero debido al nuevo ingreso de Louis, la amenaza tuvo poco peso.

Louis reaccionó escribiendo una larga carta donde acusaba a Max de realizar actividades ilegales, y dijo que iba a denunciarlo ante Hacienda y el FBI.

Poco tiempo después, desapareció del todo, y Max perdió el rastro de sus andanzas. A través de algunas averiguaciones discretas, escuchó rumores de que Louis había adoptado un estilo de vida nómada, viviendo en su coche, pasando los veranos en Michigan y los inviernos en Tennessee y Florida.

Louis alquilaba una habitación cuando sentía la necesidad de un baño y una cama, pero la mayor parte del tiempo parecía vivir en su auto en lugares para acampar, estacionamientos del Motel 6 y carreras hípicas.

Fue poco después del reencuentro con Louis cuando a la mamá de Max, Jane, le diagnosticaron cáncer. El tumor estaba localizado en el lado izquierdo del cerebro, exactamente donde el golpe de su accidente automovilístico había sido más severo.

Jane luchó con la radiación y la quimioterapia cerca de dos años, pero cuando perdió la capacidad de hablar o moverse le entregó a Max, que había viajado a Greenwich para hacerle una visita final, una pequeña nota:

Estoy lista para entrar a la luz.

En menos de dos días se había ido.

Max ayudó a su papá a organizar el funeral y un servicio especial para Jane. Louis no fue invitado, pero tampoco se le prohibió asistir, aunque Herbert confesó que, en secreto, Jane creía que el pesar por el comportamiento errático de su hijo había acelerado la aparición de su enfermedad.

De cualquier modo, ni Max ni Herbert tenían forma alguna de contactar a Louis, así es que no podían invitarlo al funeral, incluso aunque lo hubieran querido, y no podían informarle sobre la muerte de su madre.

Grace

1979 – 1984

MIENTRAS SU CARRERA CINEMATOGRÁFICA DEMOSTRABA SER UN VERdadero paseo en la montaña rusa, su vida amorosa resultó similarmente dramática... e impredecible.

Grace Bradley fue la primera mujer que Max conoció después de mudarse a San Diego. La encontró en una alberca que era sólo para residentes de los exclusivos condominios Sea Point Village en Del Mar, donde vivía. Ella estaba nadando, y en el momento en que salió de la alberca, Max supo que estaba enamorado. Era rubia y tenía las piernas más hermosas que había visto. Ante sus ojos, era absolutamente ideal.

La siguió al *jacuzzi*.

Sus ojos sonreían, como si no tuviera ninguna preocupación en la vida, y su voz era tan dulce como ninguna otra música que hubiera escuchado.

—Pues eres el nadador más torpe con el que me he topado —le dijo Grace entre risas—. ¿O sólo estabas tratando de encontrarte conmigo a propósito?

—Supongo que el sentido de la direccionalidad no es mi fuerte —contestó Max y sonrió a su vez—. Aunque estoy increíblemente contento de haber coincidido contigo. Eres quizá la mujer más hermosa que jamás he conocido.

Eso hizo que ella sonriera incluso más, y se sintió hechizado.

—No veo un anillo en tu dedo —le dijo—. Espero que eso signifique que eres soltera.

—Soy soltera, pero no te hagas ilusiones. Acabo de salir de un divorcio, y me prometí que no volvería a salir con alguien durante al menos seis meses —respondió Grace, mientras sus ojos azules brillaban con la luz del sol.

—Bueno, no necesitamos salir como pareja, pero espero que podamos ser amigos —dijo Max—. Acabo de mudarme ayer y no conozco ni un alma en Sea Point.

—Tengo muchos amigos, y me sentiré contenta de estar en tu reunión de bienvenida —dijo ella alegremente—. Mi madre, en Iowa, me educó para ser parte de la Junior League* y aunque todos aquí en California parecen tan relajados, yo todavía creo en las obligaciones sociales.

"Te presentaré y, en una semana o dos, te darás cuenta de que soy sólo una de las muchas bellezas que viven aquí en Sea Point.

A la edad de treinta y tres años, Max disfrutaba la libertad de ser soltero en San Diego, en una época en que la mayoría de las mujeres veinteañeras no se oponían a tener relaciones sexuales en la primera cita. Así es que mientras esperaba a Grace, podía tener todo el sexo que quisiera con las muchas mujeres disponibles y atractivas con las que se encontraba en festivales de cine y a través de sus nuevos amigos californianos.

Sin embargo, Grace estaba equivocada en cuanto a él se refería. Incluso después de seis meses, era mucho más que sólo una de tantas bellezas, era la persona con la que estaba destinado a casarse.

Después de seis meses de noviazgo, Max le propuso matrimonio a Grace y aceptó.

Seguía siendo la mujer de sus sueños. Él sonreía de felicidad cuando estaba con ella, pellizcándose para tener la certeza de que era real, y que pronto tendría a su pareja perfecta.

---

*Organización de mujeres que, a través del voluntariado y los actos de beneficencia, ayudan a sus comunidades. (N. del T.)

El mayor interés de Grace era *Get Real*, una forma de meditación de la Nueva Era, que Harold Henderson había iniciado en California. A Max le parecía extraño, pero no le daba mucha importancia, siempre y cuando hiciera feliz a Grace.

Max debía admirar su éxito. Harold no parecía tener muchos atributos y, sin embargo, al enseñar meditación había, en esencia, creado su propio culto.

La gente pagaba una buena cantidad de dinero por las clases de meditación, y Harold terminó teniendo a cuanta mujer quería. Aunque estaba en su sexta década, dispersaba el rumor de que tenía más de cien años, y que las técnicas de meditación le habían dado la juventud eterna. Para mantener su "chi", afirmaba, necesitaba dormir con mujeres más jóvenes.

La mayoría de sus discípulas pensaba que era un honor ser elegida para mantenerlo joven.

Grace, siendo de Iowa, era relativamente conservadora. Así que a pesar de practicar la meditación, jamás se había acostado con Harold y afirmaba que no era su intención hacerlo. Creía en el sexo dentro del matrimonio, decía rotundamente, y sin embargo también creía en la meditación *Get Real*.

Grace estaba claramente bajo el hechizo de Harold.

Cuando él supo que Grace estaba comprometida con Max, sugirió que se alineara con un practicante más avanzado de *Get Real*.

Harold le presentó a Stephen, quien era un estudiante de "tercer nivel". Grace había estado meditando durante nueve años, así es que había escalado hasta el "cuarto nivel". Tenía mucho que enseñarle a Stephen, le explicó Harold, y al hacerlo ascendería en jerarquía.

Además de ser un estudiante de tercer nivel, Stephen era un promotor inmobiliario multimillonario. Max, en ese momento, ganaba el salario de un productor asociado de 40 mil dólares al año, y no podía competir.

Grace le devolvió el anillo a Max y en menos de tres meses se había comprometido con Stephen. No había nada que Max pudiera hacer.

Estaba destrozado.

El día después de que Grace rompiera su compromiso, Max fue despedido de CRM.

Se sentía angustiado por haber perdido a Grace y, durante mucho tiempo, a pesar de lo poco probable de la situación, se negó a perder la esperanza de volverse a reunir con ella.

Sin embargo, poco después nació Producciones MAXimum, y no tuvo tiempo para otra cosa que no fuera trabajar. Era una bendición disfrazada, realmente; sincronismo intelectual y emocional en acción, aunque en medio del drama no se diera cuenta.

Ciertamente, pasarían diez años antes de que empezara a vislumbrar el cuadro completo.

El regreso de Grace

Max recibió una llamada de Meg Perkins, una de las amigas íntimas de Grace.

No había mantenido contacto con Grace ni con alguna otra de las seguidoras de *Get Real*, pero había pasado suficiente tiempo y accedió a reunirse con Meg, quien era actriz.

Ella viajó en su automóvil desde Los Ángeles para pedirle a Max un consejo fílmico y para presentarle un concepto que quería desarrollar. Él le explicó, cortésmente, que el concepto que proponía era bueno, pero no del tipo que manejaba.

Después se le ocurrió algo.

—Por cierto, ¿qué sucedió con Grace? —le preguntó de manera despreocupada, aunque se dio cuenta de que las viejas heridas no habían sanado completamente—. Escuché que se había mudado. ¿Todavía sigue con Stephen?

—Oh, no —contestó Meg, agitando la cabeza con vehemencia—. Ese matrimonio duró solamente tres años. Grace se mudó a Portland y está en el negocio de los bienes raíces. De hecho, va a venir la siguiente semana para una conferencia de negocios. Estoy segura de que le encantaría verte si tienes tiempo.

Max no estaba seguro de sus sentimientos sobre la revelación de Meg, pero la curiosidad venció al sentido común, y dijo que le gustaría verla. Meg propuso organizar el encuentro.

Dos días después, Max estaba sentado en su escritorio contemplando el océano desde el segundo piso del edificio MAXimum. Había comprado el edificio por su panorámica y pasaba casi todo el día al teléfono mientras observaba a los surfistas, los delfines, las ballenas migratorias y otros atractivos de la playa.

Despertó de su ensoñación cuando una presencia femenina le tapó los ojos con las manos.

Era Grace. Podía asegurarlo sin siquiera escuchar su voz.

Pudo sentir su energía. Escuchó su risa mientras quitaba sus manos, y cuando se volvió para mirarla de frente, se sorprendió al contemplar a una mujer que ahora tenía casi cuarenta años y no había envejecido un solo día en aquella década.

"Quizá el asunto del *Get Real* funciona después de todo", pensó, pero no lo dijo en voz alta.

Platicaron durante un rato, y Max recordó su experiencia cercana a la muerte. Supo que estaba haciendo la mitad de la plática, pero era como verse desde cierta distancia, y la invitó a almorzar.

En menos de tres meses, Grace y Max estaban nuevamente comprometidos para casarse.

Él invitó a cien de sus amigos más cercanos y socios a Aruba, en el mar Caribe, y celebró una boda de tres días que incluyó juegos de golf, paseos en barco, fiestas tradicionales e invitados elegantemente vestidos que bailaban al ritmo de la música de una gran banda en el Hotel Brickell Bay, que había rentado sólo para la ocasión.

Grace realmente había hecho su tarea e incorporó muchos elementos tradicionales de las islas a las actividades. Tenía un gran sentido de lo estético, y con la habilidad de Max para proporcionar un presupuesto ilimitado, la boda cumplió con todas las expectativas… excepto una.

Incluso antes de la ceremonia, Max tuvo la sensación de que estaba cometiendo un error. De hecho, había decidido consultar a varios amigos y psíquicos, así como al sacerdote que los casaría, y todos opinaron que el matrimonio era un error. Sin embargo, nuevamente Max dejó que su corazón venciera a su cerebro.

—Si no resulta, pues nos divorciamos —dijo, tratando de sonar despreocupado. Estaba atrapado en el romanticismo de la ocasión y en el hecho de que esta hermosa mujer, que había permanecido en su corazón durante diez años, iba a ser su esposa. La veía como una compañera profundamente espiritual, con altas aspiraciones en torno a la humanidad y el deseo de crear una comunidad donde los principales maestros espirituales y las mentes más importantes del siglo pudieran reunirse.

Max estaba seguro de que iba a ser un matrimonio que le daría sentido a su vida.

CAPÍTULO
DIECIOCHO

El milagro tibetano

1996

Habían pasado dos veranos después de la boda, y el gozo marital de Max ya se tambaleaba.

Desde que regresara a California, Grace declaró que no era el lugar donde quería estar. La casa de sus sueños, explicó ella, era una finca en Virginia, y lo presionó constantemente para mudarse. Pero California era donde Producciones MAXimum tenía su base, y era la compañía de Max la que le daba el estilo de vida al que se había acostumbrado.

A pesar de que seguía con sus actividades como maestra de meditación, Grace era la persona más centrada en sí misma que Max había conocido. Tenía poco, o nada, de interés en la carrera de su marido y en las cosas que lo fascinaban.

Trató de contarle sobre Los Doce, y ella siempre mostraba interés al principio, y después fingía la necesidad de hacer algo muy importante. Si lo volvía a mencionar, no tenía idea de lo que estaba hablando.

Grace decidió ir a Jackson Hole, Wyoming, a un retiro especial en el ashram de la única monja tibetana de ojos azules que había en el mundo. La monja era Agatha Winright, quien a los diecinueve años se había ido al Tíbet y había recibido la ordenación. Pocos años después se dio cuenta de que la vida célibe no era lo suyo, encontró una pareja espiritual compatible, se casó, tuvo cuatro hijos maravillosos, y todo esto mientras mantenía sus prácticas budistas tibetanas.

Finalmente juntó suficiente dinero para comprar un terreno de 150 hectáreas en las afueras de Jackson Hole y fundó el Mandala Mandala como un centro de retiro para estudiantes espirituales. Agatha había anunciado que un famoso monje tibetano daría una clase especial a finales de agosto. Este monje medía 1.87 metros, casi 30 centímetros más alto que el tibetano promedio. Se rumoraba que tenía poderes mágicos y que podía tocar las brasas calientes.

Este era el tipo de maestro espiritual que Grace anhelaba encontrar, así que se registró inmediatamente. Alentó a Max a participar también, pero él opuso resistencia.

Grace le dijo que no quería fastidiarlo con el asunto del retiro, y en lugar de ello le dio un pequeño libro azul con el título de *Meditación Dzogchen*. Max lo abrió y leyó la primera oración.

El objetivo de la meditación es no meditar.

—Bien, ese es un buen cambio —dijo irónicamente—. En realidad, quizá lea este libro.

Pero Grace no se desanimó.

—Creo que tendrás una visión completamente distinta de la meditación si vas conmigo al retiro —dijo.

Max no estaba convencido, pero quería mantener feliz a su esposa y demostrarle que tenía la mente abierta, si no ávida, para aprender una nueva disciplina.

Así que pagó el costo de la inscripción y pronto se dirigió a Jackson Hole con Grace para aprender esta forma de meditación que lo guiaría hacia la no meditación. Ella trató de explicarle que el objetivo de no meditar era, en esencia, estar meditando todo el tiempo, en todo momento consciente o inconsciente, lo que los budistas llamaban vigilancia mental.

Finalmente se rindió, pero aun así estaba feliz.

—Estoy muy contenta de que decidieras venir —dijo dulcemente—. Te va a encantar este retiro.

Al aterrizar en Wyoming, rentaron un auto en el aeropuerto y viajaron hasta el centro de retiro. Hacía calor y había polvo, y los cinco kilómetros finales eran de terracería, con surcos desafiantes, incluso en su auto de lujo.

Max no había prestado mucha atención al hospedaje, que supuso sería rústico; cuando llegaron, vio señales que apuntaban hacia sitios para acampar, y se dio cuenta de la situación.

Max no era del tipo de gente a la que le gusta acampar, jamás había armado una tienda de campaña en su vida. Eran casi las siete de la noche al momento de llegar y estaba oscureciendo. Excepto por la linterna que Grace había llevado, no había luz.

Evidentemente, el sitio entero no tenía electricidad.

Grace permaneció imperturbable mientras elegía un sitio para acampar y dirigía a Max de manera adecuada para levantar una tienda.

Una hora después, frustrados e irritables, él y Grace se reunieron con el resto del grupo en el edificio principal, donde se iban a llevar a cabo las clases. Una meditación inicial estaba a punto de empezar, a Max y a Grace les dieron almohadas y les dijeron que se integraran.

Afortunadamente para él, fue una pequeña muestra de quince minutos. Todos los demás que estaban en la habitación habían meditado durante cinco años o más, después de la sesión se les pidió que se presentaran y expresaran sus objetivos para el retiro.

Casi todos los meditantes estaban esperando elevar sus prácticas al siguiente nivel. Muchos sentían que estaban cerca de alcanzar el nirvana, o al menos un estado donde no tuvieran apego a sus cuerpos o sus sentidos o ningún pensamiento relacionado con la actividad humana normal, algo que llamaban *samadhi*.

Max era el último, y cuando llegó el momento de revelar sus metas, habló francamente.

—En verdad, yo estoy aquí sólo para acompañar a mi esposa, Grace —admitió—. No sé nada sobre meditación, pero ella ha meditado durante veinte años, y esto es importante para Grace. Así es que por eso estoy aquí.

Esta no pareció ser una respuesta adecuada para sus nuevos compañeros de clase, y de lo que pudo colegir, el retiro era sólo para estudiantes avanzados. Muchos de ellos sintieron como si Max se hubiera colado allí por ser el esposo de una estudiante avanzada; era extraño que un practicante avanzado se casara con alguien que no tenía un avance parecido o, al menos, una alta motivación.

Max resintió el juicio. Lo vio en las caras de la gente a su alrededor, los llamados estudiantes avanzados. Esto le recordó a los líderes espirituales con los que se había reunido en sus viajes, quienes se negaban a aceptar a aquellos que eran diferentes.

Todo iba bien si estabas de acuerdo con la doctrina que practicaban, notó, pero si no, tu valor como individuo disminuía. Odiaba la hipocresía de todo esto y se dio cuenta de que esa era la razón por la que jamás había adoptado ningún sistema particular de creencia religiosa. Max estaba en su propio sendero de descubrimiento sobre quién era y su propio propósito.

La siguiente persona en hablar fue la misma Agatha, la organizadora y fundadora del centro de retiro. Observó a una persona tras otra, envolviendo a cada una con el tipo de calma que provenía de treinta años de meditación, y empezó a hablar.

—Hemos tenido un cambio de instructores para esta semana —admitió—. Me doy cuenta de que la mayoría de ustedes vino específicamente por la oportunidad de conocer y meditar con Tulku Hanka. Desgraciadamente, el gobierno le negó la visa que necesitaba para abandonar China, y no puede reunirse con nosotros.

Un murmullo onduló a través de la multitud, ella esperó a que se diluyera, y después continuó.

—Tulku Rinpoché Chiba, fundador del Convento Turquesa en Nepal, lo sustituirá. Tulku Chiba iba a venir de todas maneras, puesto que es el encargado de las ceremonias de dedicación de la nueva estupa, que terminarán esta semana. Tulku Chiba es la principal autoridad en ceremonias estupa en el mundo.

Si bien entendió "Convento Turquesa", no podía descifrar los nombres de las personas que parecían tan importantes para la multitud. Como no había diferencia entre ellas, en lo que a él concernía, simplemente hizo caso omiso.

—También es un gran maestro —continuó Agatha—, así que espero que encuentren el retiro tan gratificante como si Tulku Hanka hubiera podido asistir.

Max había aprendido algo sobre las ceremonias estupa cuando trabajó en la película *En busca del Jesús histórico*. Una estupa era una estructura redonda llena de artículos sagrados, como pinturas de Buda y reliquias hechas por monjes, alrededor de las cuales los budistas devotos podían deambular al hacer sus oraciones.

Se creía que una estupa era la representación física del Buda en la Tierra, y realmente atraía la energía de Buda al lugar, transmitiéndola a aquellos que habían financiado, construido, mantenido y le habían rendido homenaje al lugar, así como a aquellos que rezaban alrededor de él.

A pesar de las palabras de Agatha, los asistentes no recibieron bien la noticia de que Tulku Hanka no iba a poder ir. Habían pagado mucho dinero y viajado desde diversos puntos de todo el país específicamente para encontrarse con el monje de los milagros.

Este Tulku Chiba no era un monje milagroso.

Grace fue la más abierta a la hora de expresar su desilusión.

—Esto no está bien —dijo en voz alta—. Yo vine, en parte, para entrevistar a Tulku Hanka, para un libro que pretendo escribir. Debiste habernos avisado antes de nuestra llegada.

"Nos quedaremos —continuó— pero esto es muy decepcionante.

Una oleada de asentimiento se esparció entre la multitud, pero antes de que Agatha pudiera responder, su esposo entró al cuarto de retiro y llamó la atención de todos.

—¿Quién es el dueño de un auto con placas 4G18VR? —preguntó, hablando por encima del barullo—. Está estacionado en el área de acampar, y todos los autos deben permanecer solamente en la zona designada de estacionamiento. Esta es tierra sagrada y ecológicamente delicada. Debemos honrarla, así es que quien sea el dueño del auto, por favor, muévalo inmediatamente.

El auto pertenecía a Grace y Max, así que salieron y ella pudo desahogarse durante todo el camino hasta el área de acampar, después de ahí al estacionamiento, y de regreso a la tienda de campaña.

Eran más de las once cuando retornaron y, con o sin quejas, no había nada más que hacer sino dormir.

Al día siguiente, el maestro, o Rinpoché, como lo llamaban por todo el retiro, llegó al campamento. Era un hombre de buena constitución, con un corte de pelo al ras, fuertes rasgos tibetanos, y estaba vestido con una túnica morada.

Rinpoché sólo hablaba tibetano, ni una sola palabra de inglés, así que llegó con su propio intérprete.

Las sesiones no empezaban puntualmente, pero una vez que Max se acostumbró a los retrasos, las clases fueron parecidas a cualquier otra clase universitaria. Ante su propia sorpresa, las encontró increíblemente interesantes, al menos a la par de las mejores clases a las que había asistido en Harvard y Yale. Era la primera vez desde que le prohibieran tomar cursos de filosofía en la universidad que se sentía genuinamente estimulado por un profesor.

Rinpoché, sin embargo, era mejor que los profesores de Yale. No sólo hacía preguntas como: ¿Cuál es la forma del universo?, o ¿de qué color es el universo? También tenía las respuestas. Pero en lugar de solamente recitar sus propias opiniones, parecía tener mucha curiosidad por escuchar lo que pensaba la gente del grupo.

La mayoría de los asistentes ni siquiera se atrevían a responder, pero Max estaba acostumbrado a participar... y a estar en lo correcto. Por alguna razón, dijo, creía que el universo era azul.

Cuando dio esta respuesta, le dijeron que estaba mal y que debía ir afuera, al bosque circundante, y meditar sobre la respuesta correcta. Le dijeron que Rinpoché enviaría por él cuando hubiera transcurrido el tiempo suficiente.

Max terminó pasando más tiempo en el bosque que todo el resto de los meditantes juntos.

Imaginaba el universo como una doble hélice. De acuerdo con Rinpoché, estaba equivocado.

Y se iba al bosque.

Empezó a sentir que las salidas al bosque eran como usar las "orejas de burro" en segundo grado y sentarse en el banquillo en el rincón de la clase de Miss Montaldo, ante las burlas de todos los niños.

Pero estos meditantes no se burlaban, aunque algunos no podían evitar sonreír ante la frecuencia de sus viajes.

Sin embargo, esto era serio para los participantes, y sí parecían apreciar que Max estuviera comprometido. Grace jamás fue al bosque porque nunca se atrevió a responder las preguntas de Rinpoché, al igual que la mayoría del grupo. La naturaleza de la enseñanza no exigía que los alumnos respondieran, y no les daban ninguna calificación, salvo la que cada participante obtuviera en el camino hacia la iluminación.

Max aprendió muchas cosas, incluyendo el hecho de que su maestro tenía un maravilloso sentido del humor.

A los tres años, Rinpoché había sido designado como el portador del linaje de un gran monasterio del Tíbet. A los seis fue reconocido como un tulku, o alto sacerdote, de un monasterio vecino. Esto era muy inusual, puesto que tales nombramientos significaban que Rinpoché era la reencarnación de un tulku pasado, de manera muy parecida a como se eligen los dalai lamas. Era extraña, ciertamente, esta doble elección, como la reencarnación de dos distintas almas iluminadas, pero evidentemente el sendero budista permitía tales acontecimientos excepcionales.

De manera más extraña, desde la perspectiva de Rinpoché, era que ambos linajes habían disfrutado de más de quinientos años de autonomía ininterrumpida, hasta el colapso durante su reinado.

Sólo tenía quince cuando los chinos, que ya habían invadido el Tíbet, decidieron encarcelar a todos los lamas y ponerlos en las prisiones de más alta seguridad, en esencia campos de trabajo situados en regiones de bosque espeso, donde los prisioneros debían cortar leña todo el día y después aguantar la tortura durante la noche. Los únicos otros prisioneros que había en los campos eran asesinos y condenados a muerte.

Los guardias llegaban en medio de la noche y elegían un lama o un asesino, y la mayoría de las veces el individuo no volvía a aparecer. En los pocos casos en que sí regresaban, lo hacían con la marca de brutales golpes. Sin embargo, sólo era cuestión de tiempo antes de que a estos prisioneros torturados los interrogaran nuevamente, y después del segundo interrogatorio, jamás regresaban.

—En realidad, agradezco a los chinos por mi encarcelamiento —explicó Rinpoché a través de su intérprete—. Fue como haber estado en la mejor universidad lama del mundo. Los chinos habían reunido a los lamas más sabios de todo el Tíbet, y yo aprendí de ellos. Era joven y fuerte, y uno de los mejores trabajadores. Así es que mi nombre estaba al final de la lista de aquellos que eran torturados y ejecutados.

"Pero, por supuesto, nada era seguro —continuó—. Cuando meditaba, podía hacerlo sobre la naturaleza de la impermanencia en una forma que quizá jamás hubiera experimentado sin la muy real conciencia de que podía morir en cualquier instante.

Después de catorce años de trabajo duro, dijo Rinpoché, fue liberado y se dirigió a Nepal, donde creó un monasterio para monjas, la mayoría refugiadas del Tíbet, muchas de las cuales habían sido golpeadas y violadas por los conquistadores chinos. Fue ahí donde conoció a Agatha, quien lo invitó a realizar sus rituales sagrados para la dedicación de la estupa.

Provenía de un linaje de budistas Dzogchen que habían combinado las enseñanzas de la gente Bon, una tribu chamánica que existía en las montañas, con las enseñanzas de Padmasambhava, el gran maestro tibetano budista y fundador de la religión. La gente Bon había existido siglos antes de Buda, y se creía que poseían poderes mágicos. El objetivo de la meditación Dzogchen era poder adoptar "el cuerpo de arco iris", nombre utilizado cuando un alma lograba el conocimiento absoluto, y podía adoptar cualquier forma en cualquier momento.

Esto era como alcanzar el estado de nirvana, pero de manera más colorida en cuanto a que el sujeto podía reencarnar a voluntad como cualquier entidad o sustancia que su alma eligiera, ya fuera un pájaro, una montaña, un arroyo, una piedra, un animal, otro ser humano o el arco iris mismo.

Al quinto día de clases llegó el momento de la dedicación de la estupa. La intérprete pidió a todos que se reunieran alrededor y dijo a los estudiantes que si bien iban a participar en los cantos, Rinpoché necesitaría un asistente para ayudarlo con las ceremonias. Esto sería un gran honor.

Max era el único allí que no tenía interés alguno en ser elegido. Ya fuera que Rinpoché lo supiera o no, terminó escogiendo a Max.

Aunque seguía sintiendo que Rinpoché no estaba iluminado, Max había llegado a apreciarlo y respetarlo. Tenía una fuerte ética laboral que lo hacía levantarse a las 4 de la mañana, dar consultas privadas y después enseñar desde las 8 a.m. hasta las 6:00 p.m. La mayoría de las noches realizaba rituales en las cabañas de meditación que estaban dispersas por las 150 hectáreas del centro de retiro.

A Max también le gustaba el hecho de que Rinpoché era un comedor de carne, confirmado. Comía cordero en casi todas las comidas, generalmente preparado como un rico curry con arroz y verduras, pero siempre con carne y mucha. Esto era refrescante para Max y algo divertido, puesto que Grace y la mayoría de sus compañeros vegetarianos pensaban que los carnívoros eran automáticamente condenados a uno de los peores círculos del infierno.

Durante dos días completos, Max sirvió como un tipo de aprendiz de brujo. Cargaba la charola donde se colocaba el arroz sagrado y le entregaba objetos sacros a Rinpoché, que los lanzaba entre los estudiantes mientras dedicaba los objetos a distintos dioses y diosas sagrados.

Cuando llegó el momento de la larga recitación de rituales precisos, fue Max quien volteó las páginas de los pergaminos antiguos; muchas veces un solo ritual comprendía veinte o más páginas, y tomaba más de una hora recitarlo.

Después de cada receso, Max suponía que su participación había terminado, pero Rinpoché volvía a buscarlo nuevamente. En poco tiempo se sintió atrapado en el boato de las ceremonias. El tiempo parecía suspenderse durante estos rituales, y extrañas formaciones de nubes aparecían en el cielo.

Los asistentes estaban convencidos de que las nubes tenían la forma del Buda y eran una señal de que estaba presente. Max tenía menos certeza sobre ello, pero sí encontró una sensación de familiaridad al asistir a Rinpoché, e incluso sin palabras percibía que habían formado un vínculo de por vida.

Sin embargo, no podía meditar durante más de veinte minutos sin aburrirse seriamente.

Cuando las ceremonias concluyeron hubo un gran festín donde se presentó al grupo todo tipo de alimentos —dulces y amargos—, junto con vinos y otras bebidas. El tema de la fiesta era "un sabor", reflejando el concepto de que todo es igual y de que no se debe preferir una comida por encima de otra.

Los participantes no debían ver la comida que había en el plato, que aquellos que servían continuaban rellenando. No había cubiertos, así que cada persona debía simplemente tomar lo primero que tocaba. Max podía encontrar una galleta dulce en su mano junto con una mezcla de verduras de algún tipo o algún otro manjar no identificable. Era un tipo de aventura, y disfrutó cada minuto.

Hacia el final de la fiesta, Agatha Winright se acercó a Max y le preguntó si había programado su consulta privada con Rinpoché. Cuando le dijo que no lo había hecho, se sorprendió.

—¿No? Bien, pues realmente deberías hacerlo —dijo ella con una amplia sonrisa—. Ya todos los demás tuvieron su consulta privada. Fuiste un excelente participante, y no quiero que te la vayas a perder.

A la mañana siguiente, a las 8:00, todo el mundo se reunió en el gran salón para la sesión de cierre. Antes de que empezaran los cantos de meditación, la intérprete preguntó, en nombre de Rinpoché, si había alguien en el salón que no hubiera "tomado refugio" todavía. Esto se refería al acto de aceptar un nombre tibetano especial que le permitiría al receptor tener acceso a Padmasambhava durante la meditación y una oportunidad, aunque fuera infinitesimal, de alcanzar la iluminación y el cuerpo de arco iris.

A excepción de Max, todos los que estaban en la habitación ya habían "tomado refugio", así es que lo llamaron al frente del salón. En una rápida ceremonia de quince minutos le dieron refugio, y Rinpoché le pasó un pedazo de papel donde estaba escrito su nuevo nombre tibetano.

Max inmediatamente perdió el papel y jamás aprendió a pronunciar su nombre tibetano. Sin embargo, le dijeron que significaba "diamante", es decir, que tenía una mente pura y brillante.

Había un punto más en la agenda antes de que la meditación pudiera empezar: Rinpoché había traído consigo desde el Tíbet una hierba negra especial, que pasó por el salón. Su intérprete les dijo a todos que la hierba había sido plantada por lamas tibetanos antiguos en jardines cuidados durante siglos por monjes. La energía especial y la bendición que los monjes y los lamas habían colocado en la hierba mejoraban los viajes espirituales de todos aquellos que la consumieran.

Cada persona tomó una pequeña porción y la masticó o la tragó. Puesto que todos los demás parecían encontrar común este asunto, Max siguió el ejemplo y tragó la hierba.

No notó nada particularmente extraño, pero sí se sorprendió al descubrir que, por primera vez, fue capaz de aguantar la meditación de dos horas sin aburrirse por completo o preocuparse por cuestiones de trabajo y otros asuntos más prácticos.

Cuando la meditación terminó, y todos los demás se despidieron, Max se encaminó hacia el campamento privado de Rinpoché para su consulta. Tanto el maestro como la intérprete ya estaban esperando.

La intérprete empezó la sesión.

—Rinpoché quiere saber lo que buscas y si puede ayudarte —dijo.

—En realidad no busco nada —contestó Max honestamente—. Pero sí me pregunto por qué el mundo está tan lleno de violencia y odio y por qué tanta gente sufre.

Cuando la intérprete tradujo su comentario, Rinpoché pensó durante un momento y después contestó.

—Sólo ama a todos como si fuesen tus hijos —indicó la traductora—. De esta manera, empezarás a entender que lo que ves como violencia y odio es simplemente el dolor de niños que reaccionan. No hay permanencia en tal comportamiento.

Rinpoché le dio entonces a Max una fotografía de sí mismo y una tarjeta de presentación, para que pudiera escribirle si tenía preguntas futuras. Le agradeció por ayudarle y después retornó a empacar.

De regreso a su tienda de campaña, Max tuvo una extraña sensación de conciencia que se apoderaba de él. Empezó a sentir que los árboles y las plantas estaban vivos de una manera tan clara como jamás lo había sentido antes. A continuación, empezó a sentir una comunión con las piedras e incluso con el suelo por el cual estaba caminando.

Todo parecía muy extraño, pero placentero, casi como si todas las fronteras entre Max y la demás materia hubieran empezado a diluirse.

"¿Podría ser esto el *samadhi*?", se preguntó de manera abstracta.

Cuando llegó, vio que Grace ya había quitado la tienda de campaña.

—Tengo todo empacado y listo para irnos —dijo—. Todo lo que tienes que hacer es traer el auto. Tenemos cuarenta y cinco minutos para llegar al aeropuerto, así es que ya vámonos. —Sus secas instrucciones irrumpieron el momento de conciencia de Max, e hizo lo que ella le pidió.

No fue sino hasta que Max estuvo sentado en el avión que los llevaba de Wyoming a California cuando realmente vio la tarjeta de presentación de Rinpoché. En la parte superior se podía leer en sencillas y, sin embargo, elegantes letras:

MONASTERIO TURQUESA XAN NEPAL

Abajo aparecía un nombre.

RINPOCHÉ GYUATMA CHIBA

Max en realidad no había prestado mucha atención la primera noche del retiro, cuando Agatha anunció que Tulku Chiba iba a remplazar a Tulku Hanka.

Ahora, cuando Max veía el nombre "Gyuatma Chiba", supo con sorprendente claridad que Rinpoché era uno de Los Doce.

Se recargó en su asiento y se permitió asimilarlo. Finalmente, volteó hacia su esposa y habló.

—Dios mío, Grace… —murmuró—. Rinpoché es uno de Los Doce.

—¿Los Doce? —respondió ella—. ¿Los Doce? ¿De qué estás hablando?

—Los doce nombres revelados durante mi experiencia cercana a la muerte, cuando tenía quince años —dijo Max, sintiendo que la irritación empezaba a acumularse en él.

—Ay, esa vieja historia —contestó desdeñosamente—. Pensé que la habías abandonado hace años. Dijiste que después de encontrar a los primeros cuatro te habías topado con un callejón sin salida, y no habías descubierto conexión entre ellos.

—Es cierto, pero esto cambia todo. ¡Rinpoché es uno de Los Doce! —dijo, y la emoción dejó a un lado la irritabilidad—. Quizá abandoné la búsqueda demasiado pronto.

Para disgusto de Max, Grace sólo se ajustó su abrazadera para el cuello y las almohadas que llevaba en todos los vuelos.

—Bien, pues eso es muy lindo, Max —dijo—. Como no dormí mucho anoche, necesito tomar una siesta. Podrás seguirme contando la historia cuando lleguemos a casa.

Él sólo la miró, después se rindió e intentó leer un periódico.

Pero no pudo dejar de pensar en Rinpoché y en el retorno espontáneo de Los Doce a su vida. Sin ninguna distracción, se sumergió nuevamente en el estado alterado que había sentido más temprano ese mismo día.

Sus sentidos parecieron volverse a expandir, y pudo ver las conexiones que ligaban todo a su alrededor, ya fueran cosas animadas o inanimadas. Todo parecía vivo, todo parecía tener conciencia, incluso la tinta del periódico que estaba leyendo.

Los sentimientos negativos que había estado experimentando se diluyeron, y Max no sintió otra cosa que amor y compasión. Había una historia en el periódico sobre una joven que había sido violada, y sus sentimientos se extendieron, no sólo hacia la niña, sino también hacia la tinta atrapada para siempre en aquella historia sobre la violación.

Para él, era como si la tinta misma estuviera experimentando el horror contenido en las palabras que formaba, y sintió que la conciencia de la tinta sólo sería liberada de ese horror cuando el periódico mismo se desintegrara.

Fue en ese estado cuando Max reconoció su propósito de vida. Estaba, ciertamente, destinado a buscar a Los Doce. No sabía por qué, y no sabía cómo. No tenía idea de cómo Los Doce estaban conectados en realidad.

Pero sabía que debía encontrarlos.

El sol chino

Producciones MAXimum siguió prosperando, a tal punto que Max no necesitaba estar cerca para tomar todas las decisiones. Así que pronto se encontró viviendo en las afueras de Charlottesville, Virginia, en la finca de los sueños de Grace.

Summit Farms fue construida en 1908 por la familia Du Pont. Al mismo tiempo, los Du Pont compraron y renovaron el lugar de nacimiento de James Madison en Montpelier. Summit era incluso más grandiosa que Montpelier, pues la construyeron al estilo sureño tradicional, con grandes columnas que sostenían la entrada a una mansión de tres pisos y mil cien metros cuadrados.

Cuando la edificaron, era una de las casas más hermosas de Estados Unidos y ciertamente la más fortificada. Las paredes tenían 90 centímetros de grosor y habían sido construidas para durar. Tenía una biblioteca de dos pisos, en una superficie de 280 metros cuadrados, que Max convirtió en su oficina. Grace tenía su propia área, había cinco habitaciones de huéspedes y muchas otras para la servidumbre en el tercer piso.

El sótano contaba con salón de billar, cava de vinos, área de lavado y una antigua cocina que respetaba la costumbre original de usar un montaplatos y un sistema de poleas para entregar la comida en los pisos superiores.

Había un salón de baile de tres niveles, que permitía que hasta 200 parejas pudieran bailar sin sentirse apretadas, y balcones para albergar a los músicos.

A Max le gustaba la casa, pero Grace la amaba. Para garantizarle un futuro en ella, puso la propiedad a nombre de su esposa. Y ésta se entregó al lugar con placer.

Acudió a subastas en Sotheby's y Christie's y encontró candiles del periodo original, junto con antigüedades y alfombras, comedores, estatuas y adornitos que pensó acentuarían la belleza natural de la casa.

Los amigos de Max comentaron que la residencia parecía demasiado grande para sólo dos personas, pero Max explicó que le gustaba tener invitados y que su casa le permitía a Grace desarrollar su creatividad estética. Su plan era convertir el rancho de caballos de 80 hectáreas en un viñedo. Ella transformaría la gran cochera original en un edificio de oficinas en completo funcionamiento, fortificaría el puente que cruzaba un arroyo en el camino de kilómetro y medio hacia la casa principal, restauraría algunas de las granjas y otras edificaciones anexas, añadiría un moderno campo de equitación techado e instalaría un lago de una hectárea para remplazar al campo de maíz situado entre el bosque posterior y la casa principal.

—Será un buen "feng shui" —le dijo a Max, quien no tenía que hacer casi nada, excepto pagar las facturas. Grace contrató sirvientes, administradores para la granja y los edificios. La casa siempre estaba llena de gente, y se parecía mucho a un circo. Max siempre se refugiaba en su biblioteca y se concentraba en las oportunidades de negocios.

Ocasionalmente se escapaba al cercano Keswick para jugar una ronda o dos de golf. Keswick era un club privado y exclusivo, que también tenía una lujosa posada y el restaurante gourmet con mejores críticas de Charlottesville. A Max no le interesaban mucho la opulencia ni el servicio lento del restaurante, pero el bar y el asadero del club de golf servían la misma comida sin mayor alarde.

A él le gustaba hacer las cosas rápidamente y, por esa razón, Keswick era perfecto. Había relativamente pocos miembros, de manera que cuando llegaba tarde, después de trabajar, podía jugar una ronda en dos horas o menos.

Sin embargo, aunque le gustaba el golf, le disgustaba el materialismo de su esposa y se preguntaba si ser miembro de un club exclusivo complacía los deseos de ella más que los suyos.

Difícilmente reconocía al hombre en que se había convertido.

Una vez más se empezó a cuestionar sobre el propósito de su vida.

¿Era este? ¿Existía solamente para generar riqueza y darle a Grace un estilo de vida fastuoso?

Añoraba obtener respuestas cada vez más profundas, y siempre buscaba nuevos desafíos.

Uno de esos retos llegó en la forma de una oportunidad de negocios, a través de Mike Gallaway.

Gallaway era el hombre que, en 1999, había creado el Easyread Book, el primer aparato electrónico de lectura que podía almacenar docenas de novelas, periódicos y revistas, y que permitía a los lectores llevar su material de lectura dondequiera que fueran. Se había hecho bastante publicidad sobre lo que este aparato podría implicar en cuanto a la naturaleza de las editoriales, y sobre los miles de millones de dólares que obtendrían los primeros inversionistas.

En consecuencia, Max se convirtió en uno de los primeros en invertir y desarrolló una buena amistad con Mike, quien era un genio tecnológico y tenía muchos pasatiempos emocionantes, incluyendo las carreras de autos.

Max empezó a viajar a Palo Alto, California, para competir con Mike. En una de estas salidas, un joven inversionista chino, llamado Simpak, se acercó y les dijo que se había trasladado desde Vancouver, Canadá, específicamente para encontrarse con ellos. Simpak los acompañó mientras se encaminaban hacia la pista. Durante el trayecto explicó que su compañía estaba lanzando nuevas empresas editoriales y cinematográficas en China, y querían asegurar los derechos para producir el Easyread Book allá.

Mike volteó y le preguntó a Max qué pensaba.

—China es un gran mercado —dijo Max con franqueza—. Debemos explorarlo.

La siguiente noticia que recibieron Max y Mike fue que viajarían a Beijing.

La compañía de Simpak, Quinoot, iba a dar una gran conferencia sobre el futuro de la industria editorial, y habían invitado a ambos hombres a hablar: a Mike porque era el genio tecnológico que estaba detrás del Easyread Book, y a Max para discutir las propuestas de negocios. El gobierno chino se estaba asociando con Quinoot, y las principales cadenas de televisión y radio, así como los periódicos, cubrirían el evento.

Mike y Max explicaron que el aparato permitiría que todos los textos chinos fueran almacenados en un simple dispositivo electrónico, salvando así millones de árboles y ahorrando los miles de millones de dólares que de otra manera deberían ser invertidos en la producción, el almacenaje y la distribución de los libros físicos. Sus presentaciones causaron algo de revuelo, y después hubo un gran banquete en que el fundador de Quinoot anunció públicamente que ambos hombres serían consultores de la nueva iniciativa electrónica.

Durante el banquete, Max se sentó junto al jefe del departamento de tecnología, a quien presentaron simplemente como Sun. Estaba en su cuarta década de vida, era alto, intelectual, reservado y meticuloso. Usaba gruesos anteojos y un traje conservador con una corbata de color dorado.

Hablaba perfectamente en inglés, sin embargo, pensaba cuidadosamente las cosas antes de decirlas. Durante el transcurso de la comida, no obstante, Max supo que había tenido una historia inusual.

Era un adolescente cuando tuvo lugar la Revolución Cultural de Mao Zedong, y había demostrado un extraordinario talento como jugador de hockey. Representó a China en las Olimpiadas de Invierno de 1980, y fue la estrella del equipo.

A Sun le ofrecieron una beca completa para estudiar neurología en la escuela de medicina más importante de China, y cuando el país empezó a abrirse al capitalismo, lo eligieron como vocero de varias compañías del ramo de la medicina. Conforme fue creciendo su fama, lo enviaron a la Escuela de Negocios de Wharton, en Estados Unidos, y cursó una maestría en administración de empresas. Poseía casas en Vancouver, Chicago y Beijing. Aunque los negocios ocupaban gran parte de su tiempo, se ejercitaba para estar en buena condición física y estudiaba numerología como pasatiempo.

Su compromiso con Quinoot era significativo, pero representaba sólo el 20 por ciento de su tiempo de trabajo, puesto que desempeñaba un papel importante en varias de las principales compañías chinas, y lo buscaban capitalistas estadounidenses interesados en explorar las oportunidades de inversión en el creciente mercado de China.

Sin embargo, nada de estas cosas le interesaba tanto a Max como una pieza de información clave: el nombre completo de Sun, que era doctor Cho Sun Pak. Cuando lo escuchó, Max supo que Sun era uno de Los Doce.

El número seis, para ser precisos.

De alguna manera, un encuentro casual en Palo Alto, California, había enviado a Max a miles de kilómetros, hasta Beijing, y al último de la serie de encuentros imposibles.

Sin embargo, a pesar de lo sorprendente que era el "golpe" de ese sentimiento familiar de reconocimiento repentino, Max permaneció tranquilo.

—Sun, almorcemos mañana —le propuso con cautela—. Quiero conocer más sobre Quinoot, y creo que hay otras oportunidades que podremos discutir, también.

Al día siguiente, durante un delicioso almuerzo en uno de los restaurantes favoritos de Sun, Max lentamente desvió la conversación del terreno de los negocios, observando cuidadosamente las reacciones de Sun. Cuando fue evidente que el hombre estaba abierto a ideas nuevas y esotéricas, le describió su experiencia cercana a la muerte y el misterio de los doce nombres.

Sun escuchó pacientemente. Como hombre de ciencia, se sentía escéptico, aunque igualmente curioso, en relación con la historia de Max.

—Por lo que has dicho, no hay prueba de que realmente hayas muerto —dijo, como si estuviera analizando una propuesta de negocios—. Pudiste haber tenido alucinaciones. Cuando el oxígeno deja de llegar al cerebro, la mente puede hacer cosas extrañas.

Max apreció su honestidad, pero, como siempre, permaneció inmutable.

—Eso pudo haber sido cierto en el momento —rebatió—, pero si ese fue el caso, ¿cómo es que hasta ahora me he encontrado con seis de esas doce personas? ¿Cómo podrías explicar la manera en que ellas han reaccionado también?

Sun consideró su pregunta seriamente antes de responder.

—Es un verdadero misterio. He leído que la nueva física establece que el espacio y el tiempo coexisten en un solo punto cero donde toda la materia, toda la energía y todos los acontecimientos cohabitan. Quizá hay algo de verdad en esta teoría, y de alguna manera entraste a ese espacio durante tu experiencia fuera del cuerpo.

"Ahí —continuó—, quizá viste mi nombre. O quizá algo de ese acontecimiento permaneció contigo y te hizo *pensar* que el mío era un nombre que viste. —Agitó la cabeza—. En cualquier caso, debemos permanecer en contacto, no sólo para continuar con nuestros intereses de negocios, sino para ver si cualquiera de nosotros puede aprender más sobre estos misteriosos doce nombres.

Después de eso —y, Max se dio cuenta, con más preguntas y aún ninguna respuesta—, ambos partieron.

Durante los siguientes dos años, Sun y Max consolidaron una fuerte amistad, y en el curso de muchas discusiones filosóficas, Sun se sentía cada vez más atraído hacia el misterio de los doce nombres a través de su uso de la numerología. Sun notó que la numerología de las letras, tanto en su nombre como en el de María, era de "nueves", pero ninguno de los otros nombres tenía vibraciones idénticas, así que ese análisis también parecía ser un callejón sin salida.

El mercado chino para los Easyread Books también demostró ser una decepción. Era mucho más difícil de penetrar de lo que habían anticipado, y después de una inversión de 10 millones de dólares por parte de un grupo de capitalistas arriesgados, Quinoot cerró, descartada como una buena idea que se adelantaba a su tiempo.

Si bien fue una decepción financiera para Max, él no obstante sintió como si su amistad con Sun compensara esa parte negativa.

Poco tiempo después, sin embargo, el punto de vista cambiaría.

Colapso financiero

Max SINTIÓ QUE LA BURBUJA REVENTABA.

En el año 2000, invirtió en varios proyectos de Internet.

Para 2001, cuando la recaudación del porcentaje correspondiente a los derechos concluyó y pudo salir de esas compañías, vio que sus 30 millones de dólares en acciones se habían reducido a 30 mil.

Esa cantidad ni siquiera cubría un mes de gastos en Summit Farms, y Grace no se sintió complacida cuando Max le informó que no habría restaurante, viñedo ni zona de entrenamiento para caballos, y que tendrían que vender la casa, mudarse de regreso a California y empezar nuevamente.

—Eso jamás —dijo ella con calma, pero enérgicamente—. El gran terremoto está por ocurrir, y California no es un lugar seguro para vivir. Yo no me voy a mudar, y no vamos a vender Summit Farms.

"Tú pusiste la casa a mi nombre —continuó— y no la voy a vender.

Max trató de razonar con ella.

—Sabes que eso fue sólo para protegerte en caso de que algo me pasara —dijo, tratando de sofocar el pánico que estaba sintiendo—. Necesitamos vender, y tenemos que hacerlo ahora. Necesito tu ayuda —dijo seriamente.

—No —dijo ella, y se alejó—. Voy a llegar tarde a mi clase de equitación. Trata de encontrar una solución. Este no es mi problema.

Después de decir esto, salió por la puerta.

Max fue a ver a su abogado, quien le confirmó que, dado que la casa estaba a nombre de Grace, él no podía venderla. Sin embargo, le sugirió que dejara de hacer los pagos de la hipoteca sobre la propiedad.

—¿Eso no arruinará mi historial crediticio y pondrá la casa en ejecución hipotecaria?

—Probablemente, pero también es factible que obligue a Grace a vender, o al menos a hacer algo.

Max hizo lo que su abogado le sugirió. Después se mudó al condominio que mantenía en Dana Point, al norte de San Diego.

Pasaron varios meses antes de que Grace fuera consciente de que los pagos de la hipoteca no se estaban efectuando. Su respuesta fue rápida y final. Pidió el divorcio, con 75 mil dólares mensuales de pensión.

Lo que siguió fue un divorcio extremadamente difícil, que terminó costándole a Max cientos de miles de dólares en pagos legales. Grace encontró la manera de vender Summit Farms, embolsándose todo el dinero.

Max estaba muy desgastado; al concentrarse en descubrir nuevas maneras de generar dinero a través de Producciones MAXimum, no se dio cuenta de lo que Grace hacía hasta que fue muy tarde.

Pero MAXimum se venía abajo. Desde los ataques del 11 de septiembre, la demanda de películas de capacitación técnica había disminuido. Los reveses financieros de la compañía estaban causándole un dolor real a Max, un dolor que se alojaba en su espalda.

Max había estado trabajando con Jeff Charno, fundador de la Compañía Relaxation, una pequeña editorial de audio que se especializaba en música exótica y en audiolibros. Cuando asistieron a las reuniones de la Asociación de Expositores de Libros y Películas, Jeff notó que Max se veía terriblemente incómodo.

—Creo que jamás te lo he dicho —dijo Jeff durante la cena— pero antes de empezar la Compañía Relaxation fui quiropráctico. Me parece que tu espalda está desalineada, y si quieres, puedo recomendarte a un antiguo compañero de carrera en Dana Point, a quien creo que debes ver. Te enderezará en poco tiempo —le dijo a Max—. Te enviaré sus datos por correo electrónico.

Así, cuando Max regresó a su oficina encontró un correo esperándolo, lo abrió, y se sorprendió de ver que la dirección del amigo de Jeff estaba a sólo dos cuadras de su oficina.

Pero lo sorprendió más el nombre del amigo de Jeff: doctor Alan Taylor.

Max había estado tan preocupado con el divorcio y tratando de recuperarse de la catástrofe de los negocios de Internet, que se olvidaba de todo lo demás. Sin embargo, parecía que el destino no lo había olvidado.

El doctor Alan Taylor era uno de Los Doce.

Max hizo una cita y decidió que observaría al doctor Taylor antes de sacar a colación el tema de los doce nombres.

Una semana más tarde, entró en su consultorio, el cual estaba pintado de color turquesa, y conoció al doctor, que medía más de 1.80 metros, tenía el cabello rizado y grueso de color castaño claro, una sonrisa compasiva, buen humor y una disposición tranquila. Hombre muy paciente, el doctor Taylor parecía que casi nunca se emocionaba. Exhibía un lado intelectual y analítico, y parecía escéptico en cuanto a las personas y las ideas.

A pesar de ejercer en el sur de California, no parecía creer en la jerga y la moda pasajera de la Nueva Era, lo que sorprendió y gustó a Max.

Alan explicó cómo trabajaba, hizo que Max llenara unos formatos, y en menos de cinco minutos estaba en la mesa de tratamiento mientras el doctor manipulaba sus extremidades.

—Con unas cuantas consultas, tu dolor de espalda habrá desaparecido —lo tranquilizó Alan.

Ante el asombro de Max, sucedió así. Alan tenía una técnica única. Una vez que Max estaba en la mesa de tratamiento, toda la alineación tomaba menos de dos minutos, y lo hacía sentir mucho mejor.

Después de unas cuantas semanas de tratamiento, Max decidió compartir la historia de Los Doce.

—Doctor Taylor, ¿cree usted en experiencias cercanas a la muerte? —preguntó Max un día, después del ajuste.

—Llámame doctor Alan, todos lo hacen —respondió el médico—. Pero, respondiendo a tu pregunta, no, realmente no. He tenido otros pacientes que me han contado sobre este tipo de experiencias, pero estoy seguro de que hay una explicación lógica. O estás muerto o no lo estás; la expresión "cercano a la muerte" no tiene sentido. ¿Por qué lo preguntas?

Max decidió continuar.

—Porque viví una experiencia de esa índole cuando tenía sólo quince años, y su nombre era uno de los doce que aparecieron en mi estado cercano a la muerte —explicó.

El doctor Alan pensó en ello durante un momento, y cuando habló, no había señal de condescendencia en su voz.

—Me parece inverosímil —dijo—. Pero por lo que te conozco, eres un hombre bastante práctico y centrado. Así que dime más.

Max efectuó una descripción detallada de lo que había visto y sentido, y el misterio de Los Doce se convirtió en el tema de conversación de cada visita subsecuente, aunque ninguno de ellos podía identificar ninguna conexión previa que hubieran podido tener, y Alan no tenía conexión con ninguno de los otros nombres. Pero, envuelto en la emoción de Los Doce, ofreció ayudar a Max a encontrar a los otros cinco, si decidía realizar la búsqueda seriamente.

—Gracias —respondió Max—. Quizá te tome la palabra. Veamos cómo se presentan las cosas.

De esta manera terminó la conversación sobre Los Doce, al menos por el momento, y su conversación regresó a temas como el golf y las mujeres, el surf, la alineación de la espalda y espina dorsal de Max.

Aunque el dolor físico de Max había desaparecido, su caos financiero no menguaba. El acuerdo de divorcio estaba basado en los altos ingresos que había disfrutado antes del mismo. En la actualidad, la pensión que daba a Grace superaba sus ingresos, y el acuerdo devoró todas sus propiedades y ahorros.

Únicamente le quedó su compañía de filmación, Producciones MAXimum.

Max pudo detener la hecatombe financiera dentro de su compañía, pero los grandes pagos de la pensión no le permitían mantener el estilo de vida despreocupado que alguna vez había disfrutado. De manera extraña, no obstante, Max no se agobiaba demasiado por sus pérdidas financieras.

Con su adaptabilidad característica, ya había empezado a desviar su atención de las películas técnicas a las películas de negocios y estilo de vida, y empezó a representar a oradores expertos en motivación personal.

Entre estas luminarias se encontraba el doctor Ivan Varne. Fue el primer académico con que Max pudo discutir los detalles de la filosofía de Whitehead. Le complació saber que Ivan había tenido un aprecio similar por la compleja metafísica de Whitehead.

Con el tiempo se convirtieron en más que colegas: se volvieron verdaderos amigos.

Ivan era casi veinte años mayor que Max, así que la relación tenía aparejada una sensación de padre-hijo. Herbert Doff había muerto justo cuando Producciones MAXimum había empezado a despegar, y Max se sintió aliviado de que su padre sólo hubiera vivido para ver su éxito y no sus más recientes reveses financieros.

Añoraba terriblemente las frecuentes llamadas telefónicas que había compartido con su padre, quien siempre se sentía complacido y asombrado ante los numerosos éxitos de las películas de Max. Con Ivan compartía el entusiasmo por el arte, la música y la filosofía, y no las cuestiones de negocios. Se convirtió en la persona a la que Max llamaba cuando algo maravilloso ocurría en su vida.

Ivan Varne era el fundador del Club de los Milagros, un grupo filantrópico de expertos dedicados a unir a la humanidad como una civilización planetaria única y compacta, e invitó a Max a unirse a la junta de fideicomisarios como el representante estadounidense del club. Él estuvo de acuerdo y empezó a asistir a reuniones estimulantes por toda Europa, junto con científicos prominentes, primeros ministros y presidentes.

Y, sin embargo, a pesar de tener la mejor de las intenciones, parecía que jamás había suficiente financiación para detonar sus audaces planes. No obstante, el grupo tendría un serio impacto en el planeta, aunque de manera inadvertida.

CAPÍTULO
VEINTIUNO

Estambul, ciudad de la esperanza

2004

Mientras el Club de los Milagros intentaba expandir sus actividades, buscó una alianza con un hombre llamado Erol Resu, que vivía en Estambul.

Erol era el octavo nombre de Los Doce, y era un hombre extraordinario. Max lo conoció en Estambul y, al hacerlo, experimentó una mezcla de emoción y urgencia.

Erol vestía un traje de color azul cielo, era de baja estatura y fornido, con penetrantes ojos oscuros, un gran sentido del humor y una disposición generalmente feliz. Era un hombre que no podía quedarse quieto y aficionado a las transacciones.

Como era tan exitoso, lo admiraban como un excéntrico adicto al trabajo que tenía una habilidad casi mágica para hacer dinero. Disfrutaba realizar malabares con varios negocios a la vez y se rehusaba a aceptar la derrota. Entre mayor era el reto, mayor era el placer que obtenía.

Su madre era musulmana, y su padre judío. Había nacido en Estambul, y era el menor de cinco hermanos. Su padre trabajaba como vendedor de fruta, ofreciendo sus productos en el mercado; Erol empezó a vender limones a la edad de seis años.

Inmediatamente sobresalió como un negociante consumado.

Tenía inteligencia y empuje, y de los cinco hermanos fue al que eligieron para asistir a la escuela, donde también fue excelente. Se ganó una beca para ir a la universidad y decidió seguir una carrera en el gobierno.

Después de su graduación se convirtió en asistente de un miembro del Parlamento, al que en menos de dos años designaron primer ministro. Erol tenía sólo veintitrés y, sin embargo, estaba posicionado como una persona de influencia y poder.

Su superior empezó a prepararlo para ser un futuro miembro del gabinete o quizá incluso ministro. El entrenamiento duró seis años, y en ese momento el primer ministro le hizo una propuesta.

—Olvida convertirte en secretario de estado o tener uno de esos puestos —le dijo seriamente—. Eso sería un terrible desperdicio de tu talento. No, con tu visión para los negocios, tengo en mente para ti un trabajo incluso más importante.

"Quiero que dirijas el negocio de importación y exportación de petróleo para el gobierno —anunció.

Erol aceptó y muy pronto demostró que el primer ministro había elegido sabiamente. Sobresalió en esta nueva posición y generó una tremenda riqueza para el gobierno. Pero tres años más tarde, su partido político perdió las elecciones y Erol tuvo que dejar ese puesto.

Nada pudo haber sido más oportuno. Con sus contactos y conocimiento, inmediatamente encontró el apoyo financiero que le permitió armar una compañía privada de importación-exportación de petróleo, y en menos de tres años era uno de los hombres más ricos en toda Turquía.

Erol imprimía un nivel de entusiasmo contagioso a todo lo que hacía. Tenía un corazón generoso y un sincero deseo de ayudar a otros. Se había convertido en uno de los principales filántropos que respaldaban el Camino de Abraham, una organización intercultural que alentaba a judíos y musulmanes a volver sobre los pasos de Abraham en su viaje a través del desierto hacia Jerusalén.

En ambas religiones, Abraham era honrado como el padre fundador. Tal caminata requeriría la cooperación entre Israel y los estados árabes vecinos, con la esperanza de que esta empresa conjunta contribuyera al mejor entendimiento y la ayuda mutua entre la gente, con mucha frecuencia atrapada en el conflicto y la violencia.

Durante su reunión en Estambul, los directores del Club de los Milagros fueron bien recibidos por Erol, quien disfrutaba la vida completamente. Llenaba cada minuto de su tiempo libre con viajes a museos, maravillas arquitectónicas y paseos en barco por el mar de Mármara, el Cuerno de Oro, el mar Negro y el Bósforo. Introdujo a todos en la espléndida cocina turca, y siempre había bebida y entretenimiento revitalizantes.

Cuando vio lo abierto que era Erol para todo en la vida, Max decidió confiar en él. Así que para el final de la segunda noche, le reveló la historia de los doce nombres.

Para su deleite, no sólo aceptó lo que le dijo, sino que lo hizo con su entusiasmo habitual.

—Estoy seguro de que esto es importante —le dijo a Max—. Mi intuición me dice que no seremos capaces de desentrañar el misterio hasta que hayamos identificado todos los nombres y encontrado a todos los individuos.

—Muy cierto —asintió Max—, y no hay otra cosa que pueda hacer sino esperar hasta que aparezcan. Por lo pronto, el único nombre que tengo de los que faltan es Oso que Corre, y ha sido muy elusivo.

—Es un rompecabezas, y haré todo lo que pueda para ayudarte a colocar las piezas —añadió Erol—. Cualquier cosa que necesites, sólo pídela.

—¿Por qué crees que sea importante? —le preguntó Max—. ¿Por qué estuviste tan dispuesto a aceptar lo que dije, a pesar de lo absurdo que suena?

Erol fue claro en su respuesta:

—He sabido desde mi nacimiento que mi destino requiere que actúe de cierta manera. Jamás he cuestionado las oportunidades que han llegado a mí, y no lo haré ahora.

”Pero puedo asegurarte que ambos destinos, el tuyo y el mío, están ligados para la solución de este misterio.

Fuerzas en colisión

MAYO, 2012

¡*CRASH!*

El sonido del metal contra el metal era ineludible.

Max cerraba un trato de negocios desde su teléfono manos libres y no había puesto atención. En realidad se detuvo en un semáforo en la esquina de las avenidas La Brea y Citrus, en Los Ángeles, esperando para dar la vuelta a la izquierda, así que técnicamente no había sido su culpa.

El auto que estaba frente a él se adelantó para dar vuelta a la izquierda, y al darse cuenta de que se había quedado a la mitad cuando el semáforo cambió, el conductor se echó para atrás sin percatarse de que Max estaba allí.

Max cerró el trato y salió de su BMW para revisar el daño. Había unos cuantos rasguños en su defensa delantera y un faro roto, pero se sintió aliviado al ver que no hubiera sido más grave.

La camioneta que se había echado en reversa no tenía ni un rasguño. La mujer que la conducía salió del vehículo para evaluar el daño y vio que el auto estaba bien. Volteó a ver a Max, quien sólo le dijo que podía irse.

—No parece haber daño mayor, y no vale la pena reportarlo a la compañía de seguros —dijo amigablemente—. Tu auto parece estar bien, así es que, desde mi perspectiva, "si no hay daño, no hay castigo".

Al darse cuenta de que podía irse, la mujer no vaciló, saltó a su camioneta y se alejó. Max pudo llegar a su reunión, y no fue sino hasta que se estacionó en Dana Point cuando se dio cuenta de que tenía una fuerte abolladura en su auto que no había notado antes, y no podía abrir el cofre para ver el motor.

Este no era su primer raspón, y había descubierto una compañía llamada Dents R Us, que enviaba un camión totalmente equipado para arreglar el auto allí mismo. Max hizo la llamada y programaron la reparación para el día siguiente, que era sábado.

Alrededor de las 11:00 de la mañana, el camión de Dents R Us llegó para arreglar su auto. El conductor, cuyo nombre era Juan, evaluó el daño, dijo que 800 dólares serían suficientes para que el coche luciera como nuevo, y tan pronto como Max estuvo de acuerdo, se puso a trabajar. Para las 2:00 de la tarde, tocó el timbre y le mostró a Max un BMW totalmente reparado.

Platicaron mientras Max examinaba su trabajo. Juan era de México, y puesto que Max hablaba español, pudieron conversar de manera informal. Tuvo que explicar que no tenía efectivo a la mano, y que el banco estaba cerrado, así que le pagaría con un cheque de la compañía. Juan dijo que tendría que pedir permiso para aceptar el cheque, pero no podía llamar sino hasta el lunes.

—No hay problema. Regresaré por la mañana y lo arreglaremos entonces. Aquí tiene mi tarjeta, por si tuviera que cambiar la hora —dijo Juan, y le extendió a Max su tarjeta.

Ahí, bajo el logo de Dents R Us, estaba su nombre.

JUAN GONZALO ACOSTA

Max miró al delgado hombre de cabello oscuro que estaba frente a él y se dio cuenta de que Juan llevaba una camisa color índigo. Ese había sido el color que Max había visto alrededor del nombre de Juan durante su experiencia cercana a la muerte. Después de ocho años desde el último encuentro, un lapso que parecía una eternidad, había encontrado finalmente al propietario del noveno nombre de la lista.

Inmediatamente invitó a Juan a la casa para tomarse una cerveza. Le preguntó dónde había nacido, si estaba casado, por qué vivía en Estados Unidos y otras muchas preguntas.

Juan se sintió encantado de aceptar la cerveza, y después de unos minutos de conmoción por tantas preguntas, pareció cómodo, aunque curioso, por el repentino interés de Max en él.

Juan era de un pequeño pueblo llamado Izapa, en el sur de México, a sólo ochenta kilómetros al norte de la frontera con Guatemala, en la costa del Pacífico. Era el menor de siete hermanos. Su padre tenía un pequeño rancho y también era un guardián del día, un chamán espiritual sagrado en la antigua tradición maya. Juan estaba casado y tenía dos hijos pequeños.

Había vivido en Estados Unidos durante dos años, pero pudo obtener su residencia y se sentía orgulloso de ganar suficiente dinero reparando abolladuras, no sólo para cuidar de su creciente familia, sino para enviarles dinero cada mes a sus padres y hermanos. Su madre había muerto unos meses antes de que llegara a Estados Unidos, y él tenía presente lo duro que debían trabajar su padre y sus hermanos para mantenerse.

—Mi padre es pobre, pero es un hombre importante en Izapa —explicó Juan—. No sólo es un guardián del día, sino también el custodio del antiguo juego de pelota ceremonial de Izapa. Se cree que este juego de pelota es el más antiguo de todo México. Está en mal estado, pero todavía tiene varias estatuas con mensajes grabados, que llegan a estudiar numerosos arqueólogos de todo el mundo.

"Muchos creen que este antiguo juego de pelota es el lugar donde se concibió por primera vez el calendario maya de cuenta larga.

Max había escuchado sobre el calendario maya, pero jamás lo había explorado con detalle.

—¿Es el calendario maya el que dice que el mundo terminará en 2012? —preguntó.

—Esa es la interpretación equivocada del calendario —reconoció Juan—. Nosotros creemos que el mundo cambiará cuando el calendario termine, pero el mundo en sí mismo no terminará.

"El 21 de diciembre de 2012 marcará el final de un ciclo de veintiséis mil años. Los antiguos no predijeron que este necesariamente sería el final del mundo. Nuestras creencias antiguas giran en torno al libre albedrío de los seres humanos, y existe la oportunidad de un cambio que podría crear un mejor mundo por venir.

"Tales son las enseñanzas que he aprendido de mi padre.

Max estaba intrigado. Finalmente, uno de Los Doce expresaba un conocimiento que pudiera estar ligado a un concepto superior que explicara un propósito.

Su propósito.

Las cosas empezaban a encajar. Max había nacido el 12 de diciembre o 12/12, y su padre el 11 de noviembre u 11/11.

¿El propósito de su vida estaba ligado de alguna manera a la profecía de 2012?

Con base en lo que había aprendido del doctor Cho Sun Pak, empezó a calcular la numerología del nacimiento de su padre, teniendo en mente algunas de las fechas que acababa de conocer de Juan, pertenecientes al calendario maya. Juan dijo que había escuchado sobre algo llamado "convergencia armónica", que había ocurrido el 16 y 17 de agosto de 1987, introduciendo los veintiséis años finales del calendario maya, y por primera vez Max empezó a ver que un patrón emergía.

Al reconocer que los antecedentes de Juan harían que aceptara lo que otros podían considerar como fantástico, Max describió su experiencia cercana a la muerte y reveló a Juan que el suyo era uno de los doce nombres.

Con toda calma, Juan sólo alzó su botella y asintió.

—Esto no me sorprende —dijo—. Mi padre me dijo que nuestra familia desempeñaría un papel importante en la realización de las profecías antiguas. Él siempre decía: "El mundo es ancho y ajeno y lleno de misterios. No dudes, incluso en nuestras circunstancias humildes, que tienes un papel importante que desempeñar en este misterio llamado vida".

Nuevamente, las palabras de Jane Doff hicieron eco en la cabeza de Max. Se sentía intrigado por esta última conexión y quiso conocer al padre de Juan.

—Avísame cuando vuelvas a Izapa —le dijo seriamente—. Quiero conocer a tu padre y saber más sobre la profecía del final de los tiempos.

—Así será, amigo mío —contestó Juan—. Me alegro de que hayas chocado. Esta ha sido una reunión muy prometedora.

Hacia el crepúsculo

MAYO, 2012

MAX SE DETUVO EN EL PUNTO DE LANZAMIENTO NÚMERO DIECIOCHO en La Costa. El sol se estaba poniendo cuando dirigió su lanzamiento hacia el lado izquierdo del campo, y en el último momento observó que había un golfista en ese lado, justo a un costado de la calle, aproximadamente a 200 metros.

El lanzamiento normal de Max sólo era de 180 metros, de modo que el golfista normalmente no habría estado en peligro. Pero este había sido uno de los mejores lanzamientos en la vida de Max. La pelota voló unos 190 metros, rodó otros 10 y pasó muy cerca de donde se hallaba el golfista.

—Caramba —exclamó su compañero de golf, Kim—. Eso estuvo cerca.

—Mejor nos disculpamos —dijo Max.

Mientras se aproximaba en su carrito de golf, con una disculpa escrita en todo su rostro, un hombre afroamericano alto que llevaba pantalones de color esmeralda volteó y sonrió.

—Ni siquiera estuvo cerca —dijo—. No te preocupes. Mi lema es "relájate". Soy Chill Campister.

—Bueno, Chill, gracias por ser tan gentil —le dijo Max con gratitud—. Realmente debí haberme fijado mejor antes de lanzar. Y si no estás muy ocupado, déjame comprarte una bebida en el club después de este hoyo.

—Trato hecho. Que lo consigas.

Más tarde, en el bar, después de que Max se presentó, supo que Chill Campister se había vuelto algo famoso porque, junto con su esposa Rachel, ganó *The Amazing Race*, un popular *reality show* de la televisión. Con el premio de un millón de dólares, decidió retirarse antes de tiempo y estudiar dirección de cine. Chill le dijo a Max que había sido actor en su juventud e interpretado al joven Cassius Clay en *Soy el mejor*, el documental sobre Mohamed Alí.

Max estaba pasmado, no por lo que Chill le estaba diciendo, sino porque se dio cuenta de que Chill Campister era el décimo de los doce nombres.

"Sea lo que sea que esté pasando", pensó, "esto se está acelerando."

En sólo dos días, Max había encontrado a los números nueve y diez de Los Doce, cuando le había tomado años encontrar a los otros. No estaba seguro de cómo reaccionar, pero debido a que había más golfistas cerca, no se sintió cómodo para revelar la historia.

Así es que mantuvo la calma.

También supo que Chill había escrito un proyecto para una película de motivación personal, basada en lo que él y su esposa Rachel habían experimentado al ganar *The Amazing Race*. Cuando Max le dijo que tenía una compañía de películas y estaría dispuesto a revisar el proyecto, Chill se sintió emocionado.

Pero Max tenía una motivación oculta. Sentía que, después de leer el proyecto, podría continuar su discusión con Chill en privado y descubrir más sobre los secretos de Los Doce.

A Max le gustó el proyecto y sintió que podría venderlo debido al reconocimiento que Rachel y Chill recibieron como los muy populares ganadores del programa de televisión. Eran la primera pareja afroamericana en ganar el concurso, y al momento de competir, también la de mayor edad.

Una de las cualidades del proyecto era una enorme fe en Jesús. Incluso estando al aire, jamás había habido enojo por la forma en que otros equipos se comportaban en medio del estrés de la competencia, y en su película de superación personal querían enfatizar que la fe había sido su arma secreta.

Desde entonces, habían viajado para ofrecer conferencias sobre la superación personal, y proponían utilizar la fe y el trabajo en equipo para lograr milagros.

Todo lo que hacían, pensaba Max, les daría una plataforma sólida para hacer una película, un libro y muchos otros materiales que quisieran desarrollar. Así que concertó una reunión tanto con Chill como con Rachel en su oficina, y le impresionó su enfoque positivo y optimista de la vida. Irradiaban amor y amabilidad. Rachel y Chill le contaron incluso más sobre su historia, y Max supo que al momento de ganar *The Amazing Race* estaban al borde de la bancarrota. Había habido una malversación de fondos en la compañía de software que Chill había fundado años antes, y si no hubieran ganado el concurso de televisión, habrían perdido su casa y todas sus posesiones.

Max sintió que jamás había conocido a una pareja más amable, y los invitó a cenar. Comieron en el restaurante Chart House, con vista al mar en el momento del atardecer, y mientras la noche fue avanzando, Max reveló la historia de los doce nombres y le dijo a Chill que era el décimo en la lista.

—Todavía no tengo idea de lo que significan los nombres, pero algo se está gestando —dijo—. Sé que debe sonar bastante extraño para ustedes, pero, créanme, no estoy loco. Debe haber una razón para todo esto. Sólo desearía saber qué es.

Chill sonrió y respondió a lo que Max le había dicho:

—El Señor trabaja en formas misteriosas —contestó—. Como cristiano que ha vuelto a nacer, estoy seguro de que Jesús nos ha reunido. Veo Su trabajo en ello. ¿Por qué, si no, habrías hecho el lanzamiento más largo de tu vida, justo en dirección hacia mí? —Todos rieron.

—Pero nací judío —refutó Max—. No estoy seguro de creer en Jesús.

Habló de toda la gente superficial que había conocido cuando trabajó en la película *En busca del Jesús histórico*, y tanto Chill como Rachel asintieron.

—Jesús es el salvador de todas las personas —dijo Rachel—, no sólo de aquellos que creen en Él.

—Así es —afirmó Chill. Después dirigió la conversación hacia un aspecto más analítico—. Pero vamos a concentrarnos en lo que experimentaste y en cómo esos nombres pueden estar conectados. Quizá Jesús tiene algo que ver o quizá no, pero la conclusión es que no hay coincidencias, todo es parte de un plan.

"De modo que si hay una lista de doce nombres, como dices —y no tengo razón para dudar de ti—, entonces quiero saber por qué estoy en ella.

Chill siguió diciéndole a Max que adicionalmente a su triunfo, él y Rachel habían ganado recientemente un juicio en contra de su socio anterior, quien malversara los fondos de su compañía de software.

—Como resultado —dijo—, tengo el tiempo y los medios necesarios para apoyarte en la resolución de este misterio. Sólo dime cómo puedo ayudar.

Max se sintió liberado al escuchar que Chill estaba abierto a una explicación que pudiera no incluir a Jesús. También se sintió agradecido por la oferta de ayuda.

—Tengo que ir a Nueva York para la feria de películas documentales y de entrenamiento la siguiente semana —dijo—. Pero cuando regrese, podríamos reunirnos y concentrarnos en resolver el rompecabezas de Los Doce. Quizá podamos organizar un viaje con Juan a Izapa, México.

"No sé por qué, pero creo que Izapa puede ser una de las claves para este misterio.

**CAPÍTULO
VEINTICUATRO**

Melodía vietnamita

MAYO, 2012

EL VIAJE A NUEVA YORK FUE RÁPIDO Y CÓMODO. LA MENTE DE MAX estuvo muy activa durante las cinco horas que duró el vuelo. Todos los pensamientos de negocios desaparecieron.

Ahora ya había encontrado a diez personas de la lista de doce. Cada nombre parecía representar un área geográfica diferente, una religión distinta.

Chill y Rachel señalaron que había doce apóstoles y sugirieron que quizá esa era la razón por la que a Max se le habían dado doce nombres. Quizá estos eran los doce nuevos apóstoles, esperando el regreso de Jesús.

Sintió que tal conjetura era extravagante, pero ahora sabía que debía investigar el misterio con toda su energía y concentración.

Max siempre se quedaba en el Club Yale cuando visitaba Nueva York. Estaba ubicado de manera muy conveniente, cerca de la Gran Estación Central y era una ganga relativa en comparación con el Grand Hyatt y otros hoteles céntricos. La compañía de Max estaba celebrando su aniversario número treinta, y había rentado la Biblioteca de Yale, el cuarto piso, donde sirvió champaña y postres franceses para celebrar el logro.

No muchas compañías de películas independientes habían sobrevivido durante tantos años, y era menester celebrar el acontecimiento. El gerente de derechos extranjeros de MAXimum estaba especialmente entusiasmado con la idea de invitar a los agentes de otros países, tan importantes para la cadena internacional.

Su agente vietnamita había solicitado llevar un invitado, y Max supuso que se trataría de su novia o esposa. Así que había aprobado la petición.

La fiesta fue un gran éxito, con más de doscientos invitados. Hacia el final del evento, un hombre asiático de baja estatura, que llevaba como acompañante a una muchacha asiática alta y delgada, se presentó.

—Soy Do Van, de Vietnam —dijo—. Ella es mi sobrina, Melody Jones. Melody vive aquí, en Nueva York, y está estudiando para ser bailarina. Estoy muy agradecido de que nos haya invitado a este maravilloso evento.

Pero Max no pudo concentrarse en lo que el hombre le decía, pues la sensación familiar asaltó sus sentidos.

Melody era el onceavo nombre en la lista de Los Doce.

En menos de una semana, había conocido a los poseedores de tres de los cuatro nombres finales. Sin embargo, como la fiesta no había concluido, no quiso demostrar su emoción, así que respondió calmadamente.

—No, soy yo quien está agradecido de que nos hayan acompañado —dijo, estrechando la mano de Do Van—. Estoy bastante complacido con el espléndido trabajo que ha estado haciendo con nuestros derechos en Vietnam.

Volteando a mirar a Melody, continuó:

—Eres hermosa —le dijo—. Gracias por acompañar a tu tío y honrarnos con tu presencia. —Quiso decir mucho más, pero no lo hizo.

Melody llevaba un vestido naranja y se movía con la gracia de la bailarina que era. Tenía confianza en sí misma, y se sentía evidentemente cómoda en reuniones sociales como esa.

No estaba seguro de cómo revelarle a Melody que ella era una de Los Doce. Sin embargo, sabía que debía encontrar una manera de hacerlo.

—¿Estarían dispuestos a cenar mañana conmigo? —dijo, dirigiéndose a ambos.

—Gracias, pero eso no es necesario —respondió Do Van.

—Será un placer —insistió Max—. Usted hace un trabajo excelente para la compañía. No aceptaré un no como respuesta.

Do Van aceptó, pero Melody explicó que ella iba a encontrarse con su novio y no podría asistir.

—No hay problema —dijo Max rápidamente—. Me sentiré encantado de que él pueda ir también.

Ella estuvo de acuerdo y quedó fijada la cita.

Al día siguiente Max se sintió extrañamente ansioso, con la incertidumbre de si Melody llegaría, como había prometido. Después de años de empezar y detenerse, con largos periodos cuando nada ocurría, seguidos por revelaciones, el misterio de Los Doce avanzaba a paso acelerado.

Y Melody era una parte imprescindible para encontrar la respuesta que lo había eludido durante tanto tiempo, desde aquel momento en que los nombres se le habían escapado por primera vez de entre las manos. No podía permitir que volviera a pasar eso.

Sin embargo, cuando llegó al restaurante, se sintió encantado de que Melody estuviera allí con su tío y su novio, Matthew Jordan. Parecía que en el pasado de Matthew había galardones como surfista y también algunos episodios como drogadicto.

Durante la cena, Max platicó con Do Van y lo encontró tan refinado como inteligente. Sin embargo, no podía aquietar su mente.

Después, Max volteó a mirar a Melody y le preguntó sobre su vida. Ella le dijo que su abuela y su madre, que sólo tenía diecisiete años en aquella época, habían escapado en barco de Vietnam en 1971, cuando la guerra llegaba a su fin. Fueron torturadas y violadas por piratas.

Después de mucho sufrimiento, llegaron a Nueva York y pudieron reconstruir sus vidas, aunque a la madre de Melody le tomó muchos años poder manejar el trauma que había experimentado. Tuvo muchos empleos y finalmente encontró su vocación: trabajar como escenógrafa para varios teatros de la ciudad.

Conoció a un coreógrafo, Anton Jones, y después de un año de noviazgo se casaron. Melody era su hija menor y la única que había elegido una vida asociada con la danza y el teatro.

—Mi abuela piensa que fue un verdadero milagro que no hubieran sido asesinadas en el mar —dijo Melody—. Me comentó muchas veces que hay una historia sobre el destino familiar de crear el cielo en la tierra, y que por ello les perdonaron la vida.

"Cada vez que me porto mal, dice que nací para cumplir un destino y que debo portarme mejor, o el milagro de su huida habrá sido en vano —y sonrió ante el recuerdo de su abuela.

Do Van permaneció en silencio y escuchó su historia. Simplemente asentía con la cabeza demostrando estar de acuerdo, mientras experimentaba una sensación de lástima.

Mientras Do Van se disculpó para hacer una llamada, Max, totalmente fascinado por la historia de Melody y la profecía familiar, decidió revelarle la historia de Los Doce.

Después de haber contado los detalles de su experiencia cercana a la muerte, enunció los doce nombres, terminando con "Oso que Corre". Max esperaba que Melody se mostrara escéptica, pero, para su tranquilidad, escuchó atentamente y sintió mucha curiosidad por aquella historia.

Durante todo este tiempo, Matthew sólo permaneció sentado a su lado, dirigiendo la mirada alternativamente hacia Melody y Max, escuchando con atención.

—Por favor, escribe los doce nombres —pidió ella a Max—. Déjame ver si puedo encontrar una conexión.

Aunque su petición lo sorprendió, Max escribió los nombres en una servilleta, y Melody los estudió durante un largo rato. Finalmente, después de varios minutos, alzó la mirada.

—Me temo que no reconozco ninguno de estos nombres —dijo—. No puedo ver ninguna conexión, no hay nada que pueda hacer para ayudarte.

Entonces Matthew pidió ver la lista.

—Este último nombre, Oso que Corre —dijo después de un momento—. ¿Ya lo encontraste?

—No —admitió Max—. Ese es ahora el último nombre de la lista. ¿Por qué lo preguntas? ¿Conoces a esa persona?

—No —contestó Matthew, ocasionando una gran desilusión a Max—. Pero mi papá, Toby, tiene sangre nativa americana. Este debe ser un nombre nativo americano. Si alguien conoce a Oso que Corre, ese debe ser mi papá.

"Vive en San Clemente, no lejos de donde dijiste que radicabas. Préstame tu celular durante un minuto y verificaré esto.

Max le dio el teléfono a Matthew, y pocos minutos después Toby estaba en la línea.

Confirmó que había un guía de turistas en Sedona, Arizona, al que algunos conocían como Oso que Corre.

Max difícilmente podía creer lo que estaba escuchando. Habló con Toby y se pusieron de acuerdo para encontrarse el siguiente fin de semana en Sedona, donde tratarían de localizar a Oso que Corre.

Las manos de Max temblaron de emoción al colgar, y la realidad de todo aquello empezó a resultar evidente. Se dio cuenta de que, en unos días, quizá encontraría finalmente al último de Los Doce.

Pero, ¿y después qué?

Piedras rojas

TOBY JORDAN ERA UNA LEYENDA DEL SURF. HABÍA GANADO MUCHOS torneos en su juventud, pero era mejor conocido como fotógrafo de ese deporte. Esto lo había llevado a participar en películas de surf y, más tarde, a forjarse una carrera como artista. Como tal, utilizaba tablas reales de surfista, así como pintura y otros materiales para crear esculturas únicas.

Adicionalmente, Toby había fundado un negocio de diseño de tablas y venta de accesorios de surf. Debido a su temperamento creativo, era amigo de varios artistas importantes cuyos trabajos mostraba.

Los dos hijos de Toby también habían sido campeones de surf, y el mayor, Matthew, era conocido por sus saltos acrobáticos y otras hazañas que los demás surfistas ni siquiera imaginaban.

Toby había luchado contra el alcoholismo en su juventud. Siempre culpó a su herencia nativa americana por su poca resistencia al alcohol, y así, cuando era un adulto joven, decidió no volver a beber. Esto y su compromiso con el surf contribuyeron a que optara por un estilo de vida saludable, y agregó a ello la afición por el excursionismo, abriéndose así todo un mundo para sus fotografías.

Una de sus áreas favoritas para excursionar y tomar fotografías era Sedona, Arizona, una pequeña ciudad localizada en el desierto alto del suroeste, famoso por sus asombrosas formaciones de roca roja. Toby hacía un peregrinaje hacia ese lugar al menos una vez al año, así que no fue necesaria demasiada presión para que accediera a hacer un viaje rápido con Max.

Realizaron el viaje en coche en un solo día, y durante el trayecto Max compartió la historia de Los Doce. Toby, a su vez, le contó a Max todo lo que sabía sobre Oso que Corre, de quien dijo era el mejor guía de turistas de Sedona. Conocía todas las cuevas secretas y los sitios indios sagrados.

—Le pusieron Joel Sheets al nacer —explicó Toby—. Lo conocí hace más de veinte años, cuando empecé a fotografiar por primera vez la belleza de Sedona. Al compartir mi propia herencia con él, fue que me contó sobre su nombre indio. Poca gente lo conoce como Oso que Corre, así que realmente me sorprendí cuando Matthew llamó.

”No estoy seguro de que hubieras podido encontrarlo de otra manera, ni siquiera a través de Google.

—Por supuesto, cuando todo esto empezó, Google ni siquiera existía —observó Max—. De hecho, ni siquiera Internet.

”Ha sido un viaje increíble —continuó—, aunque la gente a la que pertenecen los nombres siempre han parecido encontrarme a mí. Algunos de Los Doce creen que todos estamos conectados por un misterioso destino, y estoy de acuerdo. Sólo espero que Oso que Corre tenga algunas aportaciones para nosotros, sería terrible descubrir que sólo fue una extraordinaria coincidencia, sin ningún propósito real o algún significado detrás de esto.

Toby asintió.

—Si alguien puede tener una respuesta a tu misterio, ha de ser Oso que Corre —dijo con firmeza—. Es una especie de chamán, así como guía, y sabe mucho sobre las creencias y costumbres antiguas de los hopi.

Hizo una pausa, y después continuó:

—Oso que Corre utiliza alucinógenos en sus rituales y es un experto en baños de vapor, también.

Toby y Max llegaron tarde y se registraron en el motel Best Western. A pesar de su emoción, Max rápidamente se quedó dormido, y cuando despertó se sorprendió de haber descansado bien durante la noche.

Oso que Corre los alcanzó para desayunar en un restaurante cercano. Era un hombre de unos sesenta años, alto, con cabello canoso largo y trenzado, y llevaba un chaleco rojo con hermosas turquesas.

Tenía una presencia magnífica.

Max se enteró de que era el descendiente directo de una línea de poderosos chamanes lakota y hopi, y como guía de turistas a los sitios sagrados de Sedona había transmitido un verdadero amor por la tierra y la herencia de su gente nativa.

Sin vacilación, Max le contó a Oso que Corre los detalles sobre los doce nombres. Oso que Corre escuchó atentamente y sólo sonrió. Cuando Max terminó, habló, y su voz era profunda:

—Te hemos estado esperando.

—¿Cómo puede ser eso posible? —preguntó Max con incredulidad—. Han pasado cuarenta y siete años desde que vi por primera vez tu nombre, y todo el tiempo he desconocido hacia dónde voy, o por qué. ¿Cómo podrías haberlo sabido?

—No era a ti específicamente a quien esperábamos —explicó Oso que Corre—, pero los nativos americanos han tenido conocimiento de los doce nombres durante siglos.

"La gran transformación está por ocurrir, y el conocimiento se ha transmitido de una generación a otra, en el sentido de que en estos tiempos los humanos verdaderos, aquellos que poseen espíritus fuertes e íntegros, reaparecerán y los antiguos guías espirituales de nuestra gente nos conducirán a un mundo de paz y armonía.

A pesar del enorme peso de sus palabras, Oso que Corre habló con calma.

Cuando contestó, Max estaba menos tranquilo.

—¿Pero qué tengo que hacer con esta leyenda? —preguntó, exteriorizando algo de confusión en su voz—. No tengo sangre nativa americana. Mis abuelos eran húngaros por el lado de mi padre y rusos por el lado de mi madre.

—Desconozco tu papel específico, y si no hay otro, has servido para reunir a Los Doce. Cada nombre representa el color de cada una de las tribus modernas, reencarnadas ahora para el final de los tiempos en esta Tierra, como la conocemos.

Al ver cierta preocupación en su rostro, continuó:

—Nuestra gente antigua se dio cuenta de que al final de los tiempos sería necesario que nosotros, los nativos americanos, regresáramos como gente de *todos* los colores. No podría haber un mundo de rojos contra blancos, negros contra amarillos. Sólo puede haber un mundo en los nuevos tiempos, y sólo los que son éticos y están alineados con el verdadero espíritu aparecerán en la Tierra para curar las heridas causadas hace tanto tiempo por la avaricia y la violencia de muchos.

"Mis hermanos sabían entonces que nuestras derrotas eran de un solo tiempo y no eran permanentes. Por eso creamos la danza de los espíritus y otros rituales. Siempre supimos que la gente real no podía morir y sólo regresaría en otros cuerpos para representar los doce colores y las doce tribus de la humanidad.

Al ir asimilando sus palabras, Max aceptó lo que Oso que Corre decía… sin embargo, todavía había muchas preguntas por contestar.

—Con base en mi propia experiencia, pienso que debes estar en lo correcto —dijo, mirando por la ventana a través del paisaje polvoriento y desértico—. Creo que, de alguna manera, tu antigua leyenda es verdadera.

Volvió a mirar a su anfitrión nuevamente.

—Pero aun así, ¿qué es lo que significa todo esto?

—La respuesta sólo puede provenir del Gran Espíritu —contestó Oso que Corre—. Debemos organizar un baño de vapor para mañana a la salida del sol.

Se levantó de la mesa y señaló las montañas situadas a su izquierda.

—¿Ven aquellas rocas rojas, más allá del camino?

Max las miró y asintió.

—Hay un sendero de casi cinco kilómetros hacia las más profundas grietas de las piedras rojas. Pocas personas saben de estas grietas. Hay una cueva antigua junto, en esa cueva prepararé el baño de vapor. Toby ya ha ido a este sitio sagrado conmigo. Te guiará mañana, y yo tendré todo preparado.

"Esta noche haré ofrendas al Gran Espíritu y mis ancestros, al tiempo que preparo el fuego y las rocas.

El sol todavía no salía cuando Toby y Max llegaron a la grieta y a la cueva. Cuando entraron por el claro, Oso que Corre ya estaba allí, magníficamente vestido con un atuendo ceremonial que incluía una pluma del águila sagrada. Recitaba antiguos cantos hopi y estaba en un estado de meditación que no se interrumpió cuando llegaron.

El fuego ya había calentado tremendamente la cueva, y Max y Toby empezaron a sudar al sentarse afuera de la misma. En silencio, observaron a Oso que Corre. Después de diez minutos de cantos, se detuvo y volteó a mirarlos.

—Fue una buena noche. Los espíritus se regocijan. Están ansiosos por guiarnos.

"Vengan —dijo—. Deben fumar un poco de este tabaco, y después entraremos a la cueva y empezaremos nuestras plegarias. —Les extendió una pipa, y Max sospechó que había algún tipo de droga mezclada con el tabaco, pero no preguntó.

Oso que Corre hizo una serie de cantos tanto en hopi como en inglés. Volteó hacia las cuatro esquinas del aposento y pidió a cada una de ellas una bendición. Les pidió tanto a Toby como a Max que repitieran las frases en inglés, y lo hicieron.

—Por favor, purifica nuestras plegarias y nuestros cuerpos y revélanos nuestros destinos —dijo, invocando al Gran Espíritu. Después les pidió su guía tanto al Espíritu Madre como al Espíritu Padre.

El calor era intenso. Por momentos, Max sentía como si fuera a desmayarse, y estaba sudando como nunca antes. Pero su deseo de descifrar su destino lo superaba todo, y permaneció quieto, concentrado, aferrado a cada palabra y cada gesto de Oso que Corre.

Finalmente, el canto y las plegarias terminaron, y reinó el silencio. Nada sobrenatural ocurrió, y Max se preguntó si el ritual de Oso que Corre había sido eficaz.

El chamán tenía la mirada perdida, como si estuviera poseído. No se movía. Parecía que ni siquiera estaba respirando, y Max no se atrevió a moverse.

Al haber efectuado anteriores rituales con Oso que Corre, Toby asintió para asegurarle que no había necesidad de preocuparse.

Después de lo que parecieron veinte minutos o más de silencio y total quietud, Oso que Corre empezó a hablar con voz baja y tranquila. Pronunciaba palabras en hopi antiguo que Max no podía entender.

Después se levantó y salió del baño de vapor. Toby y Max lo siguieron.

Afuera, el sol brillaba. Era media mañana, y las piedras rojas reflejaban la luz en un tapiz brillante de rojo y amarillo, naranja y verde. Había botellas de agua, que Oso que Corre colocara allí, y bebieron ávidamente, apreciando el aire quieto y fresco de la mañana.

Oso que Corre se acabó una botella completa de agua, se acercó a Max y lo miró directamente a los ojos mientras hablaba.

—Tu búsqueda empieza hoy. El Gran Espíritu me dijo lo que tienes que hacer, lo que te ofreciste a hacer hace siglos cuando accediste a reencarnar en esta Tierra.

Aunque no entendía, Max se sintió sobrecogido por la emoción. Al final, estaba seguro, podría saber cuál era el propósito de su experiencia cercana a la muerte, y entender su conexión con Los Doce.

—¿Y cuál es esa búsqueda? —preguntó, tratando de permanecer tranquilo, y fracasando de alguna manera—. ¿Qué es lo que accedí a hacer?

—Tú eres el humano cuya tarea es reunir a Los Doce —reveló Oso que Corre—. Deben reunirse afuera de Izapa, México, y deben hacerlo el 11 de agosto al amanecer, en el año de la profecía.

"Esto te da sólo dos meses de plazo para reunir a Los Doce —advirtió—. El Gran Espíritu me ha revelado que en ese día sagrado la misión de Los Doce será revelada, pero sólo si los doce están presentes.

La duda empezó a invadir a Max.

—Pero no he hablado con algunos de ellos en más de veinte años —dijo—. ¿Qué pasará si no acuden todos?

Oso que Corre movió la cabeza.

—Sólo sé lo que el Gran Espíritu me dijo. No sé cómo vas a alcanzar el objetivo. Por ser uno de Los Doce, estaré en la montaña de Izapa, y haré todo lo que pueda para ayudarte a reunirnos, pero el Gran Espíritu me dijo que esta es tu misión, y que es sólo tuya.

Max tragó saliva, y las dudas invadieron su mente.

¿Qué tal si todo era una ilusión? Le había contado a Oso que Corre sobre Juan y la conexión de Juan con Izapa a través de su padre. ¿Quizá Oso que Corre había simplemente usado la información y creado una historia que sabía que Max quería escuchar?

Después de todo, no había detalles concretos que explicaran por qué Los Doce eran Los Doce o por qué Izapa era el destino al que necesitaban llegar. Requería más información

—¿Por qué estás tan seguro de que debemos encontrarnos en Izapa, y que debemos hacerlo ese día?

—Eso es lo que el Gran Espíritu me reveló.

—¿Y sabes lo que vamos a lograr? —insistió Max.

Oso que Corre movió pacientemente la cabeza.

—El Gran Espíritu no reveló nada más —dijo. A Max le resultó insoportable aceptarlo.

—Pero tú, como chamán, ¿no tienes una noción propia sobre el por-qué de este lugar y este tiempo —persistió Max—, y sobre lo que puede pasar?

—Como individuo tengo mis propios pensamientos, pero no son rele-vantes —dijo tranquilamente Oso que Corre, como si le hablara a un niño—. Sólo lo que me revela el Gran Espíritu vale la pena discutirlo.

Después de pronunciar estas palabras, se volvió para regresar por el sendero, entre las piedras rojas.

En compañía de Toby, Max lo alcanzó y, evidenciando desesperación en su voz, continuó suplicando:

—Pero debes tener alguna idea —dijo—. Por favor, dime algo que sea lógico, o al menos resulte útil para ayudar a explicar esta petición del Gran Espíritu.

Oso que Corre habló mientras caminaban:

—El 11 de agosto es un día sagrado en la cuenta larga del calendario maya. Estoy seguro de que el padre de Juan, el guardián del día, podrá darte más detalles que yo, pero con base en lo que sé, te puedo decir que esta será una reunión sagrada, y que si no puedes reunir a Los Doce, habrá mucho sufrimiento.

Guardó silencio y siguió caminando; sus piernas largas le permitían ir más de prisa, dejando a Max y a Toby reflexionando sobre lo que ha-bían escuchado.

Y Max se quedó pensando cómo y por qué había sido elegido, si ni siquiera podía creer en la visión que se le manifestaba.

Incluso los muertos esperan

CAPÍTULO VEINTISÉIS

JUNIO, 2012

UNA DE LAS PRIMERAS LLAMADAS QUE MAX HIZO AL REGRESAR A California fue a Erol, a Estambul. Utilizó su computadora para que pudieran tener una conversación a través de la cámara de video.

—Algo está sucediendo, Erol —dijo.

Pero incluso al expresarlo, le costó trabajo creer sus propias palabras.

—He encontrado al resto de Los Doce. Oso que Corre, el nombre que permaneció conmigo todos estos años, es un chamán lakota, y según él, tienes razón. Afirma que es mi destino reunir a Los Doce y llevarlos a todos ustedes a Izapa, la cuna del antiguo calendario maya.

—Es increíble, amigo mío —dijo Erol—. He sabido durante años que nuestros destinos permanecían entretejidos, y esto lo demuestra. ¿Cuándo vamos a viajar a Izapa?

—Todos deben estar allí el 11 de agosto —reveló Max—. ¿Podrás ir?

—Nadie podría detenerme —contestó Erol—. Y si hay alguien que no tenga los fondos necesarios para viajar, yo cubriré los gastos. El dinero no debe interferir con el destino.

"Siempre creí que tu historia obedece a un propósito más profundo —continuó—, y he creído que mi propio destino estaba ligado a algo mayor que mi amor por Estambul y mi tierra natal, Turquía.

Max se sintió encantado, pero le dijo a Erol que quizá también necesitaría viajar a diversos países para reunirse con algunos de Los Doce.

—Eso no será problema —insistió Erol—. Sólo hazme saber qué ayuda financiera necesitarás para realizar esos viajes.

—Es bueno saber que cuento con tu apoyo si lo llegara a necesitar —contestó Max, muy aliviado.

Las siguientes tres llamadas fueron fáciles. El doctor Alan Taylor y Chill Campister estuvieron encantados de comprometerse, y para Juan era la oportunidad de ver a su padre, así que ni lo dudó.

Melody Jones fue la primera en requerir apoyo financiero, pero una vez que eso se hubo resuelto, dijo que se reuniría con Los Doce el 11 de agosto en Izapa.

Max contactó a Yoko a través de Internet, y contestó que estaría fascinada. Agosto era su mes de vacaciones, y todavía no había organizado su paseo anual.

Sun Pak tuvo que reprogramar un viaje de negocios, pero pudo hacerlo. Faltaban Yutsky, María, Rinpoché y B.N. Mahars.

Max no había hablado con Rinpoché en casi diez años, y con los otros en más de veinte. Aun así, pudo rastrear al budista, que había estado viviendo en Toronto, Canadá, durante los últimos ocho años. Ahora hablaba un inglés un poco forzado pero correcto, se había casado con la hija de uno de sus alumnos y tenían dos pequeños hijos.

Cuando Max le explicó la situación, Rinpoché dijo que estaría encantado de asistir a tan trascendental reunión.

Llamar a María fue sorprendentemente difícil. A pesar de los años que habían transcurrido, no había dejado escapar por completo el dolor que sintió cuando ella se alejó en el parque. Y tampoco había olvidado la intensidad del amor que se habían expresado.

Se forzó a sí mismo a hablar y descubrió que ella aún vivía en Trujillo, Perú. María sonó complacida de escucharlo, y pasaron la primera parte de la llamada poniéndose al corriente sobre sus vidas. María era la madre de cuatro hijos ya mayores, y abuela de siete nietos. Jamás se arrepintió de casarse con su ingeniero, quien había muerto un año antes.

Con emociones encontradas, Max dijo que lo sentía, pero ella contestó que era muy feliz, viviendo una vida tranquila en Trujillo. Aceptó su oferta, sería su primer viaje importante después del año tradicional de luto. Sus recursos eran modestos, y agradeció la oferta de Max de cubrir sus gastos.

Empezaría a hacer planes inmediatamente, dijo.

Colgaron el teléfono y Max se dio cuenta de que estaba exhausto. Algo aún permanecía en él de lo que había sentido cuando conoció a María.

Necesitó tomar un descanso antes de continuar las llamadas.

Yutsky fue más difícil de rastrear porque se había retirado de la industria cinematográfica.

Sin embargo, Max lo rastreó a través del servicio militar. Vivía en la antigua Jerusalén y trabajaba como estratega de seguridad para altos dignatarios que visitaban Israel. Cuando Max finalmente lo tuvo del otro lado del teléfono, fue como si los años se diluyeran.

—Me alegra escuchar tu voz, hijo mío —dijo Yutsky—. ¿Cómo has estado?

—Estoy muy contento de haberte encontrado —contestó Max—. Necesito tu ayuda.

—Cualquier cosa que necesites, aquí estoy, hijo mío —dijo el israelí con entusiasmo, y Max se preguntó si no se estaría volviendo loco al permanecer en un solo lugar—. No ha habido mucha emoción para mí en estos días... Así que, ¿en qué andas? ¿Algún equipo de filmación en camino? ¿Permisos para pasar? Sólo házmelo saber —se ofreció Yutsky— y lo que necesites te será concedido.

—No es nada de eso —explicó Max—. Necesito que vengas y te reúnas conmigo y con otras once personas en Izapa, México, el 11 de agosto. Cubriremos tus gastos. Te explicaré los detalles cuando te vea, pero es esencial que te reúnas con nosotros.

Hubo un largo silencio, y Max pudo imaginar el rostro del hombre mientras consideraba tan extraña petición, que salía de la nada después de tantos años.

Luego escuchó un profundo suspiro, y Yutsky habló otra vez.

—¿Quién soy yo para rechazar un viaje gratis a América en este momento de mi vida? —dijo alegremente—. Puedes contar conmigo. Sólo envíame el boleto y los detalles, y estaré a tu servicio.

Eso dejaba sólo a B.N. Mahars por contactar.

Max apretó los botones del teléfono, y poco después se comunicaba con el Museo Nacional de Nueva Delhi.

—¿Puede comunicarme con B.N. Mahars, por favor? —le preguntó a la recepcionista del museo.

—B.N. Mahars ya no está en el museo —dijo ella— pero déjeme conectarlo con el actual guardián del siglo XV, quien quizá pueda decirle dónde encontrarlo.

Max se sorprendió de que B.N. se hubiera retirado tan relativamente joven.

Después de unos cuantos minutos, una voz masculina sonó al otro lado de la línea.

—Lamento mucho decirle que B.N. murió hace dieciocho años. Era un buen amigo mío; yo fui su asistente durante casi veinte años. Todavía lo extraño.

”¿Es usted un amigo estadounidense de la familia? —preguntó después.

Al principio Max no pudo hablar, y pidió un momento para recuperarse.

“¿Cómo puede ser posible?”, se preguntó en silencio. “¿Y qué sucederá si no están los doce?”

Cuando pudo volver a hablar, le explicó que había conocido a B.N. en 1973, cuando fue a filmar una película en el museo.

—Él fue una pieza importante para que nos dieran el permiso de filmar —dijo Max— y pude pasar un maravilloso día junto con B.N. y su familia.

“Su familia”, pensó Max, y apareció un rayo de esperanza.

—¿Sabe cómo puedo ponerme en contacto con ellos? —preguntó—. Es muy importante que hable con su hermano u otro de sus parientes.

El guardián se quedó callado por un momento, y después habló:

—No sé qué hermanos o miembros de la familia estén todavía vivos, pero B.N. tenía dos hijas y varios nietos, y creo que todos viven aún en la aldea donde nació. Puedo darle su número telefónico, si quiere.

Max tomó el teléfono e inmediatamente hizo la llamada. No podía recordar el nombre de la hija de B.N., pero en cuanto ella habló, recordó la voz amable, casi risueña, de Shilpa.

—Oh, todavía hablamos de ti —dijo ella con alegría—. Yo sólo tenía seis años la noche en que cenaste con nosotros, y fuiste la primera persona completamente blanca que vi.

"Mi padre solía hablar de ti con frecuencia y siempre con mucho cariño —continuó—. De hecho, en su lecho de muerte, me dio algo que dijo que quizás algún día pedirías.

Eso sorprendió a Max.

—¿Qué me dejó? —preguntó con curiosidad.

—Es un cuaderno, pero dijo que debías venir por él personalmente —explicó ella—. Comentó que si alguna vez llamabas, debería decirte que sentía no poder esperar más en su forma humana. Me dijo mucho más también, y hay algunas complicaciones inesperadas para que pueda entregarte ese cuaderno. Pero, como él lo pidió, te lo explicaré todo cuando vengas, si decides hacerlo.

"Un misterio se suma al otro", reflexionó. Pero siempre y cuando hubiera esperanza, debía seguir adelante.

—Por supuesto que iré tan pronto pueda —dijo—. Será maravilloso pasar algún tiempo contigo y el resto de la familia. ¿Todavía está vivo tu tío, el que era profesor en la universidad? —preguntó.

—El tío Gupta vive y está bien —respondió ella—. Ya tiene casi noventa años, pero su mente es tan lúcida como siempre. Estuvo conmigo cuando mi padre murió, y quizá tenga información adicional que compartir contigo.

—Iré esta semana a reunirme con ustedes —dijo—. Entonces podremos discutir los detalles del mensaje que me dejó tu padre. —Tras decir esto, se despidió y colgó; sin embargo, Max se preguntó cómo iba a reunir a Los Doce, cuando sólo había once vivos.

C.D. Mahars

Max llegó a Nueva Delhi sólo cuatro días después.

El aeropuerto había duplicado su tamaño desde su visita de hacía cuarenta años, y aunque el camino todavía estaba lleno de bicicletas, carritos jalados por personas, burros, vacas y peatones que cargaban grandes bultos sobre sus cabezas, había principalmente autos, camiones y autobuses en la autopista de cuatro carriles que iba del aeropuerto a Delhi.

Pasó la primera noche en el hotel Taj Mahal, tan moderno y lujoso como cualquier otro donde se hubiera quedado antes. Pidió que un auto lo llevara a la aldea de B.N., situada a sólo 30 kilómetros de la ciudad, donde pasaría el resto del tiempo con la hija y la numerosa familia de B.N.

Max no recordaba el camino, pues lo había recorrido sólo una vez, de noche, hacía muchos años. Sin embargo, se sorprendió al ver cómo parecía regresar en el tiempo con cada kilómetro que avanzaba. Al momento de llegar al pueblo mismo, fue capaz de reconocer las calles, que todavía estaban llenas de vendedores ambulantes y pequeñas tiendas donde había de todo, desde agua hasta fruta y dulces, piezas viejas de metal y juguetes electrónicos modernos.

Había niños pequeños que jugaban a patear la lata, y niñas que cargaban cántaros de agua en sus cabezas, los cuales llenaban en el pozo del pueblo, justo como recordaba.

Muchas cosas seguían igual.

Cuando Max entró a la morada de los Mahars, notó que las paredes habían recibido nuevas capas de pintura, y algunas de las sillas y bancas que poblaban el área del comedor exterior habían sido remplazadas.

Sin embargo, dentro de la casa, los muebles eran los mismos, la cocina no había cambiado, y los muchos libros que llenaban los estantes de lo que había sido la oficina de B.N. permanecían exactamente iguales.

Cuando Max observaba los títulos de los libros, Shilpa, la hija de B.N., entró a la habitación y lo saludó cálidamente.

—Hemos organizado un almuerzo para ti —dijo—. Todos los parientes estarán aquí en poco tiempo. Es muy afortunado que hayas venido hoy, porque es día festivo y una fecha de gran significado espiritual. Mi tío está seguro de que no se trata de un accidente.

En poco tiempo llegó todo el clan, y se mudaron al área del comedor.

Durante el almuerzo, Max se sintió cautivado por el hijo de Shilpa, C.D. Tenía diecisiete años y había nacido con un extraño defecto parecido al síndrome de Down, por lo que su capacidad mental era la de un niño de tres años y jamás mejoraría. Podía seguir instrucciones y emitir sonidos, pero no podía hablar, ni siquiera formar frases completas.

Cuando emitía sonidos, estos eran usualmente fuertes, pues parecía no tener mucho control sobre el volumen de los mismos ni ser capaz de juzgar el impacto que ello producía en los demás. C.D. era muy fuerte, así que le asignaban labores en el campo, como recolectar vegetales. Como resultado de ello, su pecho y sus brazos estaban muy desarrollados para su cuerpo de 1.65 metros, y le daban la fuerza física de un hombre mucho mayor.

Tenía unos ojos enormes de color café oscuro, casi negro, que brillaban con una luz que cautivaba. Siempre estaba sonriendo y, al saludar al visitante, C.D. lo abrazó tan fuerte que Max pensó que le rompería las costillas.

Shilpa apartó suavemente a su hijo.

—C.D. es muy fuerte —dijo ella de un modo tranquilizador— pero es muy gentil. No te lastimará. Ama a todas las personas, y a los animales más que a nada. Abraza a toda criatura viviente con que se encuentra. Representa más una alegría que una carga para nosotros, pero, por supuesto, tenemos que estar vigilantes en todo momento, ya que no puede hacerse cargo de sí mismo.

Cuando habló, Max esperó ver tristeza en sus ojos, pero todo lo que vio fue amor.

Aunque Max estaba cautivado con C.D., no se comparaba con lo que el joven parecía sentir por el viejo amigo de la familia. Le ofrecía comida y lo miraba directamente a los ojos, acercándose a centímetros de su rostro. Su intensidad y atención eran desconcertantes, pero al mismo tiempo Max sintió una conexión que era casi arrebatadora.

A través de los ojos grandes y oscuros de C.D., se reflejaba el amor incondicional y la confianza. Max no pudo evitar percibirlo también y dejar que el sentimiento lo sobrecogiera.

Después del almuerzo, Shilpa y el tío Gupta llevaron a Max al estudio de B.N., que siempre había compartido con los otros eruditos de la familia. Las repisas estaban llenas de libros y mapas, y numerosas pinturas cubrían las mesas. Algunos de los manuscritos eran muy antiguos, y muchos contenían exquisitos dibujos hechos a mano. Estas eran las valoradas posesiones de los Mahars, una familia reconocida por sus estudiosos.

Gupta, quien acababa de cumplir ochenta y nueve años, fue el primero en hablar.

—Te hemos estado esperando durante muchos años —reveló—. Han pasado casi dieciocho desde que mi sobrino B.N. murió de cáncer, y ni siquiera tenía cincuenta años. Pasó los últimos meses de su vida acostado en un catre que colocamos para él en este mismo cuarto.

"Como sabes, amaba sus libros y pasó los últimos años estudiando los textos antiguos de los *Upanishads*, donde se hallan plasmadas las tradiciones y creencias sagradas de la religión hindú.

Gupta le entregó a Max una pequeña y delgada libreta rosada. Su portada tenía una hermosa imagen de montañas, árboles y un arroyo.

—Esta es la libreta que B.N. guardaba en aquella época, y donde registró sus pensamientos finales. El día en que murió, nos llamó a Shilpa y a mí y nos la entregó. Dijo que debíamos cuidar este cuaderno, que alguna vez alguien podría venir y pedirlo, y nos dijo que si eso sucedía, debíamos dárselo a esa persona.

"Creo que esa persona desconocida eres tú. B.N. jamás lo dijo, pero nadie más ha venido a buscarlo en estos últimos diecisiete años, y no tengo alguna razón para pensar que alguien más pueda aparecer.

Max sostuvo el cuaderno, pero no supo si abrirlo o no.

Mientras vacilaba, Shilpa habló:

—Estuve con mi padre cada día y lo atendí a toda hora durante la etapa final de su enfermedad. Nos acercamos incluso más, puesto que mi madre ya había muerto, y yo era la pariente más cercana. Estaba embarazada de mi primer hijo, y eso nos daba alegría a ambos.

"El último día de su vida, cuando le dio a Gupta el cuaderno, nos dijo a ambos que la persona que viniera por él no debía llevárselo, a menos que mi hijo aún no nacido lo acompañara también. La libreta podría viajar a cualquier lugar del mundo, pero un día debía regresar a este cuarto, y siempre tendría que estar cerca de su nieto.

Gupta intervino.

—Esta parecía una petición muy extraña, pero por lo que sabes de aquella conversación, cuarenta años atrás, nosotros los Mahars estamos llenos de sorpresas.

Con esas palabras, Max recordó al yogui y su viaje a la luna y más allá. La voz de Gupta lo trajo de vuelta al día presente.

—No cuestionamos la petición de B.N. en ese entonces, y no la cuestionaremos ahora. Eres libre de leer este cuaderno aquí, y tienes la libertad de llevártelo si necesitas hacerlo, pero si lo haces, C.D. debe acompañarte, porque es aquel hijo que aún no había nacido del vientre de Shilpa.

Max estaba emocionado y confundido a la vez. B.N. había sido muchas cosas, pero no parecía inclinado hacia el pensamiento mágico ni a fantasías caprichosas. ¿Por qué pondría esas extrañas condiciones sobre su "regalo"?

¿Qué había en esa libreta?

—Ni Shilpa ni yo, o ningún otro, la ha abierto jamás —explicó Gupta—. B.N. nos dijo que el contenido era para aquel que viniera a buscarlo, y no tendría significado para nadie más.

Max pensó en ello durante un momento, y sin importar la forma en que se viera, lo que Gupta decía parecía no tener sentido.

—Te dejaremos para que la leas, y después nos harás saber si necesitas que preparemos a C.D. para que viaje contigo o no —dijo el viejo—. Si habrá de viajar contigo, por supuesto, Shilpa también lo acompañará.

"C.D. ha viajado antes, e incluso tenía un pasaporte. Él obedece a Shilpa, y todos podemos ver que te quiere.

Gupta y Shilpa se dieron la vuelta para salir, y después el viejo giró nuevamente para hablar por última vez.

—Cuando regresemos, te preguntaremos cuál ha sido tu decisión.

Después de que se hubieron ido, Max abrió la libreta.

Estaba llena de números.

Había casi cuarenta páginas de cálculos, y en la última página, Max encontró la fórmula final:

21122012

Este número aparecía doce veces en distintos lugares en la libreta, como la respuesta a doce distintos cálculos basados en doce series distintas de axiomas iniciales que B.N. había formulado.

Había muy poco texto en el libro, el cual explicaba que cada cálculo estaba basado en una serie diferente de creencias, relacionadas con distintas eras del calendario hindú y otros sistemas antiguos también. B.N. había pasado los últimos meses de su vida, hasta el final, parecía, analizando y comparando calendarios antiguos de culturas de todo el mundo.

En la última página, B.N. había escrito una nota personal:

La energía de mi alma y esencia está contenida en estas páginas. Mientras hago la transición para abandonar este cuerpo, dirigiré mi esencia al cuerpo del hijo no nacido de Shilpa. Mi esencia sobrevivirá en mi nieto y estará disponible en esa forma infantil que, cuando esté en la presencia de este cuaderno, encarnará las vibraciones y conocimiento antiguos que el mundo buscará.

Al hacerlo, habré cumplido mi destino y el propósito de mi vida, y ahora te transmito el deber de la transformación planetaria a ti, que lees estas palabras.

—B.N. Mahars

Max supo instantáneamente que el cuaderno y C.D. tendrían que acompañarlo a Izapa. De alguna manera, B.N. había sabido que su esencia sería requerida en algún acontecimiento futuro, al mismo tiempo que sabía que estaba muriendo.

Max estudiaría los números más tarde, en un intento por discernir lo que pudieran significar, pero era evidente para él que a través del cuaderno y de su nieto, B.N. estaría presente, y que Max cumpliría su propósito de reunir a Los Doce, como el Gran Espíritu lo había solicitado.

Se tomó un momento para recuperar el aliento y después salió a la soleada terraza donde Gupta dormía la siesta y Shilpa hacía la limpieza.

—Aceptaré su oferta —anunció—. ¿Pueden viajar ambos hasta la Ciudad de México el nueve o diez de agosto? Haremos los arreglos necesarios para recogerlos e ir en avión o en automóvil a Izapa, el sitio de los antiguos mayas que crearon el calendario.

Se detuvo por un momento, se sentó en una silla y le hizo una seña a ella para que hiciera lo mismo. Después continuó:

—Me han dicho que debo llevar a doce personas especiales a ese sitio el 11 de agosto, y B.N. era uno de ellos. Después de leer la libreta, es evidente para mí que C.D. es ahora uno de Los Doce, porque la energía de su abuelo reside en él. —Hizo una pausa para ver cómo reaccionaba ella ante esta revelación.

Shilpa sólo sonrió.

—Mi padre jamás me dijo con palabras que yo emprendería tal viaje, pero en aquellos tiempos finales aludió al hecho de que algún día podrían llamarme para colaborar en un gran acontecimiento, y tendría que estar lista.

"Prepararé a C.D. para el viaje, y me sentiré honrada de ser parte de tu reunión —dijo—. Estoy segura de que mucha buena voluntad surgirá de esto.

Max pasó el resto de la tarde jugando una versión local de palillos chinos con C.D. y su hermana menor. C.D. tenía un control excelente de sus movimientos físicos y ganaba la mayoría de las veces. Se reía cada vez que Max movía un palillo y oprimía un dedo fuertemente contra su estómago, haciéndole saber que había perdido su turno.

Después de cada juego, le entregaba los palillos a Max para que los contara, y aunque C.D. no podía contar por sí mismo, sólo de mirar el gran puñado de palillos, comparado con el puñado menor de Max, sabía que había ganado.

Esto también hacía reír a C.D.

Cuando llegó el momento de irse a la cama, le dio un abrazo y un beso a Max que fue más intenso que ningún otro. La energía de su amor incondicional le recordó a Max los sentimientos que había tenido en su experiencia cercana a la muerte, en el consultorio del doctor Gray, en Tarrytown, Nueva York, hacía casi cincuenta años.

Mientras se sumergía en un sueño placentero y satisfactorio, Max no pudo evitar pensar: "Finalmente voy a conocer el propósito de mi vida. C.D. es el miembro que faltaba de Los Doce. Y, de alguna manera, es el que más tiene que enseñarnos".

CAPÍTULO
VEINTIOCHO

Izapa

JULIO, 2012

EL ANTIGUO PUEBLO DE IZAPA ESTABA UBICADO A SÓLO NUEVE KILÓ-
metros de la moderna ciudad de Tapachula, un centro comercial del
estado más sureño de México, al norte de Guatemala.

El papá de Juan Acosta, Manuel, en realidad vivía fuera de Tapachula,
a tres kilómetros del antiguo juego de pelota, que era la ruina arqueoló-
gica mejor conocida de Izapa. El café era el cultivo dominante de la
zona, pero en Izapa el cacao era la principal fuente de recursos.

Max pudo oler ambos aromas cuando llegó.

Decidió ir solo a conocer a Manuel y a preparar la reunión de Los
Doce. Se había comunicado con Oso que Corre, quien le había confirmado que el Gran Espíritu quería que la reunión empezara el 11 de agosto al amanecer.

El único hotel de lujo de Tapachula era relativamente moderno. Max
hizo las reservaciones tan pronto como llegó y después hizo gestiones
para rentar dos camionetas con conductores de la localidad.

Al día siguiente buscó a Manuel, quien tenía casi ochenta años, pero la
energía de un hombre mucho más joven. Todavía cultivaba cacao en su
pequeño terreno y caminaba diariamente hasta el antiguo sitio de Izapa,
como sus padres y abuelos lo habían hecho antes que él, para abrir y
cerrar la entrada del antiquísimo juego de pelota, los sagrados monumentos y otros puntos de interés que visitaban los turistas.

Manuel aceptaba pequeñas propinas de los turistas, pero era un cuidador sin sueldo, siguiendo las tradiciones de sus ancestros. Les rezaba a sus antiguos dioses mayas, pero sólo cuando estaba en Izapa, y sólo al abrir y cerrar el sitio. En su vida cotidiana, iba a la misa católica y explicaba que no veía algún conflicto en el hecho de creer en los dioses antiguos y en Jesucristo.

Puesto que Manuel hablaba un inglés precario, Max se dirigió a él en español, explicando la naturaleza de su visita y sus intenciones de regresar el 11 de agosto para una ceremonia especial con Los Doce.

—Está bien —contestó Manuel—. Yo voy a arreglar todo. Sé que es una reunión muy importante.

Manuel le explicó a Max que el 11 de agosto era una fecha sagrada ese año y sería el comienzo de los últimos ciento treinta días de "energía amorosa" que terminarían el 21 de diciembre de 2012, el mismo día en que concluiría el calendario de cuenta larga.

Este no era un final cualquiera, sino la culminación de una colección de calendarios que habían cubierto un periodo de veintiséis mil años, y Max adquirió incluso más conciencia de ello que antes.

Mientras Manuel lo paseaba por el antiguo sitio, le reveló que los arqueólogos habían confirmado recientemente que Izapa fue un pueblo próspero hacía miles de años, con una población de diez mil personas. Los monumentos mostraban evidencia de que había sido en este lugar donde se concibió el calendario de cuenta larga, y después los lugareños lo compartieron con otros pueblos de todo Chiapas, y finalmente a buena parte de América Central, América del Norte y Sudamérica.

Conforme Max lo escuchaba embelesado, en silencio, Manuel le explicó que los juegos de pelota rituales que alguna vez se habían jugado allí estaban íntimamente vinculados con el calendario mismo. De acuerdo con la creencia maya, en la fecha crucial del 21 de diciembre ocurriría un cambio en la conciencia si el hombre quería sobrevivir más allá del "final de los tiempos".

A pesar de la relevancia de lo que estaba diciendo, hablaba tranquilamente, como a cualquier individuo o grupo de turistas. Y al escucharlo, Max hizo repentinamente una conexión que lo había eludido desde su viaje a la India.

Vio en su ojo mental la serie clave de números que habían aparecido una y otra vez en la libreta de B.N. Mahars, 21122012. Debido a que era estadounidense, no había hecho la conexión inmediata. Pero en cualquier otra parte del mundo, esos números reflejaban una fecha específica: 21/12/2012.

Diciembre 21, 2012.

Esto no podía ser una coincidencia.

De alguna manera, la reunión debía ocurrir el once de agosto para iniciar una secuencia que terminaría en 21122012. Y Los Doce debían estar presentes.

Max se volvió a mirar el sitio sagrado para comprobar si había un lugar adecuado para que todos se reunieran. Pensó en el propio campo del juego de pelota, pero sabía que no podrían impedir la entrada a los turistas que pudieran llegar, y no tenía idea de cuánto tiempo iba a durar la reunión de Los Doce. Pero sí sabía que sería mejor tener cierto grado de privacidad.

Max miró a distancia hacia los volcanes situados al este, el volcán Tacaná, y el volcán Tajumulco, incluso más alto, y le preguntó a Manuel si había un lugar para reunirse en la base de alguno de ellos.

Manuel sonrió.

—Por supuesto que lo hay —contestó, aún en su lengua mexicana—. Sígame. Incluso hay una cueva donde mi gente antigua solía realizar poderosas ceremonias. Ya no recordamos los rituales, ni para qué eran, pero nuestras leyendas nos dicen que el juego de pelota mismo está orientado para que la luz del sol se proyecte directamente hacia él a través del volcán Tajumulco en el solsticio de invierno.

Después de un paseo de cuarenta y cinco minutos en un jeep rentado y veinte minutos adicionales de caminata, Max y Manuel llegaron a un claro en la montaña. Estaba junto a una cueva, y desde allí no sólo podían ver el juego de pelota y las estatuas antiguas, sino incluso el océano Pacífico al oeste, a 25 kilómetros.

—Sí, esto es perfecto —confirmó Max, cuando el panorama llenó sus sentidos—. ¿Hay alguna manera de garantizar que nadie nos moleste cuando nos reunamos en agosto?

—No se preocupe —contestó Manuel—. Yo me apostaré donde comienza el sendero y no dejaré que nadie pase. No hay habitantes arriba en el volcán, así que no tendrá que preocuparse de ser molestado.

Max ofreció pagarle a Manuel por su tiempo y esfuerzo, pero el viejo sólo sonrió y movió la cabeza.

—Es suficiente con ver a mi hijo Juan —dijo—. Además, siento en mi corazón que su ceremonia está vinculada a mi propio propósito.

Ambos estamos cumpliendo nuestros destinos, y no hay necesidad de dinero para compensarme por lo que hago con amor y gratitud a mi Creador.

Max le devolvió la sonrisa al hombre que estaba parado frente a él.

—Le estoy profundamente agradecido —dijo—. No estoy tan seguro como usted de que esta ceremonia revele verdaderamente nuestros destinos, pero ciertamente ofrecerá algún tipo de indicador para mi propia odisea y explicará los sincronismos y coincidencias que han dirigido mi vida. —Después de decir esto, abrazó a Manuel.

Esa noche Max estaba demasiado excitado como para poder dormir.

No podía creer que el mundo se fuera a terminar el 21 de diciembre, y sin embargo, no podía negar que algo importante estaba vinculado a esa fecha. Habían ocurrido muchas cosas sin explicación, y entre más se acercaba ese día, los acontecimientos llegaban más de prisa.

"¿Y si todo continúa acelerándose?", meditó mientras yacía en la cama, mirando hacia el techo. "¿Qué más podría suceder?"

Sincronismo tras sincronismo. Desde su impetuosa reunión con María hasta el misterio del cálculo final de B.N. Mahars, las muchas y, al parecer, imposibles cadenas de coincidencias habían llevado a Max hasta Izapa, de manera tan inexorable como el movimiento de la marea.

El principio del último conteo, que llevaba al final del calendario maya, mantenía a Max en un frenético cálculo mental de los números.

Había estado intercambiando correos con Sun, el experto en numerología, desde la revelación de todos los nombres. Los cálculos iniciales de Sun eran sorprendentes. No sólo estaban representados los primeros nueve números clave, sino que de alguna manera la armonía permanecía incluso en ausencia de B.N.

Sólo había tres números duplicados. Uno lo compartían Chill Campister y B.N., quienes eran el número cuatro. Por supuesto, tras la muerte de B.N., ya no había una duplicación.

Tanto María como Sun eran el número nueve, pero distintos nueves: el nombre de María daba un total de 189, y el nombre de Sun, 108, el número sagrado hindú. La otra única duplicación involucraba al doctor Alan y a Melody, quienes eran el número dos. Melody tenía un triple dos, y representaba una "doble energía", más alineada e integrada con la energía de grupo que la del doctor Alan, quien era el único escéptico entre Los Doce.

Era evidente que este agrupamiento, de acuerdo con la numerología, era parte de un cuidadoso diseño.

Y Max seguía regresando al 21122012 y a la ineludible progresión de veintiuno a veinte, aún conectado con el misterioso número doce. De alguna manera, Los Doce, el calendario maya y los cálculos de B.N. estaban todos relacionados.

Al seguir sin poder dormir, Max supo que jamás descansaría hasta que pudiera explicar las conexiones —energética y numérica— entre la gente, las fechas y su misión de reunir a Los Doce en Izapa.

El Treceavo Apóstol

Max ERA UN MANOJO DE NERVIOS.

Viajó a la Ciudad de México la noche del 9 de agosto para encontrarse con C.D. y Shilpa, y después se trasladó con ellos hasta Tapachula en una avioneta que vibraba tan fuertemente que él y Shilpa apenas podían hablar.

A C.D. le pareció divertidísima la aventura. Estaba muy emocionado, saltando de arriba abajo y gritando, señalando cada lugar desde la ventana del avión. Max no había estado cerca de tal energía durante mucho tiempo, y la encontró agotadora.

Más que nunca, estaba agradecido de que Shilpa hubiera podido supervisar a su hijo durante el viaje.

Cuando llegaron al hotel de Tapachula, todos los demás ya se habían instalado. Erol decidió que no tenía sentido hacer un viaje tan largo sin incluir uno o dos días para visitar otros sitios sagrados en la tierra de las antiguas pirámides mayas. Así que había llegado el día siete y ya se sentía completamente en casa con sus nuevos amigos Juan y Manuel.

También se había hecho amigo de Sun Pak, con quien discutía algunos tratos de negocios. Y a pesar de que le doblaba la edad, no podía apartar la mirada de Melody.

—Se mueve como el agua y brilla como una joya —le confió a Max.

Yoko y María fueron compañeras de viaje en el paseo a San Lorenzo, en Chiapas. Juan y Manuel habían entablado relación con Oso que Corre y Yutsky, compartiendo fotos e historias de sus familias. Manuel llevó a Oso que Corre al lugar de la reunión para mostrarle la cueva y preguntarle si todo estaba bien.

Oso que Corre hablaba suficiente español como para comunicarse, y Juan los acompañó como intérprete, por si las dudas. Oso que Corre aprobó el lugar, compró varias cajas de agua embotellada y le pidió a Juan que ordenara unos sándwiches para llevar la mañana del once.

—Debemos reunirnos al amanecer, pero no tengo idea del tiempo que vamos a estar ahí o lo que va a suceder. Es mejor estar preparados —dijo.

Cada vez más, Chill Campister expresaba su certidumbre de que la reunión de Los Doce resultaría en la segunda venida de Cristo, y eso era todo lo que podía decir. Con Juan como intérprete, Rinpoché disfrutó largas conversaciones con Manuel y Oso que Corre sobre la naturaleza de sus prácticas y rituales chamánicos.

Alan Taylor permanecía escéptico en cuanto a todo el asunto, puesto que no creía en Dios, y admitía sus dudas sobre lo que decía Oso que Corre. Le confesó a Max que se había sentido renuente a asistir al acontecimiento, hasta que descubrió que Izapa estaba cerca de algunos sitios excelentes para hacer surf y supo que Erol pagaría los gastos del viaje. Así que se había dado algún tiempo para lanzarse a las olas.

—Además —dijo amigablemente— te aprecio, Max, y no hay nada de malo en esta aventura. Por lo menos, ¡va a ser muy interesante!

La noche del día diez, Max organizó una cena en el hotel. Repitió toda la historia de su experiencia cercana a la muerte y contó los nuevos detalles que había descubierto en la India, a partir de la libreta de B.N. Mahars. Shilpa estaba allí, cuidando a su hijo, y sonrió abiertamente cuando Max habló de la inteligencia de su padre.

También fue durante esta cena que Max se reconectó con María. Fue sólo una mirada, pero por un momento se perdió nuevamente en las profundidades de su belleza todavía vibrante. Quedó cautivado de nuevo por la música de su voz y su porte tranquilo.

María devolvió la mirada a Max, pero él luchó contra la urgencia de hacer una conexión más personal; continuó explicando las circunstancias que habían llevado a C.D. a representar a B.N., puesto que Oso que Corre había sido muy claro en que Los Doce —todos— debían estar presentes para que el Gran Espíritu bendijera la ceremonia. Aunque no era uno de Los Doce, Max se uniría a la ceremonia como el guardián del cuaderno de B.N.

—Al menos al principio debes unirte a nosotros —confirmó Oso que Corre—. Parece evidente que B.N. Mahars sintió que C.D. lo representaría, pero el cuaderno también es importante, y cuando no está en la India, parece pertenecerte a ti.

"Si la energía no fluye, pues te vas —concluyó el chamán.

Ninguna otra persona podría asistir, pues de acuerdo con Oso que Corre, la energía de Los Doce, y sólo de Los Doce, era la necesaria para lo que fuera a ocurrir.

Max se dio cuenta con cierta inquietud de que tendría que cuidar de C.D.

El grupo estaba en la base del volcán Tajumulco a las 4:55 de la mañana siguiente. Con una linterna en la mano, Manuel los encontró ahí y con pasos seguros los guió hacia el claro de la ladera, cerca de la cueva.

Después partió para montar guardia al inicio del sendero, como había prometido.

Oso que Corre también estaba allí desde temprano e invitó a todos a que se reunieran alrededor de una fogata que había preparado.

—Debemos sentarnos en círculo alrededor del fuego. Faltan treinta minutos para el amanecer, y durante este tiempo quisiera que cada uno orara en silencio y a su propia manera.

"Si su costumbre es cantar, háganlo, pero tan calladamente como puedan. Es mi creencia que cada uno de nosotros representa el color de una de las doce tribus y que estamos aquí para recibir instrucciones. No sé en qué forma llegará esa señal ni cuánto tiempo debamos estar aquí.

"Quizá no estemos aquí más que una o dos horas, pero podríamos estar todo el día. A pesar del tiempo que esto vaya a tomar, después de haber llegado tan lejos sería tonto abandonar el lugar antes de que nuestras plegarias hayan sido respondidas.

Hizo una pausa y recorrió con la mirada a cada uno de los miembros, hasta que completó todo el círculo.

—Somos de distintas tradiciones, venimos de distintas tierras y albergamos distintas creencias, pero en el poco tiempo que he pasado con cada uno de ustedes es evidente para mí que todos somos almas de destino. Estamos viviendo en un tiempo de gran promesa y gran dolor, así que sugiero que oremos, no por nosotros mismos, por nuestras propias personas individuales, sino por toda la gente y todas las criaturas.

"No creo que nos hayan elegido al azar, sino que estamos aquí por un propósito específico... Así que recémosle a nuestro Creador.

Max jamás había rezado en su vida, y sabía que el doctor Alan tampoco era un experto en plegarias, como tampoco Erol, de modo que los tres sólo miraron hacia el espacio.

C.D. no tenía idea de lo que decía Oso que Corre, pero al observar a Max supo que había que estar callado y encontró unos palos que podía doblar y usar para hacer marcas en la tierra. Así que el joven pasó el tiempo en silencio y dibujando, borrando, y después volviendo a dibujar monigotes.

Después de lo que pareció mucho tiempo, el sol salió y brilló en sus rostros.

Max miró a su alrededor, y todavía no había ocurrido nada fuera de lo ordinario. Rinpoché estaba cantando suavemente, y también Oso que Corre.

Sun Pak denotaba aburrimiento en la mirada, pero María y Yoko parecían absortas en algún trance de meditación. Juan, Melody, Yutsky y Chill parecían perfectamente satisfechos de estar sentados y no hacer nada, y Max envidió su calma.

Después de lo que pareció al menos una hora, Oso que Corre se levantó y preguntó si alguien tenía hambre o sed. Puesto que nadie había tenido tiempo para desayunar, todos se sintieron felices por los sándwiches y los tamales que salieron de la mochila de Oso que Corre.

Permanecieron en el círculo mientras comían.

Pasó otra hora, y aún no había ninguna señal. El doctor Alan volteó a mirar anhelante al Pacífico, según observó Max, sin duda pensando en la buena sesión de surf que se estaba perdiendo. Después de un tiempo, volteó a mirar a Oso que Corre y habló.

—¿Cuánto tiempo necesitamos estar sentados aquí? —preguntó—. No tengo la sensación de que algo vaya a suceder.

El rostro del nativo americano permaneció imperturbable mientras contestaba.

—No sé cuánto, pero es evidente que necesitamos darle más tiempo. Quizá no tengas conciencia de ningún cambio, pero puedo asegurarte que las energías de este lugar se están desplazando. Los Doce debemos estar sentados simplemente, para que nuestras energías se equilibren.

"Todos provenimos de un solo origen y nos hemos reunido para devolver esas fuerzas que nos crearon. Por favor sean pacientes, sólo hemos estado aquí dos horas. En un rito de iniciación, a veces es necesario pasar todo el día.

Cuando vio las miradas de alarma que aparecieron en algunos de los rostros, añadió:

—Quizá no precisaremos pasar aquí todo el día, pero quizá necesitemos varias horas más.

Después de decir esto, regresó a su meditación.

C.D. había estado sorprendentemente callado, pero ahora le hacía cosquillas y bromas a Max que requerían toda su atención. Lejos de irritarlo, esto le significó un alivio, pues tenía poca tolerancia al hecho de permanecer sentado sin hacer nada. Así que C.D. le proporcionó una distracción placentera.

Después de un rato, Erol, luego Sun Pak, más tarde el doctor Alan y enseguida todos los demás caminaron para estirar sus piernas e inspeccionar el lugar. Sin embargo, nadie se iba por más de veinte minutos, y nunca había menos de nueve de Los Doce presentes en un momento dado.

Max esperaba que ello fuera suficiente.

Justo antes del mediodía, Max notó que soplaba un viento extraño.

Primero vio que se movían las ramas de los árboles, y después repentinamente hubo un pequeño tornado girando por encima de las brasas del fuego, las cuales se encendieron y después se extinguieron.

Oso que Corre permanecía inmóvil .

Después observó a Rinpoché, y luego a Juan, y también a Erol. Sun Pak, María, Yoko, Melody, Yutsky y Chill, y finalmente a Alan y C.D. Cada uno de ellos estaba fascinado.

Estaban en silencio, incluso C.D., y sus ojos se mantenían fijos en el lugar donde estuviera el fuego. Una sensación de tranquilidad entró al claro y el tiempo pareció detenerse.

Max parpadeó, pero no vio nada. El viento había vuelto a cesar, y el silencio era completo. Pensó que debía sentir una emoción ansiosa ante lo que estaba ocurriendo, esa culminación de todo lo que había hecho; sin embargo, la calma se apoderó de él también, y experimentaba una sensación de curiosidad y asombro.

Después se volvió a mirar nuevamente a Los Doce y vio que las lágrimas rodaban por sus mejillas. El silencio se rompió, y suaves sollozos emanaron de cada uno de ellos.

Parecían ser lágrimas de alegría.

Finalmente, después de lo que parecieron horas, Max sintió que una presencia entraba al claro.

"¿Podrá ser este el Ser que hemos estado esperando?", pensó. "¿Esto es, finalmente?"

—Sí, Yo Soy —dijo una voz tranquila y profunda que resonó a su alrededor—. Las leyendas se refieren a mí como el Treceavo Apóstol, aunque ustedes me verán como su Dios; como Jesús, Mahoma, Krishna y Padmasambhava, incluso como Buda. Podré aparecer como energía pura o quizá incluso como un extraterrestre.

"Cada uno de ustedes me ve como la realización de su destino… como el Salvador o el Mesías, y soy ciertamente la realización de todas esas creencias.

"Los doce, por su presencia, han creado un vórtice de energía que me permite entrar a su mundo, y he venido a decirle a cada uno lo que debe hacer para salvarlo. Son parte de un pacto antiguo, hecho hace decenas de miles de años, para garantizar la supervivencia de este planeta y de la especie humana.

"Cada uno caminará hasta la cueva que está junto al claro y sabrá lo que debe hacer para cumplir las antiguas profecías y garantizar que este final de los tiempos no termine con su mundo.

Después, sólo hubo silencio.

El primero en entrar a la cueva fue Erol. Minutos más tarde salió con una expresión trascendente, y de alguna manera solemne, de determinación en su rostro.

El siguiente fue Yutsky, y después Sun Pak, seguido del doctor Alan, Chill, María, Yoko y Melody. Cada uno estuvo adentro sólo unos cuantos minutos.

Rinpoché permaneció en la cueva durante una hora completa, atardecía cuando Juan emergió y estaba oscuro cuando regresó Oso que Corre.

Sólo faltaba C.D.

Max lo escoltó hasta la entrada y tuvo la intención de quedarse afuera, pero el joven indio lo jaló hacia adentro.

Entró y percibió un resplandor y una sensación de paz. C.D. empezó a reírse, mientras la voz les hablaba a él y a Max.

—Eres un niño del amor —dijo—. Tienes mucho que enseñarle a este mundo. Tu abuelo calculó con sus números que el final del universo ocurriría en ciento treinta días a partir de hoy. Esto, de hecho, es cierto, pero lo que tu abuelo no podía saber es que el final de un universo puede marcar el comienzo de otro.

"Los seres humanos han desaprovechado sus preciosos dones, y el mundo ciertamente terminará si no cambian sus modos de actuar y transforman su conciencia.

"Tú me ves como Krishna y no entiendes la importancia de mis palabras, pero por eso tienes un guía. E incluso si no lo tuvieras, puedo tocar tu corazón. Hay una entidad que ha encarnado en tu planeta durante estos tiempos, una entidad que es incluso superior a mí, una entidad que, de hecho, me creó a mí y creó todo lo que existe. Este ser es el Elegido.

"Este Elegido ha hecho el sacrificio supremo de encarnar como ser humano, y al hacerlo ha arriesgado todo al olvidar y al convertirse completamente en humano.

"Tu tarea, como la de los otros once, es regresar a casa y buscar a este Elegido. Vuelve sobre tus pasos a los lugares más sagrados a los que has viajado o donde has vivido en esta vida humana. Max irá contigo, aunque no sea uno de Los Doce, pues a través de su conexión es como has llegado a formar parte del grupo. Será más fácil convencer al Elegido de la importancia de tu misión si Max está contigo. Así que ve y busca afanosamente.

"Después deberán reunirse nuevamente, justo antes del atardecer del 21 de diciembre. Los Doce y el Elegido deben estar presentes, y eso es todo lo que será necesario para garantizar que la humanidad pueda, de hecho, cumplir el destino prometido del cielo en la Tierra. Juntos le daremos la bienvenida al Elegido y aprenderemos entonces lo que debemos hacer para asegurar la era prometida.

"Ahora ve y regocíjate en el conocimiento de que has cumplido la primera parte de tu promesa. Eres un servidor especial de bondad, C.D., y te bendigo por toda la eternidad.

Después se hizo el silencio, y Max supo que estaban nuevamente solos. El Treceavo Apóstol ya no estaba presente.

Max tomó de la mano a C.D. y lo condujo hasta el claro donde los otros permanecían en silencio, todavía asimilando lo que, para cada uno de ellos, había sido un encuentro milagroso.

Compararon sus historias, y cada uno había visto al ser espiritual de su creencia. Les habían dado el mismo mensaje que a C.D., y cada cual se sintió bendecido por ser parte del viaje.

Cada uno esperaba ser el que encontrara y trajera de regreso al Elegido. Habían entrado al claro aquella mañana como doce individuos separados, con Max como el único conocido que los unía. Ahora estaban unidos, compartiendo un propósito y una misión comunes.

Juntos bajaron por la montaña en la oscuridad, hasta que vieron la luz de una antorcha. Manuel los saludó sin preguntas, y fue un grupo silencioso el que regresó a Tapachula.

Durante la cena, Max le contó a Shilpa sobre la experiencia de C.D., y lo que había escuchado en la cueva. También le explicó que sería necesario que ellos regresaran a Izapa en diciembre.

Aunque había habido dudas iniciales, ahora todos estaban ansiosos por el retorno, incluso el doctor Alan. Shilpa estaba preocupada de que C.D. no fuera capaz de buscar al Elegido, pero Max la tranquilizó:

—Yo lo ayudaré, aunque dudo que alguna búsqueda real sea necesaria. Creo que el Elegido ya ha decidido quién lo encontrará, y si C.D. está destinado a tener éxito, el Elegido irá a él.

Volver sobre los pasos

AGOSTO, 2012

DESPUÉS DE UN DÍA DE REFLEXIONES SOBRE LO OCURRIDO, NUEVA-mente se reunieron para cenar, esta vez para comparar versiones y planear el futuro.

Había un elemento común en las instrucciones dadas a cada uno de Los Doce por el Treceavo Apóstol:

—Vuelve sobre tus pasos a los lugares más sagrados a los que has viajado o donde has vivido en esta vida humana. Max irá contigo, aunque no es uno de Los Doce, pues a través de su conexión fue como se han reunido con el resto.

Tan pronto como terminaron de comer, Erol se sentó con Max y organizó un programa para que pudiera pasar al menos diez días con cada uno de Los Doce.

—Tenemos exactamente ciento treinta días, incluyendo el actual —observó Erol—. Si pasas diez u once días con cada uno de nosotros, tendrás tiempo suficiente. Debemos reservar tu viaje inmediatamente y compartir el itinerario que cada uno elegirá para volver sobre sus pasos a aquellos lugares donde hay mayor probabilidad de encontrar al Elegido. —Después ofreció pagar los gastos de sus viajes.

—Eres más que generoso, Erol —dijo Max con alivio, por no tener ya la carga del costo—. No sé cómo hubiéramos podido lograrlo sin ti.

—No hay precio para nuestra misión —dijo Erol, y su voz era sombría—. El mensaje que el Treceavo Apóstol me transmitió fue quizá el más desesperado. Dijo que si fracasábamos en regresar con el Elegido, el mundo no ingresaría al cambio para el que ha sido predestinado. No moriremos inmediatamente si fallamos, pero el caos —la degradación ambiental, la violencia y las guerras, la pobreza, la avaricia y el miedo que han predominado durante los siglos veinte y veintiuno— continuará hasta que el planeta mismo entre en un periodo de latencia durante el cual los humanos finalmente se destruirán a sí mismos.

"Esto dará origen a un periodo de veintiséis mil años de oscuridad antes de que los humanos emerjan nuevamente para reparar el daño que habrá sido hecho.

—El Apóstol no compartió muchas consecuencias funestas de ese fracaso con C.D. —comentó Max.

—¿Por qué habría de hacerlo? —inquirió Erol—. C.D. es el único verdaderamente inocente entre nosotros. Si ha de encontrar al Elegido, será a través de la magia pura de su personalidad. De manera más probable, el Elegido lo encontrará a él.

"Así que C.D. no necesita motivación adicional. Por tanto, sugiero que organicemos tu viaje para que C.D. sea la última parada. Debes empezar con Juan, pienso, cuyos sitios sagrados estarán a la mano aquí en Chiapas y quizá otros lugares de México y Guatemala. Después haz planes para viajar con Alan y Chill, justo en tu jardín posterior, en California.

"Déjame hablar con los otros para ver qué lugares elegirán, para que pueda hacer los preparativos necesarios para ti.

En realidad, Max no necesitó los once días completos para viajar con Juan. Éste había estado en Chichén Itzá, en casi todas las pirámides sagradas de todo Chiapas y Yucatán, y en algunos oasis mágicos y ocultos en los volcanes que rodeaban Izapa. Con frecuencia, viajaron a pie con el padre de Juan, Manuel, quien los acompañó durante todo el trayecto.

Puesto que no sabían con exactitud lo que estaban buscando, todo el tiempo permanecieron alertas a cualquier señal: una energía inexplicable o un individuo que dijera o hiciera algo fuera de lo ordinario.

Estrecharon su relación, pero no encontraron al Elegido. Max experimentó la magia de los volcanes y sintió la presencia de espíritus antiguos en las pirámides, pero ninguna persona sobresalió como un posible candidato.

Max regresó a Dana Point y se enteró de que el doctor Alan había pasado su juventud en Ohio, cerca de muchos túmulos funerarios de la cultura nativa americana. El doctor Alan también había sido escalador y junto con Max visitó varias cumbres fuera de Aspen, Colorado, donde pasó algunos inviernos y después algunos veranos cuando era niño. Pero a pesar de los once días que pasaron en Colorado, Ohio y otras partes de la región central de Estados Unidos, no encontraron ningún rastro del Elegido.

Puesto que el doctor Alan le confió a Max que había visto un ovni muchos años antes en su estado natal de Ohio, incluso pensó que el Elegido pudiera ser un extraterrestre. Pero eso no ayudó, seguían sin saber realmente lo que estaban buscando.

Max hizo los trámites necesarios para encontrarse con Chill en el Gran Cañón, en Arizona. Chill había sentido una gran alegría al visitar parques naturales como ese cuando era niño, y por tanto pensó que el Elegido podría regresar a él en tal lugar de belleza natural.

Desde el Gran Cañón fueron hasta Yellowstone y después de regreso a las costas remotas de California, junto a Big Sur, entre las secuoyas, y finalmente a Yosemite.

Era su último día allí y caminaban por el sitio donde acamparon cuando Chill vio a un hombre barbado y de apariencia extraña asando salchichas y muy alejado de los otros campistas. Tenía el cabello blanco y despeinado, llevaba una barba blanca muy larga, y vestía jeans y una camisa de franela para trabajar. Hablaba consigo mismo de manera fuerte y errática.

Su primera impresión fue que el hombre pudiera estar más loco que iluminado. Sin embargo, puesto que ya habían pasado once días buscando al Elegido sin encontrar siquiera un destello de esperanza, e impulsados porque Chill creía profundamente que el Elegido pudiera ser en realidad Jesús, se acercaron al hombre.

Conforme se acercaron, algo en aquella persona les parecía familiar, y ante el asombro del entendimiento, Max difícilmente podía dar crédito a sus ojos.

Era Louis.

Max no había visto a su hermano en más de veinte años, y no sabía si seguía vivo.

Louis salió de su incoherencia y le dijo:

—Bueno, ya era tiempo de que te aparecieras.

Durante un segundo Max pensó que, en contra de todas las posibilidades, quizá Louis era realmente el Elegido. Pero después recordó lo violento que había sido su hermano durante casi toda su vida, y creyó fervientemente que el Elegido jamás habría adoptado esa forma.

Chill, sin embargo, no tenía tantos antecedentes, e incluso después de que Max le presentó a su hermano, persistió. El hecho de que Louis *fuera* hermano de Max, en realidad le hacía pensar a Chill que era más probable que pudiera ser la persona que estaban buscando. Así que se sentaron en la mesa de picnic junto al asador y compartieron los *hot-dogs*, las papas y la cerveza que Louis había traído.

Durante la cena, mientras Max estaba sentado en silencio y observaba, Chill describió la aventura en Izapa y su misión de encontrar al Elegido. Louis no mostró sorpresa alguna ante la historia, pero miró a Max con una especie de celos y odio internos que siempre había mostrado cuando se enfrentaba a cualquiera de los logros de su hermano.

Max se sintió cada vez más incómodo y le sugirió a Chill que partieran, pues tenía que encontrarse con Oso que Corre más tarde esa noche para continuar su búsqueda.

Al oír esto, Louis observó a Max y dijo:

—Jamás encontrarán al Elegido si no me llevas contigo —vaticinó—. Empacaré mis cosas y estaré listo en poco tiempo para irnos.

Max se puso nervioso instantáneamente.

—Pero no hay tiempo para hacer esos preparativos —dijo rápidamente—, y no tenemos el dinero necesario tampoco.

—¡Dinero! —gritó Louis—. Eso es todo lo que te ha importado siempre y todo lo que le importaba a nuestro padre. —Repentinamente, fue como si se diluyeran cincuenta años.

Louis arremetió contra Max y empezó a estrangularlo con toda la fuerza demente que había poseído en su juventud. Pero sólo estaba a tres semanas de celebrar su cumpleaños número sesenta y cinco, y aunque el repentino chorro de adrenalina le había dado la ventaja, el flujo de energía no duró más de un minuto.

Chill, con más de 1.80 de estatura y en excelente condición física, pudo apartar a Louis y mantenerlo controlado. Otros campistas escucharon la conmoción y corrieron también para ayudar a Max.

Llamaron a un guardián del parque, quien llevó a Louis al departamento de policía de la localidad para que fuera detenido por agresión.

Aunque su cuello estaba adolorido, Max no tenía otro daño. Le dio las gracias a Chill por salvarlo y ambos partieron.

Poco después se separaron, y Max continuó con su plan de encontrarse con Oso que Corre esa noche.

Se encontró con el chamán en un motel de Yosemite, e iniciaron un viaje que llevó a Max a los antiguos sitios indios que estaban diseminados por todo Montana y Canadá. Sin embargo, a pesar de la habilidad que Oso que Corre tenía para entrar en comunión con el Gran Espíritu, no había señal del Elegido.

Sun Pak era la siguiente persona con la que Max tenía programado viajar, y se encontraron en Vancouver. Viajaron por la costa norte de la Columbia Británica, y visitaron lugares muy bellos, pero Sun Pak confesó que si iban a encontrar al Elegido, probablemente lo harían en China, porque ese era su verdadero hogar y también el de sus recuerdos más sagrados.

Así que cruzaron el Pacífico y aterrizaron en Beijing. Pero a pesar de las visitas a la Gran Muralla y la pequeña y remota aldea donde Sun Pak había nacido, no tenían señal de lo que estaban buscando.

Desde China, Max viajó directamente hasta Japón para encontrarse con Yoko.

Juntos viajaron a Hokkaido, Niko, otros muchos sitios sagrados donde Max también había estado mientras filmaban *En busca de los misterios antiguos*, y no encontraron rastro.

Después Max se fue a Vietnam. Melody había llevado a su abuela, por si llegaban a localizar al Elegido en la tierra sagrada de sus ancestros. La abuela de Melody escuchó la historia de Los Doce, y parecía imperturbable, aunque orgullosa, de que su nieta fuera parte de algo tan importante.

Sin embargo, lloró al visitar la hermosa campiña de su juventud. A pesar del hecho de haber recorrido más de veinte sitios sagrados y aldeas por todo el país, su viaje no fue fructífero.

Melody estaba muy desilusionada, pero su abuela no.

—Es suficiente con haber podido buscar al Elegido en nuestra tierra sagrada —dijo—. La intención a veces es tan importante como los resultados, y la nuestra ha sido pura, no tengo duda de que ayudará a otros en su búsqueda del Elegido.

Max se dio cuenta entonces de que esta mujer creía de todo corazón en su misión, y también le daba esperanza a él.

—Tengo confianza —continuó— en que el Elegido aparecerá tal como fue profetizado. Su existencia es similar a una creencia que ha sido parte de nuestra familia durante siglos, junto con las predicciones de la llegada del fin de los tiempos.

"Nuestro papel de traer el cielo a la Tierra pronto se cumplirá —le garantizó a Melody y a Max, con una sabiduría y certidumbre que reconfortó a ambos.

Desde Vietnam, Max viajó a Lima, Perú, y después a Trujillo, donde fue recibido por María y sus dos hijos mayores en el aeropuerto. María abrazó cálidamente a Max, y él recordó fugazmente su hermosura embriagadora cuando se conocieron por primera vez hacía casi cuarenta años.

Al dar un paso hacia atrás y presentarlo a sus dos hijos, Andrés y Sebastián, Max vio nuevamente a una mujer todavía hermosa, con una suavidad y una sabiduría que sólo la hacían más atractiva.

—Has llegado en un día muy especial —explicó ella con un brillo de orgullo en la mirada—. La hija mayor de Sebastián, Renata, cumple quince años hoy. Toda la familia celebrará con ella en mi casa, así que conocerás de golpe a todos los Tucano.

"Sé que debes estar cansado por el vuelo —agregó—. Andrés te llevará a tu hotel, mientras Sebastián y yo preparamos el festejo. Andrés regresará a recogerte a las seis de la tarde. Sin duda, celebraremos toda la noche, así que descansa un poco —rió, le dio a Max un beso en la mejilla y otro abrazo rápido.

En el auto, a Max le resultó fácil platicar con Andrés, quien sentía curiosidad por escuchar cómo se habían conocido Max y su madre, mucho antes de su nacimiento. Ella jamás había hablado al respecto, y hasta que Max llamó y la invitó a unirse a él en Izapa, Andrés no tenía idea de su existencia.

Al observar el carácter accesible del joven, Max decidió abrirse y contarle toda la historia.

"¿Por qué no?", pensó. "Lo peor que puede pasar es que me considere el loco amigo norteamericano de su madre."

Pero Andrés no se mostró sorprendido cuando Max le contó lo ocurrido en Izapa, ni siquiera por la aparición del Treceavo Apóstol.

—Mi madre describió su encuentro y explicó que vendrías para ayudarla en su búsqueda del Elegido. Es una madre maravillosa, y yo creo cada palabra que dice.

"No sé si será la que encuentre a ese Elegido —agregó, volviéndose hacia Max y sonriendo— pero estoy contento de que hayas llegado y traído esta aventura a su vida. Estaba muy enamorada de mi padre, y cuando murió tan repentinamente, entró en un profundo duelo. Es ahora cuando empieza a sonreír de nuevo. Será maravilloso para ella viajar contigo y volver a visitar los lugares de su juventud.

Ante la mención del esposo de María, Max sintió curiosidad.

—Bueno, tu madre es una mujer muy especial —dijo— y estoy seguro de que tu padre debió haber sido un hombre especial también. Lamento que haya muerto tan joven.

—Sí, papá era maravilloso —dijo Andrés—. Era un excelente proveedor y un hombre que amaba la diversión. Hizo muy feliz a mi madre y siempre estaba bromeando conmigo y con mis hermanos. Los nietos lo añoran mucho también, pero nos sentimos muy felices de haberlo tenido en nuestras vidas.

"Verás durante la fiesta, esta noche, cuánta vida tiene el clan Tucano —explicó—. Mi padre provenía de una familia muy grande, y sus hermanos y mis primos se reunirán con nosotros. Juntos somos más de cien personas, y casi todos son familia.

En ese momento estacionó el auto en el mismo Hotel Sheraton donde Max había conocido por primera vez a María, hacía tantos años. No pudo evitar voltear a ver el parque.

—Te recogeré a las 6:00 p.m. Aquí está mi número —dijo, entregándole una tarjeta—. Si necesitas cualquier cosa, sólo llama. Sebastián y mi madre están a cargo de todos los detalles de la fiesta, así que realmente estoy disponible para ayudarte si fuera necesario.

Max salió del auto y el botones tomó su maleta.

—No, estaré bien —insistió Max—. Tenemos como cuatro horas antes de que me recojas, y ciertamente me caería bien una buena siesta. —Le dio la vuelta al auto, abrazó a Andrés y le dio las gracias por su hospitalidad.

Max se durmió a los pocos minutos de poner la cabeza en la almohada.

Su último pensamiento antes de dormirse fue María, como la mujer joven que había conocido hacía tantos años, besándolo en el parque al otro lado de la ventana del hotel y diciéndole que lo amaría para siempre, justo como él la amaba, pero que sus destinos no les permitirían estar juntos en esta vida.

Se dio cuenta, sólo con mirarla en el aeropuerto, que parte de él todavía sentía amor por ella, y aún añoraba la pacífica vida doméstica que ella había tenido con su esposo, y no con él.

Max había estado en muchas fiestas en su vida, pero el amor, la risa, la música y las festividades de la quinceañera Renata realmente lo sorprendieron.

Había nietos que iban desde los tres años en adelante, e incluso un recién nacido, de uno de los primos. Estaban las mejores amigas de Renata, con coloridos vestidos, y jóvenes pretendientes engalanados con sus mejores trajes. Había tías y tíos, tías abuelas y tíos abuelos, flores, decoraciones, luces de colores y, sobre todo, amor.

Todo el mundo bailaba y cantaba. Parecía como si la mitad de la familia fueran músicos profesionales. Cantaban canciones folklóricas, cantaban canciones clásicas de amor, tocaban piezas especiales que ellos habían compuesto, algunas románticas y otras llenas de chistes sobre Renata y sus amigas.

Como María había predicho, la fiesta en verdad siguió durante toda la noche. Prepararon un cordero entero en un asador con varillas y ofrecieron todo tipo de manjares imaginables, incluyendo un hermoso pastel de casi 1.50 metros de alto.

Presentaron a Max, y todos lo abrazaron y lo hicieron sentir parte de la familia. Era la primera vez, desde lo de Izapa, en que realmente olvidó la búsqueda del Elegido y sólo se divirtió. Bailó y comió y bebió. Coqueteó con las chicas, maduras y jóvenes, bromeó con los nietos, y acabó participando en juegos de palabras y números con los niños.

Los deleitó con sus historias sobre la India y otras tierras lejanas, pero, sin importar lo que estuviera haciendo, durante toda la noche no pudo apartar los ojos de María.

Ella estaba vestida sencillamente con un vestido negro y pasó la mayor parte del tiempo jugando con los niños. La sonrisa permaneció en su rostro durante casi toda la noche, y estaba tan animada jugando con los más jóvenes que alguien habría podido confundirla con uno de los nietos, en lugar de adivinar que era la abuela.

Hacia el final de la noche —o quizá ya de mañana—, después de que Max ayudó a María a acostar a varios de los nietos, ella volteó a mirarlo y le dio las gracias.

—Mañana, bueno, en realidad, hoy, dada la hora que es, dormiremos hasta muy tarde, después te recogeré en tu hotel e iremos en avión hasta Arequipa —dijo—. De ahí nos iremos a Cuzco, Machu Picchu, Puno, Copacabana y el lago Titicaca. Esos fueron los viajes más sagrados de mi juventud y han de ser los sitios más probables donde encontrar lo que estamos buscando.

—Yo también he ido a esos sitios, gracias al trabajo que hice en las películas —dijo Max—. Por ahora, sin embargo, quiero agradecerte nuevamente por invitarme esta noche. Ha sido más que un receso relajante de mi búsqueda. Jamás había sentido tanto amor en una sola casa. Verte con tus nietos y toda tu familia fue muy especial.

—No, soy yo la que debo agradecerte —insistió María—. Tu llamada no pudo haber llegado en un mejor momento. En Izapa me reconecté con mi sentido de un propósito superior. He tenido una existencia maravillosa, y sin embargo, de alguna manera, siento que mi vida apenas está comenzando nuevamente.

Después lo empujó hacia la puerta principal de la casa.

—Un taxi te está esperando para llevarte de regreso al hotel. Tenemos un vuelo a la 1:00 p.m., y tendremos muchas oportunidades para ponernos al corriente mientras viajamos. En Izapa, con tanta gente, no tuve la oportunidad de preguntarte sobre tu vida y familia. Ansío poder conocerte en este viaje.

Max y María buscaron al Elegido durante los siguientes diez días, pero sin éxito.

Max había pedido cuartos separados en cada hotel, como era lo adecuado, pero descubrieron que el profundo amor que los había unido por primera vez hacía tantos años jamás había muerto. Solos, y sin otras personas alrededor que pudieran distraerlos, no lograron evitar volver a enamorarse.

Cayeron en un ritmo natural que hizo que el viaje fuera fácil y divertido. Se reían de las historias que contaban, las observaciones que hacían y la gente a la que conocían. En el viaje en tren hacia Puno jugaron cartas, y Max se sorprendió al ver lo competitiva que era María y cómo, aunque parecía que no ponía atención, la mayoría de las veces le ganaba.

Durante la excursión a Machu Picchu, Max gentilmente tomó la mano de María para ayudarla a cruzar algunas partes difíciles del camino. Difícilmente podía creer la electricidad que sentía en un contacto tan casual y, de nuevo, el deseo estaba vivo, pulsaba por todo su cuerpo y su mente.

Para el momento en que llegaron a Copacabana, Max sostenía su mano cada vez que encontraba cualquier excusa. Literalmente, no podía apartar de ella sus manos, ni sus ojos.

Pero María los mantenía concentrados… y buscando. Finalmente, el último día de sus viajes, en una pequeña isla del lago Titicaca, María admitió que, también, había vuelto a enamorarse de Max.

—Estoy desilusionada por no haber encontrado al Elegido —admitió—. Verdaderamente pensé que hoy, en esta isla, tendríamos éxito. Una de nuestras leyendas dice que la era de espiritualidad femenina empezará justo aquí y en este tiempo, en el lago Titicaca. Mis ancestros incas creyeron que Viracocha había salido de este lago y regresado a él.

”Estoy segura de que, para la mayoría de mis ancestros, Viracocha mismo sería considerado el Elegido —explicó— y parecía factible que él pudiera aparecerse ante nosotros hoy.

Sonrió y dirigió su mirada a los ojos de Max, y después continuó:

—Pero, en realidad, no estoy para nada desilusionada. Cuando te conocí por primera vez, supe que en algún nivel místico serías el amor de mi vida. Ese momento mágico que compartimos en el parque en Trujillo jamás terminó para mí. Amé a mi esposo y amo la familia maravillosa que creamos juntos, pero parte de mí jamás dejó de quererte.

”Te amo ahora, y a diferencia de las circunstancias que nos rodeaban en ese entonces, no veo razón alguna por la cual no debamos hacerles caso a nuestros corazones.

María sostuvo las dos manos de Max y lo besó en la boca, en un beso que fue correspondido con una pasión y una gentileza que los transportó a ambos en el tiempo, hacia atrás y hacia adelante, hasta lugares donde habían estado o a los que estaban destinados a ir, en sus encarnaciones actuales y futuras. El beso pareció interminable, pero María delicadamente se apartó justo cuando las lágrimas de los ojos de Max tocaron sus mejillas.

—Estas son lágrimas de alegría, mi amor —dijo él—. He soñado con este momento toda mi vida. Apenas puedo creer que después de todos estos años, finalmente encontré el verdadero amor terrenal.

"De alguna manera siempre me he sentido atraído hacia ti, y seguro, sabiendo que puedo mostrar mi verdadero ser; verte con tus hijos y nietos, y lo generosa y cálida que eres con todos ellos, sólo ha confirmado mi certeza de que estar contigo durante toda la eternidad sería la mejor recompensa de mi vida.

Ella le sonrió.

—Max, conocerte es amarte. No puedo resistirme, y ten la certeza de que estaremos juntos por el resto de nuestras vidas. Pero en este momento debes prepararte para abordar el barco que te llevará de regreso a Puno, y después el tren y los vuelos que te conducirán hasta los miembros restantes de Los Doce, con los que debes reanudar la búsqueda del Elegido.

Max empezó a reírse, con una combinación de alivio y placer.

—Sí, pero ahora tengo una razón incluso mayor para encontrar al Elegido y para garantizar que este planeta no se autodestruya en medio del caos y la anarquía.

"Te veré en Izapa dentro de poco más de un mes —agregó— y el 22 de diciembre, una vez que hayamos encontrado al Elegido, haremos planes sobre cómo viviremos el resto de nuestras vidas en alegría y amor.

Max sonrió al besar a María una última vez y se preparó para continuar su búsqueda.

Obstáculos

Su futuro con María le brindó a Max nuevos ímpetus. *Debían* tener éxito en su cometido... o todos sus sueños se reducirían a nada.

Así estimulado, aterrizó en Londres para encontrarse con Yutsky.

El israelí había pasado algunos de los mejores años de su juventud en Inglaterra, haciendo películas en Stonehenge, Glastonbury, la isla de Iona, Glendalough en Wicklow Hills, justo al sur de Dublín, y muchos de los mismos sitios sagrados que Max había visitado al explorar lugares para filmar *En busca de los misterios antiguos*. El *tour* por estos sitios, coordinado por el conserje del Claridges Hotel, fue un torbellino de actividad, pero no condujo a nada.

Al no encontrar rastro del Elegido en las islas británicas, Yutsky y Max se dirigieron a Alemania, donde exploraron la Selva Negra y los castillos alemanes antiguos.

Todavía no ocurría nada, y Max empezaba a preocuparse. Lo que parecía ser algo seguro, ahora mostraba el aspecto de ser una búsqueda sin sentido.

"No puedo permitirme pensar así", reflexionó seriamente. "Tendremos éxito."

De Alemania viajaron por toda Francia, parando en Lourdes, en lugares antiguos de la Provenza y después al norte de España, donde ambos habían tenido experiencias impactantes durante su juventud, filmando las cuevas prehistóricas de Santillana del Mar, en las afueras de Santander.

En poco más de una semana de viaje visitaron más de veinte lugares sagrados, y sin embargo no había señal del Elegido.

Así que Yutsky regresó con Max a su lugar de nacimiento, Jerusalén, donde exploraron la ciudad antigua de Jericó, Masada, Belén, el mar Muerto y Galilea.

Aún nada. Casi cien días habían pasado cuando Max llegó a Estambul para encontrarse con Erol.

—Max, debes permanecer tranquilo; siempre es posible que el Elegido esté reservando lo mejor para el último minuto —lo reconfortó—. Sin embargo, debemos seguir, pues puede aparecer en cualquier momento. Primero haremos una rápida visita a Grecia, adonde fui cuando niño, y después te mostraré la verdadera belleza del mundo, mi tierra natal.

"Turquía es el más sagrado de todos los países. Si el Elegido escogió disfrutar la vida, seguramente regresó como un turco. Te mostraré sitios que jamás soñaste y bellezas que superan el poder de la imaginación, incluido el lugar donde encontraron el Arca de Noé. Conozco cada centímetro de esta tierra, y he hecho los preparativos necesarios para que visitemos todo lo posible dentro de nuestro tiempo designado.

Sin embargo, a pesar del inagotable entusiasmo de su amigo y la belleza de su tierra natal, la búsqueda resultó infructuosa.

De Estambul, Max voló hasta Nepal para encontrarse con Rinpoché y volver a trazar la ruta de los monasterios, donde se creía que el budista mismo era una reencarnación sagrada de los maestros antiguos.

Continuaron hacia los bosques donde Rinpoché había laborado duramente mientras estuvo prisionero en un campo de trabajo, pero a pesar de la mágica neblina y la quietud de que disfrutaron caminando durante varios días, no hubo señal del Elegido.

Cuando Max le dijo adiós a Rinpoché, ambos sabían que se reunirían dentro de sólo doce días en Izapa. La ansiedad de Max empezaba a ser notoria, y Rinpoché trató de tranquilizarlo.

—No te preocupes —le dijo—. Estoy seguro de que la energía del Elegido está con nosotros, incluso ahora; la puedo sentir. Sé que aún no lo hemos encontrado, no en una forma encarnada, pero seguramente el Elegido está esperándote en la India, con C.D.

"Viaja con cuidado, y nos reuniremos pronto.

Max voló directamente del Tíbet hasta Nueva Delhi, donde supo que Shilpa y C.D. habían planeado los viajes por toda la India, empezando en Leh, en lo alto en los Himalaya, y de regreso en dirección al Tíbet.

En Leh visitaron el antiguo monasterio donde Shilpa estudió cuando niña, y donde había pasado unas largas vacaciones de verano cuando C.D. acababa de nacer. Este monasterio era el más sagrado de toda la India, y había incluso rumores de que Jesucristo mismo lo había visitado.

Shilpa pensó que sería un sitio probable de residencia del Elegido, pero estaba equivocada.

Después de Leh pasearon en automóvil, de regreso a Srinagar. Ya era casi la mitad de diciembre, y superaron difícilmente la nieve traicionera de los desfiladeros. Sin embargo, no se acercaron al encuentro con el Elegido en Srinagar, así que volaron hasta Rishikesh, en el Ganges donde, cuando niño, C.D. había pasado algunos veranos con uno de sus tíos.

Rishikesh demostró ser un callejón sin salida, como el resto, y ya era el 18 de diciembre, tiempo para abordar el vuelo hasta la Ciudad de México, y después a Izapa.

Dado que había empezado la búsqueda con tanto optimismo y entusiasmo, Max se sorprendió por su fracaso evidente. C.D. había sido su máxima esperanza, sin embargo el Elegido no se le había revelado al joven indio, como a ninguno de ellos.

No obstante, se rehusó a rendirse. Todavía le quedaban dos días, y hasta que llegara el 21 había esperanza.

"¡Tiene que haberla!", pensó fervientemente.

Luego buscó una computadora. Durante su paseo por el Tíbet y los Himalaya no había tenido acceso a Internet ni a su celular.

Quizá el Elegido se le había aparecido a otro miembro de Los Doce.

Mas no era ese el caso.

Era momento de regresar a Izapa, con o sin el Elegido, y de reunirse nuevamente con el Treceavo Apóstol.

Entonces sabrían lo que estaba destinado a suceder en ese día profético en que terminaría el calendario maya, igual que muchos otros.

Al finalizar la búsqueda, Max pasó incontables horas estudiando minuciosamente el cuaderno de los números de B.N., estudio que empezó en la India y continuó durante casi todo el vuelo desde Nueva Delhi hasta la Ciudad de México.

Le resultaba evidente que el 21122012 era la respuesta. Era un once y un dos y representaban tanto un inicio como un final. El valor fluctuaba, basado en el sistema numérico desde el que fuera considerado. El número indicaba tanto luz como oscuridad, y entrañaba variaciones casi infinitas de números primos y no primos.

Los talentos extraordinarios de Max para las matemáticas fueron puestos a prueba como nunca antes. El número 21122012 parecía implorar una interpretación humana que podría variar dependiendo del humano que hiciera los cálculos.

Aunque trataba con todas sus fuerzas, no podía definir esa interpretación.

Cuando Max, Shilpa y C.D. llegaron al hotel de Tapachula, era el día 20 por la noche, y todos los demás miembros de Los Doce se habían reunido ya, expectantes, esperando darle la bienvenida al Elegido. María fue la primera en saludar a Max, pero tan pronto como vio su expresión, se detuvo para darle la oportunidad de hablar.

Cuando les informó que él y C.D. habían venido solos, todos se sintieron abatidos.

—¿Cómo puede ser? —dijo Melody lastimeramente—. Estábamos seguros de que tú y C.D. lo encontrarían. ¿Qué nos va a suceder y qué será del mundo cuando el calendario termine mañana al atardecer?

Max pudo darse cuenta de que varios más del grupo compartían su desesperación. Esta misión misteriosa había demandado una fe y confianza absolutas en el proceso de descubrimiento.

Cada uno de Los Doce había entrado en lo que podría ser su aventura final en la Tierra con entusiasmo y certidumbre respecto al éxito.

Ahora que el tiempo se acercaba y el Elegido no aparecía, el miedo empezaba a apoderarse de ellos.

—No debemos dudar de nuestros destinos —la tranquilizó Erol, transmitiendo la misma sensación a todo el grupo—. Hemos buscado con nuestros corazones abiertos y hecho todo lo posible para cumplir con esta petición del Treceavo Apóstol. Con seguridad, habrá una recompensa.

"Mañana será un día memorable, quizá el último día en este planeta como lo conocemos —continuó—. Es preciso que todos estemos bien descansados para los desafíos que puedan presentarse. Oso que Corre, Juan y Manuel han asegurado nuevamente nuestro lugar de reunión cerca de la cueva. Nos encontraremos ahí a las 4:00, y el sol se pondrá exactamente a las 5:02. Ese será el minuto en que ocurrirá el solsticio y terminará el calendario maya.

"Así que duerman bien esta noche y que nadie se preocupe. Debemos confiar en la sabiduría de un universo que nos ha reunido a todos para este momento especial, en este lugar especial.

Exhausto por sus viajes y sus intentos fallidos de descifrar las ecuaciones en el cuaderno de números de B.N., Max durmió casi hasta el mediodía.

Cuando despertó, vio que era un día brillante y soleado, y decidió, por si se tratara de su último día en la Tierra, nadar en el Pacífico. Encontró al doctor Alan terminando un desayuno tardío y le sugirió que tomaran una de las camionetas para llegar a la playa.

Alan había traído sus tablas de surf y tenía una extra para que Max la probara.

—Jamás he practicado surf —confesó Max—. Parece extraño tomar mi primera lección el día que puede ser nuestro último aquí en la Tierra.

—Bueno, cuando hago surf, siento como si estuviera en contacto con lo que el resto de ustedes piensan que es Dios —contestó el doctor Alan—. Si hoy va a ser el fin de los tiempos, cosa que dudo seriamente, entonces no hay nada distinto que preferiría hacer.

"¡Así es que vamos! —dijo.

Metieron las tablas en una camioneta. De camino a la playa, Alan confesó que todavía tenía sus dudas con respecto a la profecía, a pesar de su encuentro con el Treceavo Apóstol, y reveló que jamás había creído por completo que encontrarían al Elegido.

Sin embargo, la experiencia había sido demasiado profunda como para ignorarla totalmente.

Durante el trayecto, Max notó que un viejo y maltratado Chevy color café parecía estarlos siguiendo, pero después de un tiempo dejó de verlo y ya no pensó más en ello. Para el momento en que llegaron a la playa, no había más que cielo azul y sol.

El doctor Alan le dio una tabla de surfear, al poco tiempo Max se agachaba y caía al agua, y después volvía a montarla y a caerse.

Finalmente, se las ingenió para adoptar una posición en cuclillas, y antes de que se diera cuenta estaba remontando una pequeña ola. Fue una victoria eufórica, y logró sostenerla casi por un metro o dos, antes de perder el equilibrio y chocar contra las olas suaves.

El doctor Alan se mostró entusiasta en su elogio:

—Tienes un talento natural para esto, Max —dijo—. No puedo creer que hayas perdido tantos años sin hacer surf.

—Yo tampoco puedo creerlo —asintió Max—. Mi único compromiso, si el mundo está todavía aquí mañana, es que pasaré más tiempo aprendiendo este deporte.

—Esa es la mejor idea que has tenido en un largo tiempo —gritó el doctor Alan por encima de su hombro, mientras se dirigía nuevamente a "montar" las olas. Max lo seguía, Alan atrapó una gran ola que lo llevó directamente hasta la orilla.

Max permanecía sobre su tabla, admirando la habilidad del doctor Alan para montar la ola, alcanzar la playa y desmontar suavemente, sin perder el equilibrio en todo el trayecto. Una vez en la playa, el médico señaló hacia el sol, y después hacia la camioneta, mientras empezaba a salir del agua.

El sol estaba alto en el cielo, y Max se dio cuenta de que era el momento de irse, pero quería atrapar una ola completa, así que le pidió a Alan que empezara a empacar el equipo y le indicó que estaría con él en cinco o diez minutos. Después se agachó sobre su tabla, volteando hacia atrás para ver cuándo empezaría a romper la siguiente ola.

Repentinamente y sin advertencia, Max sintió que una mano lo tomaba del tobillo y lo jalaba de la tabla. Después, una segunda mano lo agarraba por el cuello y lo empezaba a empujar hacia el fondo del océano. El agua sólo tenía unos dos metros y medio de profundidad, pero Max se sintió inmediatamente desorientado, y no tenía idea de dónde estaba el fondo o en qué dirección estaba la orilla.

Trató de combatir al atacante, pero había sido tomado por sorpresa, y empezaba a ahogarse, sin poder respirar en absoluto. Se debatió desesperadamente y se las ingenió para salir a la superficie durante un segundo, sólo el tiempo suficiente para inhalar un poco de aire, pero después lo sometieron y empujaron de nuevo hasta el fondo.

Empezó a perder el conocimiento. Se sintió débil e incapaz de resistir. Antes de desmayarse, Max recordó todas las veces que Louis había intentado estrangularlo, y pensó que podría adivinar el rostro del atacante. Era el hombre con largo cabello gris y ojos viciosos que lo había espantado durante toda su niñez.

Pero no importaba. Max empezaba ya a abandonar su cuerpo.

Regresaba a la paz y al gozo de otra dimensión, de luz blanca, amor y satisfacción. Miró abajo y vio que sujetaban su cuerpo bajo la superficie.

Volvió a experimentar nuevamente los doce nombres y los doce colores, y esta vez, un mensaje de perdón.

"Está bien… hicieron lo mejor que pudieron."

"El fin del mundo no es su culpa."

A Louis lo habían internado en una institución mental durante treinta días después del incidente en el Parque Nacional de Yosemite. Como Max no apareció en la audiencia legal, lo liberaron.

Recordaba que Chill había dicho algo sobre la reunión en Izapa, el 21 de diciembre, y tan pronto como lo soltaron, condujo su vehículo hasta México y localizó el único hotel moderno de Tapachula.

Finalmente su paciencia era recompensada. Había seguido a Max y a otro hombre hasta la playa, y en cuanto el otro se fue, atacó.

Louis quería estar seguro de que, sin importar lo que pasara después en su vida, Max no pudiera alcanzar su meta final. Se regodeaba mientras sostenía a su hermano bajo el agua. También luchaba por respirar, pero no le importaba.

Estaba dispuesto a morir también, si eso evitaba que Max triunfara.

Max se resignó al hecho de que había fallado en su misión, y se preparó para entrar en el túnel blanco. Repentinamente, vio lo que parecía el doctor Alan nadando hacia las dos figuras combatientes. Entonces se alejó de la luz.

Siendo un poderoso nadador, el doctor Alan estaba en unos cuantos segundos encima del atacante de Max, quien, debilitado por haber aguantado la respiración durante tanto tiempo, era incapaz de defenderse.

Alan jaló a Max y lo liberó del apretón del otro hombre e inició el regreso hacia la playa, pateando al perseguidor cada vez que intentaba acercarse.

El hombre debió darse cuenta de que estaba vencido, pues se alejó nadando mientras el doctor Alan llevaba a Max hasta la playa. Inmediatamente empezó a darle respiración boca a boca, y después de varios minutos, Max tosió y vomitó la gran cantidad de agua de mar que había tragado mientras estaba inmovilizado bajo las olas.

Después de unos instantes más, se sentó, mareado, pero vivo.

—¿Quién era el loco ese, y por qué trataba de ahogarte? —preguntó Alan—. Me encontré con surfistas nazis en mi época, pero jamás atestigüé nada como esto. Quizá pueda encontrar a un policía y hacer que lo arresten. Casi te mata.

Max le hizo un gesto de que lo olvidara y explicó:

—Ese hombre que trató de ahogarme era mi hermano —dijo, y Alan no podía creerlo—. Sólo estaba haciendo lo que siempre hace, no es algo importante.

"Lo primordial es que regresemos al hotel. Los otros nos deben estar esperando y preguntándose dónde estamos. Todavía tenemos tiempo de llegar a Izapa antes de que el sol se ponga.

Se levantó y miró con gratitud a su salvador.

—Me salvaste la vida. Con un poco de suerte, Los Doce todavía pueden salvar al mundo. Tenemos que irnos.

El doctor Alan estuvo de acuerdo y manejó tan rápido como pudo hasta el hotel de Tapachula. Durante el camino, volteaba a mirar a su amigo para asegurarse de que estuviera bien, y se sentía feliz de ver que el color había regresado a su cara. Finalmente, después de toser durante unos momentos más, Max pudo hablar.

—No estoy seguro de por qué mi hermano nos siguió e intentó matarme, pero sé que tu intervención evitó una catástrofe. Aunque no hayamos encontrado al Elegido, debemos suponer que todavía aparecerá de alguna manera.

"Por favor no les cuentes a los otros sobre este ataque. Ya están suficientemente preocupados, y no quiero que vean esto como una profecía negativa o que se angustien por mí, pues deben estar concentrados en rezar para que el Elegido aparezca.

El doctor Alan estuvo de acuerdo.

—Haremos lo que creas que es mejor —dijo—. Honestamente, sigo sintiendo que todo esto es absurdo. El calendario maya es sólo un mito, ni mejor ni peor que otros. Jamás creí en la historia de la Biblia que decía que el mundo había sido creado en siete días, y tampoco estoy dispuesto a creer esta historia del fin de los tiempos.

"No me malinterpretes, *espero* que ocurra algo milagroso hoy. Pero te apuesto que estaré montando olas mañana, y si ese lunático de tu hermano se aparece, será quien se ahogue, y no tú.

El final de los tiempos

EL AIRE SE VOLVIÓ MÁS DENSO Y FRÍO CONFORME LAS CAMIONETAS se acercaron a Izapa.

Para el momento en que Manuel se encontró con Los Doce al pie de la montaña, a fin de empezar a escalar hasta el claro que estaba junto a la cueva, ya había empezado a llover con fuerza y hacía frío. Antes de llegar al claro, la lluvia se había convertido en granizo.

Jamás granizaba en Izapa, afirmó Juan. Realmente parecía como si este pudiera ser el fin del mundo.

Avanzaban con el ánimo abatido. Incluso C.D. se estremecía cuando el granizo rebotaba en su cabello y su piel oscura. Para el momento en que llegaron al lugar de la reunión, eran cerca de las 4:30, sólo treinta minutos antes del solsticio.

Y no había señal del Elegido.

Todos tenían frío, así que se metieron a la cueva para alejarse de la mezcla punzante de lluvia y hielo. Oso que Corre, nuevamente vestido con sus atuendos ceremoniales, incluida una sola pluma de águila en la banda que rodeaba su cabeza, encendió el fuego. Todos se acurrucaron muy cerca unos de otros y pudieron secarse. Pero la calma y la euforia que habían sentido cuando estuvieron por última vez en la cueva eran sólo recuerdos distantes.

De repente cesaron la lluvia y el granizo, los últimos rayos del sol atravesaron los árboles y hubo una quietud absoluta.

Como si fueran uno, el grupo abandonó el refugio de la cueva y regresó al claro. El Treceavo Apóstol había reaparecido, y habló con tranquilidad y claridad.

—Han regresado en la hora designada, sin embargo no hay un nuevo rostro entre ustedes, el rostro del Elegido. ¿Qué pasó con su búsqueda?

Nadie habló, y aunque fue sólo un minuto de silencio, pareció durar una eternidad.

El sol se hundía rápidamente en el horizonte.

El final de los tiempos estaba por ocurrir, y el grupo había fallado.

Alto en el cielo, un cóndor apareció y descendió en picada, aterrizando prácticamente en el hombro de Oso que Corre, quien se sorprendió, pero rápidamente recobró la compostura y dijo:

—Desde hace mucho se ha dicho en las ceremonias secretas lakota y hopi que la señal del inicio del tiempo de paz y armonía estaría por llegar cuando el cóndor y el águila se reunieran. —Entonces señaló la pluma que llevaba en la cabeza—. Seguramente este es un signo de que no hemos fallado y que, de alguna manera, el Elegido está de hecho con nosotros ahora.

Después de un momento, la voz del Treceavo Apóstol volvió a escucharse.

—Oso que Corre está en lo correcto. La aparición del cóndor es una señal de que en este mismo momento el Elegido debe estar presente. Uno de ustedes debe, de hecho, ser la persona a la cual buscaron.

La noticia sorprendió a todos, y se miraron rápidamente entre sí. Antes de que alguien pudiera hablar, la voz sonó otra vez.

—Quienquiera que seas, debes dar un paso adelante ahora. El sol se pondrá, y a menos que el Elegido sea identificado y redima al mundo y Su creación, se cumplirán las profecías no deseadas.

"Una era de oscuridad, en lugar de una de luz, será el destino de la humanidad.

Todos los ojos giraron hacia C.D. Entre Los Doce, sólo él parecía carecer de ego. Sólo él parecía ser el Elegido, sin saberlo.

Pero C.D. simplemente volteó hacia Max y lo miró con ojos de adoración y amor.

Max le devolvió la mirada a C.D., en ese momento recordó su propio nacimiento y el amor que había recibido de su madre.

Se dio cuenta de que, a pesar de todos los números que había calculado, jamás analizó la numerología exacta de su propio nacimiento.

En ese momento se dio cuenta de que su cumpleaños, el 12 de diciembre de 1949, tenía el valor numérico exacto y la vibración de 12/21/2012.

Volvió a experimentar su nacimiento y el nacimiento de toda la humanidad, y por primera vez recordó quién era realmente.

Recordó haber nacido como Max. Recordó haber estado de acuerdo en olvidar todo lo que sabía, para poder experimentar la vida humana.

Y al dar un paso hacia adelante en el centro del claro, se sintió parte de todo lo que existe y sintió que su conciencia restablecía conexiones con todo cuanto había vivido.

Por primera vez vio al Treceavo Apóstol en su forma física, la forma del mensajero fiel y cómplice en el gran plan que habían iniciado para redimir a la humanidad, muchas eras atrás cuando por primera vez observaron las desafortunadas elecciones que los hombres hicieran al crear civilizaciones gobernadas por la violencia.

Hubo un silencio absoluto mientras Max y el Treceavo Apóstol penetraron calmadamente con la mirada en los ojos del otro. Mientras compartían una mirada infinita de gratitud y reconocimiento, parecían reflejarse uno a otro y convertirse el uno en el otro.

Después adoptaron la forma de miles de humanos distintos: hombres y mujeres, jóvenes y viejos de todas las razas y tipos que habían vivido en el planeta Tierra.

"A es y no es A."

Max era y no era Max. Max era y no era el Treceavo Apóstol. Max era y no cada ser humano que había existido.

Los Doce: Melody, María, Yutsky, Chill, el doctor Alan, Rinpoché, Erol, Sun Pak, Juan, Yoko, Oso que Corre y C.D., permanecían paralizados mientras el sol se ocultaba y terminaba el tiempo como lo habían experimentado previamente.

Los pájaros dejaron de cantar.

No hacía viento.

Sólo quietud y silencio absolutos.

Aquel momento pudo haber durado una eternidad.

Pudo haber durado menos de un segundo.

Nadie lo sabría jamás.

La profecía maya se había completado. Todo había sucedido como se predijera hacía una eternidad.

Para Max fue un *déjà vu* de su experiencia cercana a la muerte. Nuevamente había luz y amor, y sólo existía la calidez de las formas humanas que estaban junto a él, y las incontables almas que rodeaban a Los Doce y se regocijaban por el comienzo de una nueva era para el hombre y quizá para el universo.

Conforme el tiempo empezó a transcurrir nuevamente, Max habló, pero no era el Max puramente humano. Era un Max imbuido en su propia percepción de que, ciertamente, él era el Elegido y había sembrado la conciencia en cada uno de Los Doce hacía milenios. Habló con una gentileza y una tranquilidad que fueron reconfortantes para todos los que escuchaban.

—El tiempo ha terminado, y una nueva era empezará ahora —dijo el Elegido—. El gran cambio ha ocurrido. Nada cambiará y, sin embargo, todo cambiará.

"La Tierra y todas sus criaturas permanecen, y sin embargo la conciencia ha cambiado y continuará transformándose en los tiempos que vendrán. Como humanos, entrarán en una era de amor, armonía y libertad más adecuada a sus destinos. Las guerras cesarán y ustedes descubrirán la infinita magnificencia de todo lo que ha sido creado.

"No hay carencia en este planeta y no hay necesidad de disputas. La energía que han invertido para la supervivencia y la competencia será dirigida hacia la creatividad y el juego. Esta fue la intención desde el principio y lo que cada uno de ustedes alcanzará ahora.

Hizo una pausa durante un momento, y después volvió a hablar:

—Esta nueva era durará ciento cuarenta y cuatro mil años, pero puede extenderse infinitamente, dependiendo de las elecciones hechas por ustedes y por sus descendientes. Siempre existe el libre albedrío, y eso es lo que los ha traído a este lugar en este momento. Cada uno de ustedes ha representado su papel, como todos aquellos con los que han vivido e interactuado. Aunque este momento estaba predestinado, no había una predeterminación de su llegada.

"Han sido sus actos de valor, amor y elección los que han traído estos tiempos de gozo sobre la Tierra.

El resplandor del atardecer llenó el claro de luz rosada y naranja. Cada miembro de la reunión resplandecía en la alegría del despertar de Max, y esta energía gozosa se dispersó hacia toda criatura viviente del planeta Tierra. De manera instantánea, hubo una nueva vitalidad que podía sentirse en cada árbol y planta, e incluso las rocas y la tierra sobre las que estaban parados vibraron con la conciencia y el amor compartidos.

El Treceavo Apóstol se separó de Max y habló nuevamente a Los Doce.

—Y ahora los voy a dejar para irme a otros planos que están más allá de su conocimiento actual, pero complacido por todo lo que han hecho y harán —dijo—. Sepan que en otras dimensiones ya estamos reunidos, compartiendo el misterio de la vida y el gran despertar que jamás termina.

"Max se quedará con ustedes, y aunque él es el Elegido, también es, como humano, sólo Max. No dirijan la atención hacia él como otra cosa que el ser que es Max, pues aunque puede irse en cualquier momento, su propio deseo fue poder caminar entre ustedes como un igual y no ser distinguido.

"Incluso como dioses, nuestra alegría máxima es experimentar toda la amplitud de la experiencia humana, incluido el fracaso, la desilusión y la lucha. Los humanos con frecuencia buscan enterrar el lado oscuro de la vida, pero como dioses nosotros nos regocijamos en todo lo que pueda sentirse. Incluso como seres despiertos, tendrán sus desafíos, pero pueden estar tranquilos, porque también en sus derrotas y fracasos experimentarán una existencia humana siempre grandiosa, siempre más compleja.

"Protejan a Max, protéjanse a sí mismos y disfruten las vidas que fueron destinados a crear y vivir. —Finalmente dijo—: Que la alegría del universo esté con ustedes por siempre.

Con esas palabras finales, el Treceavo Apóstol desapareció.

Aunque la noche cayó, había brillo en los rostros de Los Doce y de Max mientras descendían por el sendero todavía húmedo y llegaban hasta el lugar donde Manuel los esperaba fielmente.

Había una sonrisa en su rostro cuando dio la bienvenida a cada uno de ellos. Incluso los conductores que habían estado esperando en las camionetas sonreían. Nadie hablaba, y sin embargo existía una comunicación silenciosa entre todos ellos mientras viajaban de regreso a Tapachula.

El final de los tiempos había llegado y se había ido. El temor que todos compartían desapareció.

Una nueva era comenzaba.

El despertar

21 DE DICIEMBRE, 2012

PARA EL MOMENTO EN QUE LOS DOCE DESCENDIERON DE LAS CAMIO-
netas y entraron en el hotel de Tapachula, incluso en ese remoto pueblo mexicano de Chiapas se estaba extendiendo la noticia de que algo extraordinario había sucedido.

Los científicos habían registrado un cambio repentino en el eje de la Tierra. Los campos magnéticos habían cambiado. La misma órbita de la Tierra se había desplazado.

Las consecuencias todavía eran desconocidas, pero la televisión, la radio y los sitios de Internet constantemente actualizaban las especulaciones y los nuevos descubrimientos.

Aunque el resultado debería haber sido pánico puro, y si bien había cierta aprensión entre quienes reportaban los acontecimientos, la mayoría de la gente parecía tranquila, casi serena. Los científicos expresaban estupefacción porque tal cambio hubiera podido ocurrir sin advertencia previa y sin un impacto catastrófico perceptible.

No hubo tsunamis.

No hubo terremotos.

En el Lejano Oriente, donde ya era la mañana del 22 de diciembre de 2012, el sol había salido en los cielos claros con una suavidad que era inusual.

En todas partes de la Tierra parecía que iba a ser un día maravilloso.

Cuando Max entró al hotel, todos, desde el botones hasta los recepcionistas, estaban relajados y sonrientes. Era casi como si la mayoría fuera parte de esa misma certeza interna, de la misma alegría interna, seguros de conocer la interconexión colectiva que existía en el más profundo nivel.

Era como si fueran células distintas del mismo cuerpo vivo. Y para Max esto no era una metáfora, sino un hecho real.

Después de la cena... la cena final que compartirían como grupo, Max reveló que fue sólo en el momento en que adquirió conciencia de ser el Elegido cuando el cambio ocurrió en realidad.

—Jamás hubo garantía de que lo haríamos —explicó—. En toda la vida de mi ser, de Max, he estado más dormido que despierto. Necesitaba estarlo para que el experimento funcionara.

"Todos los humanos caen en un profundo sueño cuando encarnan —explicó— para que puedan despertar verdaderamente. Sin embargo, no es suficiente que uno o dos despierten para que la conciencia evolucione y crezca a escala planetaria. Por eso era necesario que *todos* ustedes participaran. Fue un proceso de grupo, y un despertar colectivo, lo que detonó mi propia conciencia.

"Cada uno de ustedes alberga la energía del Elegido. Como lo han enseñado la Cábala y otras ciencias antiguas, el momento de la Creación fue una fragmentación de la conciencia del Elegido en infinitas entidades individuales. Cada uno de ustedes, y cada ser humano de este planeta, hemos creado la conciencia expandida de la cual dependía el cambio.

"A este nivel, cada uno y todos los que existen son, de la misma manera, el Elegido.

Erol, el hombre siempre práctico, lleno de preguntas, quiso ahondar en el punto:

—Pero si ese fuera el caso, ¿por qué no te volviste consciente de quién eras en agosto, cuando nos encontramos por primera vez como grupo y las energías fueron activadas? —preguntó—. ¿Había algún propósito en tener que buscarte durante estos últimos cuatro meses, o fue sólo una prueba de nuestra fe y compromiso hacia la misión?

Varios más asintieron, como si le hubiera dado voz a algo que ellos, también, se habían estado preguntando.

—Nada fue obra del azar —contestó Max—. No estaba consciente, pero el plan requería que Max, como ser humano, activara todos los vórtices energéticos de la Tierra, porque era el planeta mismo el que había estado sufriendo. La hipótesis de Gaia es realmente verdadera.

Ello provocó algunas miradas confusas entre el grupo, y explicó:

—Gaia es una diosa de la mitología griega, y la hipótesis es que la Tierra tiene una conciencia única, y todo lo que sucede la afecta. A lo largo de los siglos, cada acto violento ha tenido su impacto sobre la Tierra, y sobre todo en los sitios sagrados del planeta. Estos lugares fueron designados hace milenios, y las energías poderosas que han aparecido en ellos han llevado a los chamanes a elegir los sitios, a veces conscientemente y a veces no.

"Cada lugar es un vórtice de energía, y era necesario para mí viajar a esos lugares para sanarlos. Fue un proceso largo que empezó cuando Max era joven.

—Pero, ¿cómo sabías que visitarías tantos sitios, tan dispersos por el mundo? —preguntó Melody.

—Como Max, jamás tuve una pista sobre ello —contestó—. La peregrinación realmente empezó con mi primer viaje como estudiante: a Perú y Bolivia, donde visité el lago Titicaca, y después un poco más, mientras trabajaba en el filme *En busca de los misterios antiguos*. Pero no estaba consciente de que algo extraordinario estuviera ocurriendo.

"No fue sino hasta que hice mis viajes iniciales como individuo, cuando todos ustedes, Los Doce, entraron en escena —explicó Max—. Por eso no podía saber sus nombres hasta encontrar a cada uno de ustedes, uno a uno, y no fue sino hasta que conocí a Oso que Corre cuando pude ver la importancia de la reunión.

—Pero, ¿cuál era el objetivo de volver sobre tus pasos con cada uno de nosotros durante estos últimos meses? —preguntó Sun Pak.

—Primero que nada, había lugares donde jamás había estado, que cada uno de ustedes identificaba como lugares de poder, como monasterios en el Tíbet, la sagrada isla de Iona, los castillos en Alemania y los remotos manantiales de Vietnam y China —dijo Max—. Y aunque había lugares donde había estado antes, hacía mucho tiempo que no los visitaba.

"Cuando regresé con cada uno de ustedes, llevaba la energía de cada lugar que había visitado previamente, la cual quedó reforzada por sus energías individuales —continuó—. Fue como si encendiéramos cada lugar.

"Pero aun así mi presencia por sí sola no ocasionó el cambio. Eso no podía ocurrir hasta que cada sitio sagrado hubiera sido cargado de energía. Una vez que eso se lograra, todo lo que faltaba era la llave misma.

—¿Qué es lo que quieres decir con la llave? —preguntó Chill.

—Como Max, yo era la llave, pero requería un tipo especial de corriente, una corriente basada en la integración del nivel más alto de conciencia en el ser de Max. Este nivel de conciencia sólo ocurrió para mí cuando finalmente me di cuenta de que mi nacimiento estaba ligado a la fecha del 21 de diciembre de 2012, y de que el solo propósito de encarnar era liberar a la humanidad del materialismo que estaba deshumanizando a cada individuo y degradando la naturaleza, el corazón de la creación en el planeta Tierra.

Miró a cada una de las personas con las que había compartido aquella aventura.

—Cada uno de ustedes contribuyó a este despertar final. Podía sentir el deseo y la resolución en cada uno de sus corazones, empezando con María, y lo vi de manera más clara quizá en el amor incondicionalmente puro que siempre brilla en los ojos de C.D., desde todo su ser —dijo cálidamente—. Pero resultó más poderosa la energía colectiva del grupo, la pureza colectiva de cada uno de ustedes como miembros de Los Doce, buscando ayudar no sólo a sus propias familias y naciones, sino a toda la humanidad.

"Lo que me hizo darme cuenta de todo fue —en el momento de conexión numérica y de vibración— el cimiento puro del amor, que es, de hecho, el elemento esencial de toda la vida. Está en el origen de cada concepción y nacimiento, tanto físico como metafísico. Si yo, como Max, no hubiera entrado en ese estado superior de conciencia, habría sido una llave sin el poder para sanar al planeta, y el gran cambio quizá no estaría sucediendo.

Volvió a hacer una pausa, permitiendo que asimilaran lo que acababa de decir, y después habló.

—Hay muchas más cosas en el destino humano de las que pueden alcanzar a comprender los científicos. —Alzó el objeto que había sido la llave para su descubrimiento—. Aquí, en la libreta de B.N. Mahars, hay ecuaciones que explican algunas de estas conexiones, pero incluso yo, como Max, no tenía la capacidad de entenderlas. Los calendarios de las civilizaciones antiguas, las leyendas de las doce tribus, los doce colores asociados a cada uno de ustedes y la energía cósmica de los universos lejanos forman un todo que está unido.

"Es cierto que todo y nada son lo mismo desde el cambio. No hay tiempo. No hay espacio. Incluso las ilusiones de la vida y la muerte son reales dentro de los límites en que se crearon. —Bajó el cuaderno y los miró, uno a uno—. Conforme progresen y se conviertan en seres multi-dimensionales, verán que incluso estas percepciones son sólo el comienzo de un viaje mayor del despertar... un viaje de un tiempo futuro.

María lo miró con una mezcla de amor y asombro reflejada en su rostro.

—Sí —dijo ella—. Por ahora parece suficiente con regocijarse porque la humanidad está a salvo. Pero en poco tiempo volverán a empezar las preguntas. ¿Adónde vamos a partir de aquí? ¿Qué debemos hacer con lo que resta de nuestras vidas sagradas? —preguntó.

Antes de responder le sonrió, y su sonrisa ofrecía la promesa de que vivirían y amarían juntos, como lo habían planeado. Y el humano que era Max sintió regocijo.

—Por el momento, y de hecho para todos los momentos, es suficiente con que cada uno experimente la alegría de quién es realmente. A nivel superficial sus vidas quizá no cambien en nada, pero conforme se muevan a través de este ancho y ajeno mundo, permanezcan conscientes de que cada ser humano, cada animal, cada planta e incluso cada objeto que la mayoría consideraría inanimado, rebosan de vida.

"Permanecen los desafíos para todos ustedes e incluso para mí. Pues yo no deseo nada más que continuar este viaje de Max y descubrir las tareas humanas que me esperan y la manera en que, como hombre con necesidades y fragilidades humanas, integraré el conocimiento de quien realmente soy con todos los que todavía estoy por conocer.

Al concluir, Max alzó su vaso para brindar por todos los allí reunidos y por el extraño viaje que tanto el hombre como Dios llaman "vida".

Epílogo

Ninguno de Los Doce jamás reveló el papel que cada uno había desempeñado en el acontecimiento del gran cambio, y nadie sacó a la luz la verdadera identidad de Max como el Elegido.

Mientras tanto, la Tierra floreció, y el calentamiento global se hizo cada vez más lento, hasta detenerse. Quizá de manera más notoria, el hombre encontró un equilibrio con la naturaleza.

Se inventaron nuevas tecnologías y se descubrieron nuevas formas de energía. La abundancia se convirtió en un lugar común para todos. En sólo unas cuantas décadas, el concepto de la guerra dejó de existir, y la educación y la creatividad se convirtieron en los campos de batalla a elegir. No había razón para el crimen.

Los científicos continuaron explorando el cambio dramático que ocurrió el 21 de diciembre de 2012, pero jamás llegaron a un consenso. Algunos retomaron el estudio de las antiguas creencias mayas, y se propuso que la Tierra —e Izapa en particular— se ubicaban en el centro de la alineación de la Vía Láctea y en el centro de universos infinitos aún sin nombrar.

La forma en que esto había sucedido fue el tema que se discutiría sin solución, pues ciertamente iba más allá del entendimiento humano.

Posdata

AUNQUE *LOS DOCE* ES ESENCIALMENTE UNA OBRA DE FICCIÓN, CON-
tiene más elementos de realidad de lo que el lector pueda sospechar. La
creencia en el gran cambio se refleja en aspectos de varias culturas del
mundo, no sólo la maya.

Y, ciertamente, el estado actual en que se encuentran nuestro planeta y sus culturas demuestra que hay algo que debe hacerse. Ya sea que
creas o no en un poder superior —ya sea que te consideres un Oso que Corre o un doctor Alan—, tú puedes ser parte de la solución.

La verdad, la integridad y el amor son lo que siempre importará más
en la vida. El cambio que está por venir resaltará estos valores sencillos,
que se han conocido a través de las eras.

Como especie y como planeta, estamos frente a enormes desafíos,
pero los primeros pasos consisten en despertar tu verdadero ser, y despertar a todos cuantos puedas. Leer y discutir *Los Doce* es un paso en esa dirección, pero sólo es un paso.

Si sentiste una conexión con la creencia de Max sobre las coinciden-
cias, la casualidad y el sincronismo, y su presencia en cada vida, así co-
mo su guía hacia tu propósito superior de servir a otros, entonces por
favor visita http://www.planetchange2012.com, donde puedes entrar en
contacto con individuos de mentalidad parecida.

Agradecimientos

QUISIERA AGRADECER A LOS LECTORES DE LOS PRIMEROS BORRADORES de este manuscrito, incluyendo a Catherine Chiesa, David Wilk, Gayle Newhouse, Bob Holt, Linda McNabb, Cathy Montesi, Conrad Zensho, Thom Hartmann, Constance Kellough, José Argüelles, Cyrus Gladstone, Santos Rodríguez y el doctor Ervin Laszlo. Mi agradecimiento a los editores Marie Rowe, Georgina Levitt, Kim McArthur, Amanda Ferber y Stephen Saffel, quienes aportaron valiosas sugerencias al manuscrito, como también lo hicieron el productor de cine Ian Jessel, mi prima Rhianne y mi agente cinematográfico, Barry Krost. Mi gratitud al personal de Waterside: Ming Russell, Nathalie McKnight y Carlene Hermanson, quienes pasaron muchas horas corrigiendo y agregando notas a los primeros borradores y los subsiguientes, y a la correctora Claire Wyckoff. Tengo un editor verdaderamente maravilloso, Roger Cooper, quien organizó a un gran equipo para editar y producir originalmente el hermoso libro que sostienes entre tus manos. A todos ellos, mi más sincera gratitud, así como a todos aquellos cuyas vidas se han cruzado con la mía, desde maestros y colegas hasta clientes y compañeros de golf, permitiéndome el privilegio de vivir una existencia que motivó la escritura de este libro.

Sobre todo debo darles las gracias a mis padres fallecidos, Selma y Milton Gladstone, quienes me brindaron un cimiento intelectual y la inspiración para compartir mi alma con otros a través de la magia de la escritura.

Siento una profunda gratitud hacia el trabajo que la doctora Jane Goodall y el Instituto Jane Goodall han hecho y siguen haciendo para educar a los jóvenes en la importancia del carácter sagrado de su conexión con la Tierra y todas las cosas vivas. Un porcentaje de mis regalías se dona a Roots & Shoots, de Jane Goodall. Los invito a que visiten www.rootsandshoots.org (en inglés) y consideren hacer una aportación.

© 2009 Doug Menuez

William Gladstone

Con alegría

Lecturas recomendadas

Argüelles, José. *The Mayan Factor: Path Beyond Technology* (El factor maya: Un sendero más allá de la tecnología). Rochester, VT: Bear & Company, 1987.

Audlin, James David (Distant Eagle). *Circle of Life: Traditional Teachings of Native American Elders* (Círculo de vida: Enseñanzas tradicionales de los sabios indios norteamericanos). Santa Fe, NM: Clear Light Publishing, 2006.

Braden, Gregg, Peter Russell, Daniel Pinchbeck, *et al. The Mystery of 2012: Predictions, Prophecies, and Possibilities.* (El misterio de 2012. Predicciones, profecías y posibilidades). Louisville, CO: Sounds True Publishing, 2007. (Audio también disponible.)

Clow, Barbara Hand. *The Mayan Code: Time Acceleration and Awakening the World Mind* (El código maya. La aceleración del tiempo y el despertar de la conciencia mundial). Rochester, VT: Bear & Company, 2007.

García Márquez, Gabriel. *Cien años de soledad*. México, D.F.: Diana.

Gladstone, William. *Legends of the Twelve* (Leyendas de Los Doce). Nueva York, NY: Vanguard Press, 2010.

Jenkins, John Major and Terence McKenna. *Maya Cosmogenesis 2012: The True Meaning of the Maya Calendar End-Date* (Cosmogénesis maya

2012: El verdadero significado del final del calendario maya). Rochester, VT: Bear & Company, 1998.

Laszlo, Ervin. *Worldshift 2012: Making Green Business, New Politics, and Higher Consciousness Work Together* (Cambio mundial del 2012. Trabajo conjunto de los negocios verdes, la nueva política y la conciencia superior). Rochester, VT: Inner Traditions, 2009.

Loye, David. *An Arrow Through Chaos: How We See into the Future* (Una flecha a través del caos: Cómo ver hacia el futuro). Rochester, VT: Inner Traditions, 2000.

Melchizedek, Drunvalo. *Serpent of Light Beyond 2012: The Movement of the Earth's Kundalini and the Rise of the Female Light, 1949 to 2013* (La Serpiente de luz después del 2012: El movimiento de la Kundalini terrestre y el ascenso de la luz femenina, 1949-2013). Newburyport, MA: Weiser Books, 2008.

Michell, John y Christine Rhone. *Twelve-Tribe Nations: Sacred Number and the Golden Age* (Naciones de las doce tribus: El número sagrado y la edad de oro). Rochester, VT: Inner Traditions, 2008.

Page, Christine R. *2012 and the Galactic Center: The Return of the Great Mother* (2012 y el centro galáctico: El retorno de la Gran Madre). Rochester, VT: Bear & Company, 2008.

South, Stephanie. *2012: Biography of a Time Traveler: The Journey of José Argüelles* (2012: Biografía de un viajero del tiempo. El viaje de José Argüelles). Franklin Lakes, NJ: Career Press, 2009.

Whitehead, Alfred North. *Modes of Thought* (Modos de pensamiento). Nueva York, NY: Fireside, 1970.